悲剧意识
与"新时期"小说

贾艳艳 著

上海社会科学院出版社

目 录

导论 ·· 1
 第一节　悲剧·悲剧性·悲剧意识·悲剧精神 ···················· 2
 第二节　中西悲剧的差异与20世纪中国文学悲剧意识的
     流变 ··· 15
 第三节　从悲剧意识角度考察中国当代小说的意义 ············ 28

第一章　从乐观到悲观：个人与社会 ······································ 35
 第一节　"社会问题"对个人伤痛的规避 ···························· 37
 第二节　"冷漠+感伤"的"逃离" ····································· 61

第二章　从乐观到悲观：个人与历史 ······································ 90
 第一节　光明的判决：乐观的"历史悲剧" ························ 91
 第二节　颓败的宿命：颠覆与回归 ···································· 107

第三章　受阻的"自我"：悲剧性人格的建构 ······················ 127
 第一节　"为他"的英雄 ·· 131
 第二节　"个性"与"宿命"之间 ·· 150

第四章 发现与置换：生命话语中的悲剧意识 …… 183
　　第一节 肉身的发现："角落"、工具化与"准乌托邦" … 185
　　第二节 迈向"位格"的肉身 …… 197
　　第三节 抗争的悖论 …… 210

结语 …… 230

参考文献 …… 242

后记 …… 248

导 论

悲剧意识的苏生与裂变，无疑构成了"新时期"小说①颇为醒目的现象与潮流。事实上，"悲剧意识"已然是中国当代文学批评研究中不可或缺、出现频率极高的批评语汇，但这一概念在当代文学批评实践中呈现出的语义的模糊与混乱，使其并没有构成一个有效的、整体性的理论参照视角。这一方面是由于悲剧理论体系的庞大，从古希腊到现代的不断嬗变，尤其又隔着中西方语境的巨大差异，导致"悲剧意识"这一角度的多源、多义与多向性；另一方面是由于"新时期"小说自身的局限，并没有因悲剧性题材的普遍而传达出充分的悲剧力量或动人的悲剧精神。如果不注意对诸多悲剧理念及相关理论成果进行充分的汲取、融合，仅依据某种悲剧学说选取美学倾向上较为符合的文本作出判断，便难以避免概念的片面导致的偏狭与盲目，也就难以企及对于当代文学的理性建构意义。

从文学史的角度，悲剧意识作为中国现代文学的重要遗产，悲剧意识的视角同样是考察和解读中国"新时期"文学的一把钥匙。20世纪中国文学中的悲剧意识固然直接受益于西方文化和文学的思想观念、价值体系和审美意识，但更多的是中国作家人格、精神的

---

① 本书考察的中国"新时期"小说主要指 1977 年以后至 2000 年前后中国发表的小说。

体现，是具体语境下创作主体对时代、社会的关注，对历史、人性的探询，对国家、民族命运的忧虑，以及对存在、生命的追问。具体到"新时期"小说，社会历史转型的强烈刺激，传统文化心理的影响，主流意识形态的规约及当代政治伦理、历史意识的渗透，这一切揭示出悲剧意识与"新时期"小说相关联的广泛性、深刻性与复杂性，值得深入探究与追问。

险难处即意义所在。通过悲剧意识这一较有涵容力的观照角度，中国当代文学中各种以"新"命名的文学写作潮流，或可在古今中西文化意识的参差对照中，获得一种将人性的标准和美学的眼光充分结合起来的判断及阐释。毕竟，悲剧意识不仅指涉着美学的结构，还指向意义的建构；不仅内在地包含着对小说文本及叙事伦理的极度重视，还必然地折射着转型期中国社会对现代性的认同。重要的不在于当代文学是否写了悲剧，是否符合某种悲剧的美学标准，而在于当代文学、文化的健康发展需要悲剧意识的支撑与维系。本书以宏观与微观结合的方式，把对具体的当代小说文本的观照，纳入文学史整体的脉络中，对中国"新时期"小说的悲剧现象与悲剧意识进行较为系统的探讨；以悲剧美学为理论依托，试图超越感性的梳理以及纯粹的审美观照，建构一种能够作为当代文学价值判断依据的理论视野，企望对"悲剧意识和中国当代文学"这一重要课题有所推动。

第一节　悲剧·悲剧性·悲剧意识·悲剧精神

一个多世纪以前，自称为"第一个悲剧哲学家"的尼采在他的《悲剧的诞生》中写道："今日我们正在经历着悲剧的再生，危险在于既不知道它来自何处,也不明白它去向何方,我们还有什么时候比今日更需要这些最高明的导师呢?"① 尼采一面以他预言家式的敏感,热切地呼唤着悲剧的再生,一面又表达着对于信仰断裂以后悲剧再生的疑虑。20世纪以来,古老的悲剧艺术在现代主义和后现代主义语境中遭逢的前所未有的挑战,印证了尼采的预言,原本就莫衷一是的悲剧理念也因而显得更加矛盾与混乱。对于中国"新时期"以来的小说创作而言,悲剧意识的苏生和裂变同样敏感地参与和传递着其审美风貌和审美精神的变迁,然而,以"悲剧意识"这一源自西方美学的范畴作为考察中国当代小说的视域时,一个重要而困难的问题在此显然无法回避:如何界定"悲剧"和"悲剧意识"?

一般说来,"悲剧"有狭义和广义之分。狭义的悲剧指发端于古希腊的一种戏剧种类,广义的悲剧则是一个美学范畴,它源自西方美学与哲学对狭义悲剧的考察,并逐渐超越了戏剧这一体裁,也可以表现在其他艺术形式之中。本书的"悲剧"指广义的悲剧。

悲剧反映的是现实人生中的悲剧性②。美国美学家柯列根(Robert W. Corrigan)指出:"当我们探讨悲剧时,我们进入美学领域;当我们谈论悲剧性时,我们是在经验领域。"③ 悲剧性指涉着人生中的摧残与毁灭,这里的摧残与毁灭既可指肉体的,也可指精神的。悲剧表现受难和毁灭以及"人生中可怕的事物"④,这得到了

---

① [德] 尼采:《悲剧的诞生》,周国平译,北岳文艺出版社2004年版,第81页。
② 在一些美学著作中,美学范畴的"悲剧"又被称为美学范畴的"悲剧性",悲剧性也因而不得不被分为狭义与广义:狭义"悲剧性"指美学范畴的"悲剧性",也即美学范畴的"悲剧";广义的"悲剧性"则指现实中的悲剧性。为了避免概念的混淆与重叠,本书中的"悲剧性"皆指代现实中的悲剧性,"悲剧"皆指代美学范畴的悲剧。
③ Robert W. Corrigan, Tragedy and the Tragic Spirit, *Tragedy*, Edited by Robert W. Corrigan, published in 1981 by Harper & Row, New York, p.8.
④ [俄] 车尔尼雪夫斯基:《生活与美学》,周扬译,人民文学出版社1957年版,第33页。

几乎所有悲剧学说的一致认同,让-皮埃尔·韦尔南总结道:"悲剧是一种创造悲剧性的文学体裁。"① 悲剧和悲剧意识以悲剧性作为反映和把握的对象。

西方悲剧创作史上出现的几次繁荣②,皆发生于社会历史转折时期的过渡性文化语境③,无不在创作的演进中映现出文化过渡性的投影。吕西安·戈德曼指出:"从历史的角度考虑,悲剧观只不过是一种过渡的观点。"④ 雅斯贝尔斯也认为:"综合的历史哲学应该把人类情境的变迁解释为生命的历史方式意味深长的贯接;在每一时代,这些生命方式都说明了普通情境以及行为、思想的主要模式。它们并非猝然间彼此取代。当新方式逐渐显露,旧方式还仍然存在着。面对尚未消亡的旧生命方式的持久力和内聚力,新方式的巨大突进最初注定要失败。过渡阶段是一个悲剧地带。"⑤ 在新旧两种文化语境、历史力量的相持和过渡中诞生,并直接或间接地反映这种过渡性的悲剧实践,原本就不可能是一种恒定的观念和形态,也正

---

① [法]让-皮埃尔·韦尔南:《神话与政治之间》,余中先译,生活·读书·新知三联书店 2001 年版,第 437 页。
② 当代英国批评家约翰·奥尔在《悲剧与现代社会》一书中,把西方悲剧艺术发展史分为三大时期,"第一是古希腊悲剧时期,第二是莎士比亚悲剧和法国古典主义悲剧时期,第三就是从易卜生以来的现代悲剧时期"(参见任生名:《西方现代悲剧论稿》,上海外语教育出版社 1998 年版,第 105 页)。这虽是以戏剧体裁的悲剧作为考察对象的,但作为对广义的西方悲剧艺术史的概括大体也是不错的,只是第三时期,应包括西方 19—20 世纪的小说,因为"十九—二十世纪的小说比这些年所创作的戏剧,在某些方面还更深刻地体现了悲剧精神"([英]克利福德·利奇:《悲剧》,尹鸿译,昆仑出版社 1993 年版,第 44 页)。
③ 古希腊悲剧的诞生,正值古希腊理性主义潮流的兴起,原始的神话世界观正全面地受到哲学世界观的冲击;继古希腊之后西方悲剧文学的又一座丰碑——莎士比亚悲剧诞生之时,人本主义的文艺复兴运动正全方位地冲破中世纪的神学壁垒;19—20 世纪的西方现代悲剧实践期间,工业化与后工业化时代的大机器生产与集约化生活发生了前所未有的急遽变化,西方两千多年的形而上学思维传统以及建立在逻各斯中心论之上的文化模式陷入了不可克服的危机。
④ [法]吕西安·戈德曼:《隐蔽的上帝》,蔡鸿滨译,百花文艺出版社 1998 年版,第 43 页。
⑤ [德]雅斯贝尔斯:《悲剧的超越》,亦春译,工人出版社 1988 年版,第 35 页。

如雅斯贝尔斯指出的："悲剧形式历史的表达之间的这种差异和悬殊，使它们相互引发、提示，容易为人理解。……正是透过这些差异和悬殊，我们才认识到悲剧意识的各个层面，认识到用悲剧来解释存在的各种可能性。"① 将全部西方悲剧实践视为一个整体，仍然清晰地呈现出作用于每一具体兴盛阶段的演变规律，即理想性与英雄性的逐渐衰落，及与此相应的个体意识与危机意识的不断深化。如果说古希腊的悲剧人物更多地被作为某种普遍的伦理力量的代表，近代的悲剧人物则更多地偏重于个人的目标、野心和情欲。到了现代，悲剧人物显现为孤立、渺小的个人，内在心理与精神层面也被进一步渲染，只不过孤立的个体生存体验在现代悲剧这里又被上升为某种普遍的关怀，从而具有了高度的象征性和隐喻性。

悲剧艺术的发展过程，事实上是以感性观照的形式表现出来的一部文明史，展现了人类自我意识逐步觉醒的历程。即使在古希腊神性色彩最浓重的埃斯库罗斯那里，也鲜明地呈示了自我理性的觉醒，由此才导致了人与神的分裂。《被缚的普罗米修斯》中，尽管这个为人类盗火造福的英雄直接以神的面目出现，然而诚如尼采所言，埃斯库罗斯以他的"深厚正义感"，刻画了"勇敢的'个人'的无量痛苦"和对"诸神末日的预感"。尼采如此评说道："埃斯库罗斯如此胆大包天，竟然把奥林匹斯神界放到他的正义天秤上去衡量，使我们不能不鲜明地想到，深沉的希腊人在其秘仪中有一种牢不可破的形而上学思想基础……"② 正是由于从自我出发的理性的觉醒，掌管着人的命运的诸神才愈来愈深地受到质疑。吕西安·戈德曼认

---

① ［德］雅斯贝尔斯：《悲剧的超越》，亦春译，工人出版社1988年版，第7页。
② ［德］尼采：《悲剧的诞生》，周国平译，北岳文艺出版社2004年版，第36页。

为"理性主义在人的方面只涉及——极而言之——一些孤立的个人"①。在17世纪以后的西方悲剧尤其西方现代悲剧中，个人的孤立和渺小被表现得更为极端。

与自我理性的觉醒相伴而来的，是人对自我和生命价值的认同开始出现危机，这在古希腊欧里斯庇得悲剧中已初露端倪。古希腊悲剧的主人公面对的，始终是一个生与死的问题，是人的生命是否有一个最终的绝对秩序的问题。作为悲剧起源的酒神崇拜及其所表征的神话世界观，为古希腊悲剧的这一绝对秩序提供了原始的基础，古希腊人相信，只有通过承担牺牲，死后才能与有着永恒生命的酒神狄俄尼索斯融为一体，获得某种形式的复活与永生。这个绝对的秩序在埃斯库罗斯的一些剧作中，来自神的意志，而在更多的古希腊悲剧中，则来自某种凌驾于神意之上的带有普遍性的伦理目的。悲剧主人公作为绝对秩序的化身和传达者，其受难和毁灭因而具有了价值感，这里显然存在一种同一化的思维。18世纪的谢林视神话为"绝对同一"的最高典范，认为唯有植根于神话，艺术方可兴盛，绝对永恒的概念才得以体现②。20世纪的恩斯特·卡西尔也把神话看作一种真实的思维方式，认为神话也具有自己的先验构架和形式系统，只不过它不具备经验科学思维中的非此即彼的区别意识而遵循一体化原则，即主观与客观、整体与部分、自由与必然、有限与无限之间的无差别的同一③。恩斯特·卡西尔还指出，"整个神话可以被解释为就是对死亡现象的坚定而顽强的否定""原始宗教或许是

---

① ［法］吕西安·戈德曼：《隐蔽的上帝》，蔡鸿滨译，百花文艺出版社1998年版，第40页。
② ［德］谢林：《先验唯心论哲学体系》，梁志学、石泉译，商务印书馆1977年版，第277页。
③ ［德］恩斯特·卡西尔：《神话思维》，黄龙保、周振选译，中国社会科学出版社1992年版，第42页。

我们在人类文化中可以看到的最坚定最有力的对生命的肯定"。① 在某种意义上，正是原始酒神崇拜及神话世界观所具有的肯定人生的力量，使古希腊悲剧成为悲剧艺术的"高不可及的范本"②。

　　起源总是昭示着本质。如果只强调酒神崇拜和神话的同一感，就无法真正理解古希腊悲剧中人与命运的冲突，以及能够获得永生的人在承担命运时所感受到的分裂和痛苦；同样，如果只看到个体的不幸和理性的觉醒，则无法最终实现悲剧对人和生命价值的肯定。仅仅用酒神精神或哲学理性来阐释悲剧的本质，难免会失之偏颇。在西方悲剧理论体系中，亚里士多德在《诗学》中对悲剧所作的定义③"雄霸了2 000余年"④，影响深远。然而，亚里士多德的悲剧定义用情节结构和形而上学取代古希腊悲剧的酒神精神和神话意识，视悲剧的创作为一种人工技艺，其"突转与发现说""过失说""怜悯与恐惧说"等引起的后世诗学的长期纷争，不能不说是以哲学理性取代诗性的错位。19世纪后期的尼采则强调神话在悲剧中的意义，用酒神精神来阐释悲剧的本质，提出这样的"悲剧的秘仪学说"："认识到万物根本上浑然一体，个体化是灾祸的始因，艺术是可喜的希望，由个体化魅惑的破除而预感到统一将得以重建。"⑤ 尼

---

① ［德］恩斯特·卡西尔：《人论》，甘阳译，上海译文出版社2003年版，第132页。
② ［德］马克思：《〈政治经济学批判〉导言》，载《马克思恩格斯全集》第46卷（上），中共中央马克思恩格斯列宁斯大林著作编译局编译，人民出版社1979年版，第49页。
③ 《诗学》原文如下，"悲剧是对于一个严肃、完整、有一定长度的行为的摹仿；它的媒介是语言，具有各种悦耳之音，分别在剧的各部分使用；摹仿方式是借人物的动作来表达，而不是采用叙述法；借引起怜悯与恐惧使这种情感得到陶冶"（参见［古希腊］亚里士多德：《诗学》，陈中梅译注，商务印书馆1996年版，第63页）。亚里士多德从摹仿对象、摹仿媒介、摹仿方式三个方面以及悲剧摹仿的特殊目的上来界定悲剧这一艺术的性质、特征和作用，《诗学》的各章，在此基础上对这个悲剧的定义给予了较为详尽的阐释和论证。
④ ［俄］车尔尼雪夫斯基：《美学论文选》，缪灵珠译，人民文学出版社1957年版，第124页。
⑤ ［德］尼采：《悲剧的诞生》，周国平译，北岳文艺出版社2004年版，第39页。

采认为"在理论世界观与悲剧世界观之间存在着永恒的斗争。只有当科学精神被引导到了它的界限,它所自命的普遍有效性被这界限证明业已破产,然后才能指望悲剧的再生"①。尼采深刻地洞察到理性主义的膨胀对悲剧的消解,然而却不愿正视或有意忽略理性同时也是生成悲剧意识的不可或缺的前提。

内在的悖反是理解悲剧和悲剧意识的关键,悲剧正是从这样两个悖反的层面来反映和把握悲剧性的:首先,悲剧性的摧残与毁灭,须被确认为是人生中有价值的东西。"真正的悲剧的根本意义就是肯定人"②,各种不同的悲剧学说在这一点上都可握手言和。亚里士多德要求悲剧人物应该"倾向于表现比今天的人好的人"③,"好"其实就是价值的体现;黑格尔也对亚里士多德的"怜悯与恐惧说"作了肯定性的阐释:"悲剧人物的灾祸如果要引起同情,他就必须本身具有丰富内容意蕴和美好品质……"④ 苏联美学家列·斯托洛维奇更认为悲剧"是形体上已经毁灭或者形体和道德上蒙受灾难的人和现象的价值的确证"⑤。美的本质是人的本质力量对象化,最终是对人的肯定,作为一种审美现象的悲剧的实质,最终也指向对人生的肯定而非否定。其次,悲剧性的受难与毁灭,应以必然性的冲突为基础。"全部悲剧艺术都是以隐蔽的必然性对人类自由的这种干预为基础的"⑥,这在美学史上曾为三座悲剧理论发展的里程碑——亚里士多德、黑格尔和恩格斯所一致强调。席勒也指出:"一件个别的事

---

① [德] 尼采:《悲剧的诞生》,周国平译,北岳文艺出版社 2004 年版,第 73 页。
② [法] 吕西安·戈德曼:《隐蔽的上帝》,蔡鸿滨译,百花文艺出版社 1998 年版,第 57 页。
③ [古希腊] 亚里士多德:《诗学》,陈中梅译注,商务印书馆 1996 年版,第 38 页。
④ [德] 黑格尔:《美学》第三卷(下册),朱光潜译,商务印书馆 1997 年版,第 288 页。
⑤ [苏] 列·斯托洛维奇:《审美价值的本质》,凌继尧译,中国社会科学出版社 1984 年版,第 137 页。
⑥ [德] 谢林:《先验唯心论体系》,梁志学、石泉译,商务印书馆 1976 年版,第 245 页。

故，无论它多么含有悲剧性，还不能构成悲剧。"① 偶然事件以及生老病死的自然衰亡必须被纳入必然性的链条才能构成悲剧，因为只有建立在必然性基础上，才可能揭示出事物的某种规律性，包含某种普遍的社会意义。

  国内的美学研究中，目前对悲剧的解释最常采用以下三种说法：一者是鲁迅的"悲剧是将人生有价值的东西毁灭给人看"②；一者是恩格斯的"历史的必然要求和这个要求的实际上不可能实现之间的悲剧性的冲突"③；一者是黑格尔的两种片面而又带有一定普遍性的伦理力量的"冲突说"④。比起其他诸多悲剧学说，这三个定义确实触及了悲剧深层的悖反结构，无疑更富有思辨色彩，但也明显各有欠缺。如果说鲁迅的悲剧观忽略了悲剧的必然性基础，作为一般定义的缺陷过于宽泛，恩格斯的悲剧观作为一般的悲剧定义则过于狭窄。恩格斯悲剧观的核心是新旧社会关系的交替，一些悲剧名作如莎士比亚的《麦克白》、拉辛的《安德洛马克》等作品中，悲剧主人公对悲剧的酿成负有不可推卸的主观责任，依照恩格斯的悲剧观，这些悲剧势必被排除在悲剧范畴之外。黑格尔的冲突说则在根本上取消了冲突双方可能存在的"善"与"恶"的区别，认为冲突的

---

① [德]席勒：《论悲剧艺术》，张玉书译，载古典文艺理论译丛编辑委员会编《古典文艺理论译丛》（六），人民文学出版社1963年版，第99页。
② 鲁迅：《再论雷峰塔的倒掉》，载《鲁迅全集》（第一卷），人民文学出版社1981年版，第112页。
③ [德]恩格斯：《致斐·拉萨尔》，载《马克思恩格斯全集》第4卷，中共中央马克思恩格斯列宁斯大林著作编译局编译，人民出版社1972年版，第586页。
④ 原文如下："基本的悲剧性就在于这种冲突中对立的双方各有它那一方面的辩护理由，而同时每一方拿来作为自己所坚持的那种目的和性格的真正内容的却只能是同样有辩护理由的双方否定掉或破坏掉。因此，双方都在维护伦理理想之中而且就通过实现这种伦理理想而陷入罪过之中。"参见[德]黑格尔：《美学》第三卷（下册），朱光潜译，商务印书馆1981年版，第286页。

"和解"即"永恒正义"的实现使悲剧人物的命运具有了根本的"合理性"①，从而排除了东方艺术中由纯粹的"善与恶"的对立所导致的悲剧形态。因而，对以上悲剧观进行扬弃，较为合适的悲剧定义可以概括为"悲剧是将人生有价值的东西以必然的方式毁灭给人看"。

由必然的毁灭来确认价值，表明"悲剧不仅表现生活的肯定，而且也表现生活的否定"②。这个内在的悖反同样是理解"悲剧意识"的关键：一方面，"所有形式的悲剧意识有一个共同特点：它们都表达了人与社会和人与宇宙世界之间关系的深刻危机"③；另一方面，"悲剧所展示的，并非仅是不该毁灭的遭到毁灭，更在于遭到毁灭的得到含泪的肯定"④。与这两重悖反的向度相对应，本书对悲剧意识作这样的界定：悲剧意识就是对现实悲剧性的意识，是对现实悲剧性的反映和文化把握。它既有反映现实的一面，又有能动地认识现实、结构现实的一面，由这样两个相辅相成的层面组成：一是暴露层面。悲剧意识暴露人类、文化的困境，表达人在自我实现的过程中感受到的分裂和危机，追问人受难的根源。二是弥合层面。悲剧意识又把人类、文化的困境从形式和情感上弥合起来，肯定人的尊严和生命的价值。小说中的悲剧意识，就是由小说叙事中的"暴露"和"弥合"所体现出来的悲剧世界观和悲剧审美建构的。

悲剧精神则是悲剧审美形态的灵魂，但不是审美形态本身，"饱含悲剧精神的主体只有在超越自身对立面的斗争冲突中才能形成具

---

① ［德］黑格尔：《美学》第三卷（下册），朱光潜译，商务印书馆 1981 年版，第 310 页。
② 《别林斯基选集》第二卷，满涛译，上海译文出版社 1979 年版，第 117 页。
③ ［法］吕西安·戈德曼：《隐蔽的上帝》，蔡鸿滨译，百花文艺出版社 1998 年版，第 54 页。
④ 刘小枫：《拯救与逍遥》，上海三联书店 2001 年版，第 269 页。

体可感的审美形态"①。本书认为,悲剧精神是主体在悲剧性冲突中表现出来的一种逆进的生命激情和意志力量,它不是一种抽象的存在,具体呈现为主体面对不可避免的灾难与毁灭表现出来的抗争、超越和自觉承担的精神。悲剧精神是悲剧的灵魂,是悲剧内在的质的规定性。在西方悲剧中,悲剧精神常常联系着美学的"崇高"。古罗马的郎吉弩斯、英国的博克、德国的康德等人,分别在他们的著作中,将崇高定义为由人的心灵产生的对象性的伟大感和超常感②。这种伟大和超常可以是自然界的事物,也可以是人的精神,它源于人对本质和终极价值等彼岸性存在的崇拜。作为对人的精神力量的一种描述,崇高在悲剧范畴中所呈现的意义在于,面对不可避免的灾难与毁灭,当悲剧人物表现出超常的勇气、意志和力量时,这种超常的勇气、意志及力量就是一种崇高。需要指出的是,悲剧不全是崇高的,崇高也不全是悲剧的。

悲剧精神同样源于悲剧内在的悖反,没有"暴露"与"弥合"以及命运和生命力之间的反向张力,悲剧精神就无从谈起。作为内在的质的规定性,悲剧精神决定了理想的悲剧审美建构对"暴露"和"弥合"之平衡的追求,即要求在描绘人的渺小无力的同时,肯定人的价值和尊严。艾·阿·瑞恰慈在《文学批评原理》中指出:"除了在悲剧中,无法找到更清楚的例证来显示'对立或不协和的品质的平衡或调和'。"③ 克利福德·利奇也认为:"悲剧的一种特殊效

---

① 佴荣本:《悲剧美学》,江苏文艺出版社 1994 年版,第 5 页。
② 参见 [罗马] 郎加纳斯(通译为郎吉弩斯):《论崇高》,载伍蠡甫等编《西方文论选》,上海译文出版社 1979 年版;[英] 博克:《论崇高与美两种观念的根源》,载古典文艺理论译丛编辑委员会编《古典文艺理论译丛》(五),人民文学出版社 1963 年版;[德] 康德:《判断力批判》,邓晓芒译,杨祖陶校,人民出版社 2002 年版。
③ [英] 艾·阿·瑞恰慈:《文学批评原理》,杨自伍译,百花洲文艺出版社 1992 年版,第 223 页。

果就在于有一种平衡感,一方面认识到世界受一种异己的、敌对的命运所支配,另一方面则认为这些表面的罪恶在一定程度上是可以用善意的方式作出解释。"① 在作为悲剧最高典范的古希腊悲剧中,索福克勒斯的剧作最好地体现了悲剧审美建构的平衡。《俄狄浦斯王》《安提戈耶》等剧中,一方面人与神、人与命运的冲突被表现得极端、尖锐、不可调和,无论主人公如何选择,都必然被一种不可理解又无法抗拒的力量推向毁灭;另一方面,主人公又都以非凡的勇气承担了自己的命运,表现出生命的伟大和崇高。索福克勒斯的悲剧因"暴露"和"弥合"的平衡建构迸发出强劲的悲剧精神,得到了亚里士多德、莱辛、歌德、吕西安·戈德曼等不同时代美学家的一致推崇,他甚而被认为是"人们通常所说的希腊三大悲剧作家中惟一无可争辩的悲剧作家"②。

在具体的悲剧实践中,与过渡性语境相互投射的"暴露"与"弥合"常常呈示出某种程度的不平衡,而当一者几乎为另一者所压倒和遮蔽的时候,内在的悖反结构便被消解了,由此往往派生出悲观主义或乐观主义的泛化的悲剧观(泛悲剧观)。近代以来的泛悲剧观中,叔本华可谓是悲观主义悲剧观的突出代表。叔本华把世界归结为两个终极因素——意志和表象,他的全部学说都围绕着一个中心:为了实现纯粹的表象而消灭意志。他认为意志是盲目的,以自我为中心,遵循着个体化原则,"一切欲求皆出于需要,所以也就是出于匮乏,所以也就是出于痛苦"③,因而"没有彻底的意志之否定,真正的得救,解脱生命和痛苦,都是不能想象的。在真正解脱

---

① [英]克利福德·利奇:《悲剧》,尹鸿译,昆仑出版社1993年版,第82页。
② [法]吕西安·戈德曼:《隐蔽的上帝》,蔡鸿浜译,百花文艺出版社1998年版,第54页。
③ [德]叔本华:《作为意志和表象的世界》,石崇白译,商务印书馆1982年版,第273页。

之前,任何人都不是别的,而是这意志自身。这意志的现象却是一种在幻灭中的存在,是一种永远空无所有,永不遂意的挣扎努力,是上述充满痛苦的世界"①。在这里,世界成为地狱,快乐只是永恒痛苦过程中的短暂间歇,而解决的出路只在否定意志,放弃永不知足的欲望和徒劳无益的抗争。叔本华的观点排除了悲剧的"弥合",走向对人生的否定。"十七年"期间曾对我国文艺界产生了巨大影响的苏联学者季莫菲耶夫、毕达可夫等人的悲剧观,则是一种典型的乐观主义悲剧观。季莫菲耶夫认为"反映不能解决和不能和缓的生活矛盾""描写没有出路的矛盾"的传统的悲剧概念,已经不适应于社会主义文学,社会主义文学中的悲剧是"乐观的悲剧",悲剧主人公"为了公众事业而死,这便扫除了从个人主义观点看来是无出路的立场"②;毕达可夫也沿用季莫菲耶夫的观点:"主人公的死亡变成了他的胜利,他的精神的不朽。这样,悲剧就具有了乐观主义的性质……这些英雄人物的死亡本身就肯定了新事物的不可战胜的力量,预言了新事物的必然最后胜利。"③ 对新事物的肯定取代了对主人公生命价值的肯定,个人的不幸被遮蔽和忽略,当然也无所谓必然的冲突与危机。

事实上,伟大的悲剧所呈示给我们的世界,往往可能同时包含着悲观和乐观的因素,但归根结底往往既不是悲观的,也不是乐观的,因为"它表现恶的最可怕的方面,而且并不总是让善和正义获得全胜",同时"它激发我们的生命力感和努力向上的意识"④。这

---

① [德]叔本华:《作为意志和表象的世界》,石崇白译,商务印书馆1982年版,第545页。
② [苏]季莫菲耶夫:《文学原理》,查良铮译,平明出版社1955年版,第402页。
③ [苏]依·萨·毕达可夫:《文艺学引论》,北京大学文艺理论教研室译,高等教育出版社1958年版,第185—186页。
④ 朱光潜:《悲剧心理学》,安徽教育出版社1996年版,第274页。

种世界观与"暴露"和"弥合"的平衡相对应，往往以疑问和探求告终，它不满足于任何思考的结果，与宗教信条和哲学理念格格不入，正如英国学者狄克逊所说："只有当我们被逼得进行思考，而且发现我们的思考没有什么结果的时候，我们才在接近于产生悲剧。"① 阿·尼柯尔也指出："所有伟大的悲剧都是提出问题，而不提供解决的办法。"② 雅斯贝尔斯则以"真理与现实分裂"③ 来概括悲剧世界观，他认为在悲剧中，"胜利并非在坚持实存者身上，而是在失败者身上"，由于"胜利的是普遍性、世界秩序、道德秩序、全面生活、永恒性——但在对此普遍性的承认中同时存在一种摒弃：普遍性具有的性质是，这种反抗它的人类伟大的失败变得必然"，因而在悲剧中，"其实无物胜利"④。雅斯贝尔斯的观点包含了黑格尔所说的"永恒正义"（"绝对理念"）的胜利实现，但却远比黑格尔重视个人在这一过程的失败和不幸。正是由于雅斯贝尔斯把个人的失败与"绝对秩序"⑤ 的胜利同等并置，悲剧才在"人类追求真理的绝对意志"的呈露中，代表着"人类存在的终极不和谐"⑥。吕西安·戈德曼也认为，"我们可以给悲剧下一个定义：它是一个充满令人焦虑的问题而又得不出答案的世界。悲剧是最高价值、古典人文主义的本质本身、人与世界的统一遭受到威胁时的瞬时的表现"⑦。

---

① ［英］狄克逊：《论悲剧》，载朱光潜《悲剧心理学》，安徽教育出版社 1996 年版，第 279 页。
② ［英］阿·尼柯尔：《西欧戏剧理论》，徐玉瑚译，中国戏剧出版社 1985 年版，第 162 页。
③ ［德］卡尔·雅斯贝斯（通译为雅斯贝尔斯）：《卡尔·雅斯贝斯文集》，朱更生译，青海人民出版社 2003 年版，第 448 页。
④ ［德］卡尔·雅斯贝斯：《卡尔·雅斯贝斯文集》，朱更生译，青海人民出版社 2003 年版，第 451—452 页。
⑤ 为避免概念的混乱，本书以"绝对秩序"来指称悲剧中用以实现对悲剧人物自我生命认同的绝对性体系和标准，涵盖雅斯贝尔斯所说的悲剧中的"普遍性、世界秩序、道德秩序、全面生活、永恒性"，以及黑格尔所说的"永恒正义""绝对理念"等。
⑥ ［德］雅斯贝尔斯：《悲剧的超越》，亦春译，工人出版社 1988 年版，第 35 页。
⑦ ［法］吕西安·戈德曼：《隐蔽的上帝》，蔡鸿滨译，百花文艺出版社 1998 年版，第 55 页。

在没有答案,从而也就没有社会历史的外部力量提供慰藉和允诺补偿的世界里,主人公面对受难和毁灭所做的抉择和反应,才真正凸显出他作为个人的生命力和精神强度,作为悲剧质的规定性的悲剧精神才能得到最充分的激扬。

需要指出的是,悲剧精神在实现了平衡建构的理想形态的悲剧中呈现得最充分,但这并不意味着悲剧精神只能存在于理想形态的悲剧中,如前文对悲剧实践演进中的过渡性的分析,即使在悲剧创作的兴盛阶段,也并不都是理想形态的悲剧,而往往或偏于暴露或偏于弥合。或许可以这样说,悲剧正是因其形态演进中的过渡性、内在结构上的悖反性与理想建构要求的平衡性,而显得充满矛盾,令人难以把握。

第二节 中西悲剧的差异与20世纪中国文学悲剧意识的流变

悲剧形态演进中的过渡性、内在结构上的悖反性和理想建构追求的平衡性,作为悲剧的基本特征和一般规律,同样适用于东方的悲剧文化,其悲剧意识一样包含着"暴露"和"弥合"两个层面。但正如现有的研究已指出的那样,由于文化精神及具体社会历史语境的不同,中西文化的悲剧意识更主要表现为显著的差异。有研究者指出:"西方悲剧意识偏于揭示困境,中国悲剧意识则更偏于弥合困境。"[①] 从形态上来看,这种观点大体是不错的,但重要的是应从中西文化性质的根本差异来把握其悲剧意识的差异,

---

① 尹鸿:《悲剧意识与悲剧艺术》,安徽教育出版社1992年版,第108页。

且中西悲剧意识各是一个动态的发展变化过程,不宜以偏概全地简单化理解。

在西方的悲剧文化中,"暴露"与"弥合"的相对平衡是通过一种极端化的方式来实现的。吕西安·戈德曼的这段分析颇有启示性的意义:"悲剧意识的两个相互矛盾的成分(之所以称为'成分',因为我们不得不将它们人为地分开以便进行分析),这就是极端的现实主义和绝对的道德准则的要求。……这种作为悲剧意识本质的综合的要求,对立物的结合要求,通过肯定悲剧意识(而且还有辩证思想)能够承认的惟一真正价值正是如个体的本质、有意义的个体这样一些对立物的结合,而表现在道德准则与真实、理性与感性、有意义与个体、灵魂与躯体的关系这一基本的哲学问题上。"①"有意义的个体"可被视为对西方悲剧意识的简练概括。它首先指向西方悲剧的个体性主体的原则。古希腊悲剧中,悲剧英雄都以自己专断的意志来承担自己的命运,如果他们的行为实现了正义和道德,也是出于他们个人的意向;文艺复兴以后的西方悲剧中,悲剧主人公的毁灭,往往"正是由于他们坚定顽强,始终忠实于自己和自己的目的。他们并没有伦理的辩护理由,只是服从自己个性的必然性,盲目地被外在环境卷到行动中去,就凭自己的意志力坚持到底,即使他们迫于需要,不得不和旁人对立斗争,也还是把所做的事情坚持到底"②。"有意义的个体"还联系着西方悲剧中抽象、普遍的绝对秩序,即悲剧创作衡量人物价值的标准,它从个体自我出发,以生命和生命力为基本价值尺度,它超越于现实的、具体的社会秩序

---

① [法]吕西安·戈德曼:《隐蔽的上帝》,蔡鸿滨译,百花文艺出版社1998年版,第76—77页。
② [德]黑格尔:《美学》第三卷(下册),朱光潜译,商务印书馆1981年版,第326页。

与伦理规范，指向某种更为自由的生存和更为理想的人性。也就是说，西方文化的悲剧意识，归根结底是通过否定现实来实现对理想性的肯定的。个人在维护和发展自己的个体自足中，主动挑起与现实秩序的冲突和碰撞，在毁灭中追求一种新的和谐，正如马尔库塞指出的，西方文化"借助于美学改造，在个人的典型命运中表现了普遍的不自由和反抗力量，从而突破被蒙蔽的（和硬化的）社会现实，打开变革的（解放的）前景"①。

而在中国传统文化结构中，天人合一的宇宙观、循环往复的历史观、忠孝节义的伦理观、内圣外王的人生观和温柔敦厚的美学观，都追求着人与现实秩序的"和合"之境，从而决定了悲剧精神的相对薄弱。与西方"有意义的个体"相对照，中国传统文化的悲剧意识分别以从属性、集体性的主体和世俗的宗法伦理，来取代极端的个体性主体和抽象的绝对秩序。其"暴露"与"弥合"因而带有相对性和调和性，具体呈示为"悲剧品位的世俗性，悲剧情感的中和性，悲剧结局的圆满性"②。黑格尔指出："东方的世界一开始就不利于戏剧艺术的完备发展。因为真正的悲剧动作情节的前提需要人物已意识到个人自由独立的原则，或是至少需要已意识到个人有自由自决的权利去对自己的动作及其后果负责。"③ 西方悲剧中个体的主体性，是与动力型的西方文化相适应的，而稳定型的中国文化，强调的是个体对现实秩序的依附性和对社会、群体的从属性。儒家文化为个人设计的自我实现的理想——"正心、诚意、修身、齐家、治国、平天下"，是一种非个人主义的义务型人格，集中呈示了中国

---

① ［美］马尔库塞：《美学方面》，载陆梅林选编《西方马克思主义美学文选》，漓江出版社 1988 年版，第 267 页。
② 谢柏梁：《中国悲剧史纲》，学林出版社 1993 年版，第 294 页。
③ ［德］黑格尔：《美学》第三卷（下册），朱光潜译，商务印书馆 1981 年版，第 297 页。

文化的伦理本位。因而中国传统文化的悲剧意识是受动的、日常的，它往往具体生成于个人在追求儒家文化理想过程中的不得志，个体被整体遗弃，或者蒙受冤屈等。它并不提出一种超越于现存秩序或现实关系的理想，也并不想改变既定的格局，而只是想恢复个体与整体格局的和谐关系，调整日常的现实矛盾。如果说俄狄浦斯、哈姆雷特、浮士德精神是西方悲剧意识的代表，屈原精神则是中国传统文化悲剧意识的概括：它一方面暴露了个体被整体所误解、排斥而造成的悲剧性现实，另一方面通过个体对这一整体矢志不渝、至死无悔的忠诚和信念来进行弥合。

尽管中国文学史上始终未出现西方那样的悲剧艺术的黄金时代，但确也产生过《离骚》《孔雀东南飞》《长恨歌》《窦娥冤》《桃花扇》《红楼梦》等悲剧杰作，也不同程度地映现出社会历史与文化的过渡性，如有研究者指出的"乱世出悲剧"[①]的规律。如果说屈原精神是在中国传统文化的奠基期春秋战国时代诞生的传统文化悲剧意识和悲剧精神的象征，《红楼梦》《桃花扇》则是在传统文化受到严峻挑战的明清时期涌现出的中国悲剧艺术的杰出代表。比之于其他的传统悲剧，《桃花扇》和《红楼梦》无疑深化了暴露色彩。《桃花扇》对悲剧性的把握超越了家国之痛，流露出个体人生的空幻感；《红楼梦》则以更为明确的个性解放要求深刻质疑了封建文化，彻底冲破了传统的大团圆模式，其对现实的怀疑上升到某种形而上的高度。与此同时，《红楼梦》和《桃花扇》又都带有传统悲剧意识的特点，无论是侯方域和李香君，还是贾宝玉和林黛玉，都像所有才子佳人一样，缺乏正视现实的理性精神和反抗现实的意志力量，《桃花扇》

---

① 参见谢柏梁：《中国悲剧史纲》，学林出版社1993年版，第294页。

归结于"道",《红楼梦》归结于"佛",最终都导向对这个悲剧的否定。

近现代以来,中国的悲剧美学发生了根本的转变,这里有外国文学的影响,但更重要的是中国社会历史的剧烈变迁从根本上改变了中国知识分子的世界观和人生观。引起我们注意的首先是两个人:王国维和鲁迅。

站在传统与现代文化的交点上,同时也是中西文化的交点上的王国维,是中国第一个悲剧美学家、批评家,他于20世纪初发表的《红楼梦评论》标志了系统、自觉的悲剧理论在中国的第一次出现。身处于一个旧时代风雨飘摇的末尾,王国维清晰地看到了中国文化的悲剧性处境,他的悲剧观深受叔本华的影响,以"解脱"为理想,对"寂灭"之境、无生之域作了肯定性描述。如有论者指出的那样:"王国维是从同情和理解中国古代文化及其悲剧命运的立场上建立其悲剧意识的,这使他没有可能进入新文学的创造。"[①] 尽管如此,王国维的悲剧观仍然在两个重要方面对"五四"以后的现代悲剧观的形成产生了直接的影响和重要的启示。首先,王国维第一个以西方文学为参照,指出和批评了中国文学中的"团圆意识"。对于传统文学作品中普遍的"始于悲者终于欢,始于离者终于合,始于困者终于亨",王国维批评道:"吾国人之精神,世间的也,乐天的也,故代表其精神之戏曲小说,无往而不着此乐天之色彩。"[②] 这显然给以后的"五四"新文学以启示。其次,王国维以《红楼梦》为例,高度评价了悲剧艺术的价值和意义,对"五四"时期也产生了重要影响。因而,王国维的悲剧观既是中国现代悲剧观的前奏,在内在精

[①] 王富仁:《悲剧意识和悲剧精神》,《江苏社会科学》2001年第2期。
[②] 王国维:《红楼梦评论》,上海古籍出版社2005年版,第13页。

神上又与"五四"以后的悲剧观格格不入。

与王国维的古代文化立场不同,鲁迅是从新文化创造者的悲剧处境建立起自己的悲剧意识的,他不但是一个具有强烈悲剧意识的中国知识分子,还是新的中国悲剧文学的创造者。他的《狂人日记》是中国现代有良知的知识分子悲剧命运的象征,不仅改变了中国悲剧作品的题材、内容和观念,而且有力地冲击了"瞒和骗"的传统文化心态。几千年伦理本位的传统悲剧都是弱者被强者毁灭、多数人(善)被少数人(恶)欺压的悲剧,《狂人日记》表现的却是强者被弱者毁灭、少数人被多数人钳制的悲剧,它不是导向道家的离世、佛家的出世、儒家的顺从和法家对强权的肯定,而是导向对一个人的尊严和骄傲、一个现代中国人的价值和意义的思考。《狂人日记》既揭示了自我存在的悲剧性,以及这悲剧的严重性,又在沉重的悲剧命运中发掘自我存在的价值和意义,显示了反抗自己悲剧命运的力量,因而折射出强烈的意志力量和悲剧精神。尽管鲁迅无情地解剖和批判现实,然而在鲁迅那里,暴露绝不是悲剧的目的,他认为:"仅仅有叫苦鸣不平的文学时,这个民族还没有希望,因为止于叫苦和鸣不平。"① 鲁迅的悲剧创作指向他的"立人"主张和改造国民性的目的。他不仅表现反抗者的悲剧,也表现并不反抗自己命运的弱者的悲剧,前者如《狂人日记》《药》《孤独者》《在酒楼上》《伤逝》《长明灯》《头发的故事》等,后者如《孔乙己》《阿Q正传》《故乡》《祝福》《离婚》《白光》等。对于那些反抗者来说,鲁迅为了让他们不仅有勇气直面惨淡的人生,还要把反抗的意志韧性地贯穿其里;而对于那些弱者来说,鲁迅挖掘国民性弱点在于引起疗救的注

---

① 鲁迅:《而已集·革命时代的文学》,载《鲁迅全集》(第三卷),人民文学出版社1981年版,第419页。

意，开启反省、变革之路。因而，鲁迅没有在创作中放弃对理想的憧憬和追求："新的建设的理想，是一切行动的南针。"① "文艺是国民精神所发的火光，同时也是引导国民精神的前途的灯火。"② 理想性的追求正是鲁迅不同于中国传统悲剧的弥合方式。在此基础上，鲁迅的悲剧意识还深入存在的形而上层面，他体验着极度的存在焦虑，感到"惟'黑暗与虚无'乃是'实有'"，并进而对这惟一的"实有"也产生怀疑。然而鲁迅的伟大之处在于他仍然要向这些作绝望的抗战。在鲁迅那里，世界是没有"自由"的，"自由"是人创造的，是在反抗自己不自由的处境中争取到的。有学者指出："从审美内涵的角度上来说，中国二十世纪上半叶的文学，大体上只有'国家''社会''历史'这一维度，而缺乏'扣问存在意义''扣问超验世界'等维度，而鲁迅恰如凤毛麟角，……有力地扣问了个体生命'此在'的意义，揭示孤独存在个体深刻的精神内涵与时代内涵，这些内涵与西方作家的荒诞感、厌烦感既相通又不同。"③ 鲁迅的悲剧意识中显然有存在主义色彩，但更重要的是他的悲剧意识是深深植根于人在传统中国文化中的处境的。鲁迅重视个人，反对庸众民主，目的在于破除中国"和而不同"的传统。传统中国文化中不存在的个人，在鲁迅这里被高举为能感受到孤独与事实状态的受难个体与悲剧主体，这样的个人感受着被社会放逐的孤独，认识到"绝望之为虚妄，正与希望相同"，不禁也必须要发出"铁屋中的呐喊"，虽

---

① 鲁迅：《集外集拾遗·〈浮士德与城〉后记》，载《鲁迅全集》（第七卷），人民文学出版社1981年版，第356页。
② 鲁迅：《坟·论睁了眼看》，载《鲁迅全集》（第一卷），人民文学出版社1981年版，第240页。
③ 李泽厚、刘再复：《鲁迅与胡适的比较》，载《亚洲周刊》鲁迅逝世六十五周年特刊2001年第45期。

然这呐喊终究要归于无边的虚空和黑暗。鲁迅的悲剧意识建筑在没有出路，没有选择，也没有妥协可求的叙事结构上，他指出的人生无可选择的悲剧基调，比王国维的悲剧观更为深沉，在 20 世纪的中国文学中也卓尔不群、孤高独步。

悲剧意识在中国文学创作中作为一种自觉的审美意识的普遍觉醒，始于"五四"新文学。随着传统大厦的土崩瓦解，文化的庇护、社会的允诺和既定的轨道不复存在，一种新的带有鲜明个体感的"自我"出现了，文学中的悲剧意识因而苏醒。随着大量西方悲剧作品和悲剧理论传入中国，悲剧艺术独特的魅力和价值得到了越来越广泛的认同。新文学的倡导者们热情地呼吁："你们当写出你们中的悲剧，因为我国今日正要这东西。"甚而说："中国只须悲剧！"[①] 新文学以悲剧的风格和样式，普遍地表述着知识者和劳动大众作为普通个体的不幸、痛苦、贫困与死亡，批判着现存的社会制度和文化精神的"吃人"本质，同时憧憬着崭新的社会秩序的出现。于是，正当一个苟延残喘的旧世界即将解体的历史转折时期，悲剧文学在中国得到了史无前例的发展，动摇了几千年"温柔敦厚""哀而不伤"的审美传统以及"曲终奏雅""生旦团圆"的接受习惯。然而，应该指出，尽管悲剧这一概念是由王国维等人从西方借用来的，而且"五四"新文学也是直接在外国文学的影响和孕育下产生的，但是由于中国文学所面临的特殊的文化语境和现实需要，中国知识界对悲剧文学有着自己的阐释视野和理解方式。简单来说，"五四"现代文学创作中的悲剧意识与其说是一种美学的自觉，不如说是一种启蒙的自觉，除了鲁迅的悲剧意识和其他极少量作品（如曹禺的

[①] 冰心：《中西戏剧之比较》，载《晨报副镌》1926 年第 62 期。

《雷雨》）超拔到了存在的形而上层面，对于当时的多数新文学作者而言，他们很少认识到悲剧独特的美学本质和审美价值，他们之所以推崇和提倡悲剧文学，并不因为它代表了西方"诗艺的顶峰"，而因为悲剧所具有的批判力量、改良社会人生的感染力与干预力。正如"五四"作家声称的那样："我做小说的目的，是要感化社会，所以极力描写那旧社会旧家庭的不良现状，好教人看了有所警觉，才能想去改良，若不说得沉痛悲惨，就难引起读者注意，就难激动他们去改良。"[①] 胡适也认为，悲剧的意义在于"可以使人伤心感叹，使人觉悟家庭专制的罪恶，使人对于人生问题和家族社会问题发生一种反省"[②]。因而，新文学作家选择悲剧文学，主要并不是一种艺术美学的选择，而是对它所蕴含的巨大的启蒙作用和意识形态力量的选择，是现实的启蒙需要直接启发和孕育了创作悲剧的需要。此外，由于新文学作家的悲剧意识往往与社会问题联系在一起，因而他们创作的悲剧作品多带有"社会悲剧"的色彩，即以社会制度和社会问题为产生悲剧的根源，与西方19世纪的社会悲剧呈现出某种表面的相似性。然而，"五四"新文学的自我意识是中西文化激荡和融合的产物，它与传统儒家文化保持着某种微妙的深层联系，呈现为一种群己平衡的个人观，并不如西方悲剧那样是一种纯粹高扬个体价值的个人主义，因而在内涵上与表现个人与社会对立的西方社会悲剧有质的区别。

总体上，从"五四"到20世纪30年代，悲剧创作中的主要内容是反封建传统礼教、赞美个性解放的。以鲁迅、老舍、茅盾、巴金、曹禺、叶圣陶、郭沫若等人为代表的"五四"悲剧文学的主潮，

---

① 冰心：《文艺剩言》，载《晨报》1919年11月11日。
② 胡适：《文学进化观念与戏剧改良》，载《新青年》1918年第5卷第4号。

其悲剧意识始终站在与现实秩序和权力相对抗的批判立场上。正因此,"五四"的悲剧创作才具有强烈的反对封建伦理传统的色彩,才与中国古典传统悲剧形成强烈的反差。然而,在强调这种反传统精神和强烈反差的同时,又须看到,一场欧风美雨的洗礼并不能够根本改变民族传统,民族文化心理结构历经一次巨大的冲击而仍得以继续构架,"五四"文学悲剧创作又不自觉地在某些方面保留了传统悲剧创作中的思维模式,这种模式又作为一个中介环节影响到中国当代文学的悲剧意识。

在20世纪40年代以后尤其是中华人民共和国成立后的中国文学中,强调文艺为工农兵服务,塑造工农兵"正面人物"与"英雄形象",以及文艺应配合政治,歌颂党的方针政策,曾长期地使"暴露"与批判成为文学创作中一个讳莫如深的话题。在1949年7月召开的第一次文代会上,周扬在题为《新的人民的文艺》的报告中,为"'社会主义文学'应当弱化批判意识"①定下基调,也为悲剧意识在中国当代文学的长期凋敝埋下伏笔。

"十七年"时期,我国知识界流传的悲剧概念基本上是从苏联借用的。我国当时的文艺学论著普遍接受了季莫菲耶夫、毕达可夫的社会主义"乐观主义悲剧"观,并举出了刘胡兰、董存瑞、黄继光、

---

① 周扬在报告中一方面肯定了鲁迅的批判精神,认为"中国新文化运动的最伟大的启蒙主义者鲁迅曾经痛切地鞭挞了我们民族的所谓'国民性',这种'国民性'正是帝国主义、封建主义在中国长期统治在人民身上所造成的一种落后精神状态。他批判地描写了中国人民性格的这个消极的、阴暗的、悲惨的方面,期望一种新的国民性的诞生";另一方面,周扬又认为,这种批判精神随着中国革命的胜利已经过时了,新的文艺应当"反映着与推进着新的国民性的成长的过程",对人民身上的缺点"不应当夸大",因为"比起他们在战争与生产中的伟大贡献来,他们的缺点甚至是不算什么的,文明应当更多地在人民身上看到新的光明。这是文明所处的这个新的群众的时代不同于一切时代的特点,也是新的人民的文艺不同于一切的文艺的特点"(参见周扬:《新的人民的文艺》,载《周扬文集》,人民文学出版社1984年版,第514页)。

邱少云等英雄事迹为之佐证，完全忽略和否认了悲剧的"暴露"维度。20世纪五六十年代，我国文艺界也曾出现过关于"社会主义有无悲剧"问题的讨论①。这些讨论根本上都未越出"乐观主义的悲剧"的范畴，唯一有所突破的是对人民内部矛盾能否导致悲剧的问题的争论。能否把"一个心地并不坏的干部而把好事作坏，以致激起民愤，闹出乱子"，或者"干部不关心子女，以至子女犯了罪"②写成悲剧，已可谓是"十七年"时期的作家对于悲剧的最尖锐的思考。

关于悲剧理论的讨论多少还是为创作上的探索提供了一些积极的背景。在普遍的讴歌胜利的英雄赞歌之外，"十七年"时期的小说创作领域也曾出现过《改选》（李国文）、《红豆》（宗璞）等少量反映现实生活悲剧性的作品。《改选》中的老郝、《红豆》中的江玫，

---

① 20世纪五六十年代文艺界关于"社会主义悲剧问题"的讨论主要有以下代表性观点：最早有老舍于1952年3月18日发表在《人民日报》上的《论悲剧》，老舍在文章中以提问的口气表达了对悲剧的肯定性见解，认为社会主义社会仍然有悲剧，如人民内部矛盾如果处理不当就可导致悲剧，并认为写悲剧不是不满社会主义制度，而是为更好地完善它。50年代中期，"双百方针"的提出和真实性问题的广泛讨论，再次为悲剧理论的讨论提供了积极的背景，代表性的文章有发表于1957年《人民文学》第8期上胡铸的《悲和剧》，胡铸文章与老舍文章的观点较为接近，认为阶级矛盾之外的非对抗性矛盾、人民内部矛盾，也可以构成悲剧冲突的基础，社会主义社会产生悲剧的另一个根源是剥削阶级思想的残存影响。第三次讨论是在60年代初，随着中共中央对国民经济实行"调整、巩固、充实、提高"等方针，在文化艺术方面，重又强调贯彻"双百方针"的重要性，"阶级斗争之弦"的紧张状态有了一些松动，悲剧问题又一次被提出来，文艺界展开了较为广泛的讨论，代表性文章主要有：细言发表于1961年1月31日《文汇报》的文章《关于悲剧》，蒋守谦发表于1961年4月15日《文汇报》的文章《也谈悲剧——就悲剧含义等问题同细言同志商榷》，缪依杭发表于1961年5月3日《文汇报》的文章《谈悲剧冲突及时代特征》，顾仲彝发表于1961年5月13日和5月16日《光明日报》的文章《谈谈悲剧问题》，余开伟发表于1961年6月13日《光明日报》的文章《人民内部矛盾不能构成悲剧冲突吗——与顾仲彝同志商榷》，秋文发表于1961年6月24日《光明日报》的《关于悲剧矛盾》。这次关于悲剧问题的讨论，仍然主要围绕悲剧艺术在社会主义文学里有无存在价值，以及人民内部矛盾能否导致悲剧的问题展开争论，形成了不同的意见，认为社会主义不存在悲剧的否定性意见仍具有相当的代表性。
② 老舍：《论悲剧》，《人民日报》1952年3月18日。

并未超出群体价值取向的原则：老郝不计个人得失、至死不渝地为工人谋福利，江玫为革命志向而同恋人齐虹的个人主义决裂。然而这种群体性的"自我"毕竟已被植入了"暴露"的因子和分裂的元素。老郝的死以及江玫对恋人的怀念中，个体为了群体所付出的代价不只是对集体荣誉感的教化，也被赋予了"悲"的情感。如果说《改选》暴露了政治阵风与老郝代表的群体价值之间的矛盾，《红豆》则不自觉地触及了人性与政治意识形态所要求的神性自我之间的冲突。也是因此，《改选》《红豆》很快便受到了批判。至"文化大革命"，随着"暴露"被全面禁绝，悲剧意识在公开发表的当代文学创作中退场。

中国当代文学创作中悲剧意识的复苏，是随着"文化大革命"的结束和"新时期"的来临发生的。这一重要的社会历史转型时期，对于文学悲剧意识的滋生与审美精神的变迁来说，无疑提供了"过渡性"的文化语境。作为刚刚亲历的历史事件，"文化大革命"中人的悲剧性遭遇自然而然地成为作家思考、表达的焦点，长期被视为社会主义文学禁区的悲剧一度成为广受青睐的小说题材。随着大批"伤痕""反思"小说的陆续问世，当代小说创作悲剧的热情被迅疾地推上巅峰。有论者曾如许热情讴歌："继'五四文学'之后，'伤痕文学'迎来了二十世纪中国的文学价值观的第二次大调整……其间，最激动人心的调整，也许就是文学对喜剧精神的扬弃和对悲剧精神的朦胧的觉悟，而悲剧意识以及能够用来感受悲剧的社会心理的滋长正好与这个时代在整个历史进程中的位置有着天衣无缝的吻合。"[①] 与"十七年""文化大革命"对"暴露"的抑制相对应，"暴

---

① 李洁非、张陵：《被唤醒的美学意识：悲剧》，《文学评论》1986年第2期。

露"在"新时期"的合法化①也是中国当代小说悲剧意识得以滋长的根本契机。然而,"合法化"及其与时代语境的"天衣无缝的吻合",恰恰揭示了其悲剧意识必然具有的双重意味:一方面,"伤痕""反思"小说对"文化大革命"的批判和反"左"话语反映了冲破思想禁锢、追求个性解放的启蒙要求,为文学理性精神与悲剧意识的生长提供了可能性空间;另一方面,这种启蒙需求又通过文学体制的"激励"和"规约"②,而被纳入新时期主流意识形态的再生产需要之中。这就决定了它的个性解放意识的极其有限,它对"五四"现代文学以悲剧创作进行启蒙的观念有着表面的继承,然而在整体上却并不具备"五四"新文学那样与现实秩序相对抗的精神。"伤

---

① "伤痕"小说中的暴露与控诉通常都被理解为拨乱反正的时代精神的产物,但并不是一开始就得到当时正统思想的认可。围绕《伤痕》等作品,在1978年到1979年间曾发生过关于"暴露"和"歌颂"问题的讨论,一些持否定态度者认为,这些小说对"伤痕"的暴露太多,"情调低沉""影响实现四个现代化的斗志",是"向后看"的、"用阴暗的心理看待人民的伟大事业"的"缺德"文艺。对这些小说持否定意见的代表性文章有《向前看啊!文艺》(黄安思,《广州日报》1979年4月15日)、《"歌德"与"缺德"》(李剑,《河北文艺》1979年第6期)。后一篇文章写道,我们"坚持文学艺术的党性原则"的文艺,应该"歌德",并说那些"怀着阶级的偏见对社会主义制度恶毒攻击的人","只应到历史垃圾堆上的修正主义大师们的腐尸中充当虫蛆"。而辩护者则理直气壮地承认《伤痕》等是暴露文学:"有人批评这类小说是暴露文学。它当然是在暴露!可是暴露的是林彪、'四人帮'迫害革命干部的罪行!"(荒煤:《〈伤痕〉也触动了文艺创作的伤痕》,《文汇报》1978年9月19日)更有支持者宣告:"经过林彪、'四人帮'前所未有的十年浩劫之后,我们的作家一旦拿起笔来,力求再现这些难忘的历史场面时,在他们的作品中往往会是暴露多于歌颂,控诉多于赞美,愤怒多于愉悦,呼号多于欢笑,不少作品还是以悲剧为结局的。而这个创作上的特色,正是这一特定的时代的悲痛的印记,是一个民族所受创伤的烙印,是作家忠于职守,真实地反映生活的表现。"(谢望新、赖伯疆:《革命现实主义传统的恢复和发扬》,《广西文艺》1979年第10期)这样的争论,显然是20世纪五六十年代有关"歌颂"与"暴露"以及"写真实"等的争论的延续,尽管随着新的历史条件下社会和文学状况发生变化,对问题的严重性的估计和争论的势头已明显地削弱,然而直到1984年中国作协第四次代表大会上,"伤痕文学"才在正式的场合受到高度赞扬,"被称为'伤痕文学'的一系列带有浓重悲壮色彩的中短篇小说扣动了亿万人民的心弦,在新时期文学中起了披荆斩棘,敢为天下先的作用"(参见《中国作家协会第四次代表大会文件汇编》,人民文学出版社1984年版)。
② 许志英、丁帆主编:《中国新时期小说主潮》上卷,人民文学出版社2002年版,第38页。

痕""反思"潮流之后，随着中国社会现代性总体目标的转移，悲剧性题材不再构成中国当代小说创作显性的主导潮流。

20世纪80年代中后期尤其进入20世纪90年代以来，随着社会历史的再度转型和文化语境的深刻裂变，中国当代小说创作中悲剧意识的内涵也在越来越大的程度上游离了"新时期"之初的范式，呈现出更为驳杂的审美特征与价值取向。汹涌而至的消费文化语境使得昔日的社会权威和道德权威走下神坛，中心价值解体，从"文化大革命"的历史重轭下走出来的人们未及充分的理性与价值的重建，就面对新的考验。于是，在这一世纪末的转型期的小说创作中，一方面，社会生活与精神生活领域物欲膨胀、灵性堕落的现实中包含的悲剧性，普遍地成为小说的一个题材生长点；另一方面，价值虚无感和精神幻灭感使创作主体纷纷选择写作姿态的下沉。在他们对悲剧性的表达中，往往缺乏清醒的理性批判精神和自由意志，也鲜有对现实的抗争以及对责任和困境的承担精神，最终纷纷走向对悲剧的消解和反动。

第三节 从悲剧意识角度考察中国当代小说的意义

恩斯特·卡西尔认为："人被宣称为应当是不断探究他自身的存在物——一个他生存的每时每刻都必须查问和审视他的生存状况的存在物。人类生活的真正价值，恰恰就存在于这种审视中，存在于这种对人类生活的批判态度中。"① 悲剧意识在美学形态上呈现出的"暴露"与"弥合"的悖反与平衡，所达致的正是对人类、文化的问

---

① ［德］恩斯特·卡西尔：《人论》，甘阳译，上海译文出版社2003年版，第10页。

询和审视，它以此支持着人和人的生存，推动着文化的健康发展。也因而，悲剧意识和悲剧精神之于中国当代小说的意义，不仅是一种特定的审美观照视角，还同时构成了一种基本的价值评判尺度与反思立场。让-皮埃尔·韦尔南说："悲剧方式是一种悲怆的方式，它提出关于人的问题，它自我询问——而不是询问当代的事件。"①"在悲剧中，'人到底是什么'的问题是最中心和最活跃的问题。"②在对人的受难和毁灭的审视中，小说的叙事怎样通过对困境的"暴露"和"弥合"提出"人"的问题，正是本书考察中国当代小说悲剧意识之审美形态和价值内核的一个基本立足点。

华莱士·马丁在《当代叙事学》中这样提出非历史的现实主义概念："在每一种情况下，我们都发现，有关现实主义叙事的阐述本身就是一个叙事，说的是世界如何从一个统一的过去来到一个分裂的现在，并且也许正走向一个统一的未来。"③ 如果把"现实主义"换成"悲剧"，便恰恰也是对悲剧叙事的精确概括。本书在此并不专门讨论悲剧意识和现实主义的联系，但悲剧叙事中对困境的"暴露"，却内在地决定了悲剧意识必然要解决的和现实的关系问题。而悲剧叙事中对困境的"弥合"同样也必然关涉着与现实的关系，叙事借以进行弥合的价值尺度在根本上越趋向于人和生命这一绝对价值立场，其所反映的悲剧意识就越呈现出对现实的超越意向，正如让-皮埃尔·韦尔南所说："悲剧不仅仅是一种虚构体裁，它还是虚构的理想类型，人们或许可以支持这样的看法，任何的虚构，一旦

---

① ［法］让-皮埃尔·韦尔南：《神话与政治之间》，余中先译，生活·读书·新知三联书店2001年版，第435页。
② ［法］让-皮埃尔·韦尔南：《神话与政治之间》，余中先译，生活·读书·新知三联书店2001年版，第426页。
③ ［美］华莱士·马丁：《当代叙事学》，伍晓明译，北京大学出版社1990年版，第65页。

它变得严肃,一旦它对文化的运作提出疑问,它就靠近了悲剧的类型。"① 正是因了不同程度的理想性的存在,现实的缺憾和困境才在根本意义上成为一个"问题"。

结合时代语境来看,以确定性价值信念为依托的悲剧和悲剧意识在中国当代小说中的衰落无疑有着某种程度的历史合理性。但若片面强调这一合理性,就忽略了这样一个问题:难道悲剧中的绝对价值信念以及以此为基础的理想性,就一定要与某种既有的社会中心价值一体同构?事实上,一切伟大的悲剧艺术向我们昭示的价值立场,无不是超越现实文化秩序之上的人性尊严和自由理想。片面强调悲剧意识衰落的合理性,在某种程度上,便也容易助长文学对人文理想和超越性的放弃。笔者认为,面对中国当代小说对悲剧的认知和把握中存在的问题和缺陷,重要的不是对悲剧意识失落的现实"合理性"作出阐释,不是对"悲剧不可能再成为中国当代美学的主要范畴"的结论性表达,而恰恰是力求在对悲剧更为理性化的认知和把握的基础上去进行反思和追问。雅斯贝尔斯说:"悲剧知识是不完满的;只有在这种一再提出问题的持续体验中庶几可以发现完满。"② 作为考察中国当代小说的角度,悲剧意识同样是一种不具有自足性的价值立场,然而它的意义同样不仅是一种审美观照视角,也不只是一种"不完满"的价值依据,还是一种以美学悲剧理论为依托,不满足于既有结论,力求对小说创作中的悲剧意识进行更为理性化把握的反思立场。

任何悲剧性冲突说到底,都是主体在自我实现的过程中与异它

---

① [法]让-皮埃尔·韦尔南:《神话与政治之间》,余中先译,生活·读书·新知三联书店2001年版,第466页。
② [德]雅斯贝尔斯:《悲剧的超越》,亦春译,工人出版社1988年版,第112页。

性力量发生的冲突和对立，因而，主体在多大程度上觉识到"自我"的生命，成为真实而完整的"个人"，内在地决定了悲剧意识和悲剧精神的品质。如果说悲剧意识与现实、与理想性的关系，以及由此触及的悲剧意识本身在当代小说中的存在价值的问题，始终是在一个共性问题的范畴内探讨中国当代小说自身的个性问题，那么由悲剧意识的角度思考独属于中国当代小说的个性觉醒的困境，则应当是透过悲剧文学现实的现象的相似性（如中西方文学中的悲剧意识皆随中心价值的解体呈现出的衰落和泛化），抓住中国当代小说自身问题的关键。某种意义上，正是因为中国当代小说中的个性自我解放历程出于种种原因所始终置身的进退维艰的困境，中国当代小说的悲剧意识和悲剧精神才会显现得如此暧昧和贫弱。只有独立不倚的个人，才能够在苦难和欲望、残忍和良知的煮炼中挺立，在耻辱与骄傲、眼泪与欢笑的洗礼中书写生命，冲破种种精神枷锁的威势，锻造出饱含着旺盛的生命力和充沛的进取精神的悲剧文学。也正是从这一角度上，有理由认为讨论悲剧意识和悲剧精神，对于已然呈现出喜剧化、表象化或狂欢化倾向的中国当代小说来说，并不是一个过时的、没有价值的话题。尼采认为："能够向希腊人学习，本身就是一种崇高的荣誉和出众的优越。"① 无论是对于个人，还是对于一个民族，悲剧意识和悲剧精神都是生命力旺盛的标志。中国当代小说发展至今，以严正的悲剧为审美价值取向的 20 世纪中国文学传统似乎正在宣告着它的终结，谈到"中国当代小说中的悲剧意识"的问题，也似乎只是一种对过去的文学现实的回顾，然而，"意识所抓住的与其说是对过去的关联，不如说是对未来的关联"②，哪怕这

---

① ［德］尼采：《悲剧的诞生》，周国平译，北岳文艺出版社 2004 年版，第 80 页。
② ［德］恩斯特·卡西尔：《人论》，甘阳译，上海译文出版社 2003 年版，第 83 页。

种关联指向的,仅仅是一个直接当下的未来。

从现有的研究资料来看,专门对中国当代文学悲剧意识的讨论多是关于单个作家或单篇文本的研究,并且也往往集中于极少数几个作家。整体性地对"新时期"文学悲剧问题的思考,散见于其他专题的研究中,大致可分为这样两种意见:一种把悲剧意识的复苏视为"新时期"小说创作的一个重要的审美与精神特征,并予以热情洋溢的讴歌,如认为"悲剧艺术被极其广泛地运用到小说创作中,小说作品中流贯着极其强烈的悲剧意识,——在这点上,建国以来的任何时期都无法与新时期相比"[1];"新时期文学起始便以其鲜明而强烈的悲剧意识呈现于文坛"[2];"70年代末以来的中国文学,其基调是悲剧性的……悲剧精神的觉醒,乃是中国当代文学的觉醒,也是中国历史的觉醒"[3]。另一种则主要关注世纪末(起点一般指20世纪80年代中后期)的中国当代文学中悲剧衰落的现象,有论者针对当代小说"又是写'原生态'呀!又是'感情零度'啊!……",对"悲剧精神消亡的问题"[4] 忧心忡忡;也有论者在此基础上提出希望,预言悲剧衰落的当代文学现实"并不意味着世纪末文学就是悲剧的墓地,并不意味着悲剧的消亡"[5];还有一些论者则冷静地指出,随着价值中心主义时代的终结,悲剧不可能再成为中国当代文学的美学追求[6]。以上这些研究中的"悲剧意识"多是作为一个未经界定的、宽泛而又模糊的概念出现的,其中的许多论断尚停留于

---

[1] 丁柏铨、周晓扬:《新时期小说思潮和小说流变》,南京大学出版社1991年版,第160页。
[2] 牛运清:《中国当代文学精神》,山东教育出版社2003年版,第70页。
[3] 曹文轩:《20世纪末中国文学现象研究》,北京大学出版社2002年版,第16页。
[4] 包忠文:《悲剧美学·序言》,载佴荣本《悲剧美学》,江苏文艺出版社1994年版。
[5] 李月琴:《世纪末文学悲剧的缺席》,《福建论坛》1998年第1期。
[6] 吴炫:《否定主义美学》,北京大学出版社2004年版,第248页。

对现象的直觉，没有足够的展开，很多应该得以敞亮的问题至今还是沉默的存在。而在具体方法上，无论是以某种悲剧学说对中国当代文学进行硬性框定，还是以悲剧涵义的相对主义转换来适应当代小说创作中的变化，都不可能真正提出和解析中国当代小说自身的问题。

有鉴于此，本书的写作将不仅在与已有观点的联系中表达自己的思想，更注重在对已有研究的界限、局限的不断僭越中拓展研究的空间。本书将具体围绕"新时期"以来中国当代小说的悲剧意识从"繁荣"到"衰落"这一现象态上呈现出的嬗变，考察当代小说的叙事如何认知悲剧，如何处理人的失败和毁灭以及怎样提出"人"的问题，因而，本书并不试图拿"悲剧"这一产生于西方文化的理论去勾勒一部类中国当代悲剧小说史（那也不是笔者的学力所能及的），而从以下几个角度切入：本书前两章分别从文本中凸现的个人与社会、个人与历史的互动关系，分析中国当代小说悲剧意识中存在的乐观与悲观的两种倾向，通过这两种倾向在文本中的具体呈现，思考当代小说乐观与悲观的特定内涵及其形成的根源，并进一步探究这些因素如何内在地作用于从乐观到悲观的嬗变；第三章将选取一些较有代表性的、表现出较自觉的悲剧建构意向的文本，讨论中国当代小说中的悲剧性人格的建构；第四章主要考察中国当代小说悲剧意识中的生命价值取向，思考当代小说有关生命本体层面的悲剧意识的特定展开方式及其缘由。在研究对象的选择上，本书将主要选择"文化大革命"之后有代表性的、以悲剧性为题材的中国小说文本进行考察。这里的"有代表性"是指在当时的历史语境中产生较大影响的悲剧性题材的小说，它既包括作者在文本中或创作意图里言明其悲剧叙事诉求的小说文本，也包括作者以别的思想话语为主旨、没有言明其悲剧叙事意图，但以悲剧性为题材、以主人公的受难和毁灭为基本叙事内容的文本。（这里需要说明的是，由于本书思考的是中国当代小说如何处理和把握悲剧性，因而在悲剧性题材的范围内，选择文本的标准主要依据文本自身的影响力，而并不是依据它是否严格符合了悲剧美学标准以及是否构成了悲剧品质。）小说类型的选择上，包括短篇、中篇和长篇小说；小说创作的时间，大体是"文化大革命"后至世纪之交的小说。

美国评论家西华尔（Richard B. Sewall）曾指出："悲剧眼光的根本或要义，首先在于从深处提出一切问题中最初的（最后的）一个问题，这就是关于生存的问题。生存的意义在哪里？"① 事实上，如果悲剧只被看作一个美学的问题，就不能理解为什么会有那么多的西方哲学家对它情有独钟。"悲剧意识"这一命题本身的复杂性与兼容性，使本书的论述难以在根本上排除由"软性空间"带来的局限与遗憾，但这样的尝试也许能使我们避免在缺乏历史与逻辑联系、抹煞中西语境区别的情况下对中国当代小说的悲剧意识进行泛泛的赞美或批判，从而始终执着于这样的追问：中国当代小说的叙事是如何反映和把握悲剧性——人的受难和毁灭的？怎样进行其"暴露"和"弥合"的审美建构？表达了怎样的悲剧观？其特定的意识内涵与审美价值倾向缘何生成，受到了怎样的意识形态的制导作用？为什么会发生如此的蜕变？

---

① Richard B. Sewall, The Vision of Tragedy, *Tragedy*, Edited by Robert W. Corrigan, published in 1981 by Harper & Row, New York, p.49.

第一章 从乐观到悲观：个人与社会

"新时期"以来的中国当代小说的创作中，悲剧意识在整体上经历了一个从"繁荣"到"衰落"的演变过程，这似乎已经成为一个不证自明的文学事实。作为社会历史转折期的过渡性语境的产物，悲剧意识必然随着过渡性文化语境的终结而走向衰落。雅斯贝尔斯在总结西方悲剧时指出："希腊和现代的伟大悲剧都产生在时代的转换之际：它的出现就像是从吞蚀一个时代的烈火中升腾起的火焰。而等时过境迁，又只成为时代的装点缀饰。"① 古希腊悲剧在哲学世界观与神话世界观的对峙中繁盛，在哲学世界观获得全胜之后衰落②；西方现代主义悲剧则在反传统的语境中诞生，随着后现代语境的来临而衰落。表面来看，中国当代小说悲剧意识的演变历程整体上似乎也符合这一规律，随着"文化大革命"的结束、"新时期"语境的来临而兴盛，随着社会中心价值的解体而衰落。某种意义上，中国当代小说的悲剧意识之令人瞩目处，正在于这一"起"一"落"。从"文化大革命"到"新时期"再到世纪末（上限一般指20

---

① ［德］雅斯贝尔斯：《悲剧的超越》，亦春译，工人出版社1988年版，第9页。
② 参见［英］吉尔伯特·默雷：《古希腊文学史》，上海译文出版社1988年版；［德］尼采：《希腊悲剧时代的哲学》，商务印书馆1994年版；陈洪水、水建馥选编：《古希腊三大悲剧家研究》，中国社会科学出版社1986年版。

世纪80年代中后期）的所谓"后新时期"①，当代小说中的悲剧意识所发生的这一"起"一"落"经历了中国当代社会两次重大的历史转型，世纪末的转型期虽出现了大量悲剧性题材的作品，但却并没有带来悲剧的繁盛，反而一开始就是以悲剧的衰落为标志的；而"新时期"之初的所谓的悲剧"繁荣"期，也并没有像西方悲剧艺术发展史上每一具体的兴盛阶段那样，呈现出一个由于"暴露"的不断深化而走向衰落的过程②，更鲜有成熟的、富于悲剧精神的作品出现。

吕西安·戈德曼指出："悲剧观只是以一种新的要求和新的层次的道德准则来反对这个世界。"③"新的要求和新的层次的道德准则"可以理解为一种不同于现实的理想性价值体系，也即一种"新的统一"。以此来观照西方悲剧，大体是不错的：古希腊悲剧中，从埃斯

---

① 如陈晓明认为："80年代后期，准确地说在1987年，文学的历史转变乃是不可阻遏的趋势。新时期的神话已经讲完。"陈晓明：《陈晓明小说时评》，河南大学出版社2002年版，第134页。

② 在古希腊悲剧中，从埃斯库罗斯到索福克勒斯再到欧里庇得，发生了由神—英雄—人—个人的重心向下的位移。埃斯库罗斯作品中命运的合理性与"因果报应"色彩，在索福克勒斯的悲剧中被打上了问号，到了欧里庇得那里，可悲的人类已然沦为冷漠而又恣肆的诸神的玩偶，埃斯库罗斯的至高无上的正义受到嘲笑，欧里庇得的戏剧最终成为新喜剧的源头。莎士比亚悲剧中，最早的《罗密欧与朱丽叶》讴歌纯真坚贞的爱情，四大悲剧之最早的《哈姆雷特》也咏叹的是作为"宇宙的精华，万物的灵长"的人；到了后来的《麦克白》中，麦克白在个人主义的膨胀中走向灭亡；及至最后一部悲剧《雅典的泰门》，个人在现实面前暴露出的尽是人性的卑劣和丑陋，同样表露出某种程度的喜剧倾向。19世纪以来的西方批判现实主义悲剧和其后的现代主义悲剧对于现代人生存困境与危机的认识也经历了不断深化的过程：个人与社会的对立—个人精神心理的内在危机—人本体危机或曰人个体本身的危机。现代悲剧意识的不断深化最终使整个西方的现代主义文学常被认为是一种广义的悲剧文学，传统悲剧观念对悲剧质的规定性最终被一种泛化的悲剧观念所冲击，荒诞派剧作家尤奈斯库也指出现代悲剧与喜剧边界的模糊，"人若不是悲剧性的，他必是可笑而又痛苦的，实际上是'喜剧性的'，而通过暴露他的荒诞，就可以创作出某种悲剧"（中国社会科学院外国文学研究所外国文学研究资料丛刊编辑委员会编：《外国现代剧作家论剧作》，中国社会科学出版社1982年版，第304页）。

③ [法]吕西安·戈德曼：《隐蔽的上帝》，蔡鸿滨译，百花文艺出版社1998年版，第43页。

库罗斯开始就有"对诸神末日的预感"和对英雄主人公的礼赞,到欧里斯庇得那里,还发展为人对自我的质疑;在莎士比亚剧中,不仅有对冲破宗教神学壁垒的人作为"宇宙的精华,万物的灵长"的咏叹,还有后来对人文主义自身的诘问;现代西方悲剧中,不仅揭示现代人生存困境的异化实质,且揭示存在本身的"终极悖论"①。正是因为始终以"新的统一"为参照,西方悲剧才呈现出一种对现实世界的永无休止的问询和反对。然而,当我们把目光投向中国当代小说,情况则有了根本的不同。本章将主要围绕小说文本中呈现的个人与现实之间的关系建构,分别对"新时期"初期的"伤痕""反思"小说和20世纪末的悲剧性题材小说进行对照性的思考。

第一节 "社会问题"对个人伤痛的规避

"文化大革命"这一惨痛的悲剧性历史的发生,使"十七年"期间关于"社会主义有无悲剧"的论争在"新时期"自行终止。即使关于"暴露"和"歌颂"的讨论,对问题的严重性的估计和争论的势头也已明显地削弱,并最终得到主流意识形态明确的肯定性结论。对于"文化大革命"刚刚结束后的写作者而言,时代政治语境的陡然转换,使他们得以选择用悲剧的形式来对刚刚发生的历史悲剧进行回顾和审视,以"帮助人民对过去的惨痛经历加深认识,愈合伤痕,吸取经验,使这类悲剧不致重演"②。大批"伤痕""反思"小说的发表,促成了当代小说悲剧意识的滥觞。

在此背景下,政治意识形态的导向只是悲剧创作成为可能的基

---

① [捷]米兰·昆德拉:《小说的艺术》,董强译,上海译文出版社2004年版,第13页。
② 周扬:《继往开来,繁荣社会主义新时期的文艺》,《文艺报》1979年第11、12期合刊。

本前提和具体历史语境，作家们自发的创作动机才是悲剧性题材备受青睐的根本原因。如一位"伤痕"小说的作者冯骥才在 20 世纪 80 年代初曾这样谈到自己创作的具体体会：

> 我们这辈作家（即所谓"在粉碎'四人帮'后冒出来的"一批），大都是以写"问题意识"起家的。那时，并非我们硬要写"社会问题"，而是十年动乱里堆积如山的社会问题迫使一个有良心、有责任感、有激情的作者不能不写；不是哪儿来的什么风把我们吹起来的，而是社会迅猛的潮流、历史的伟大转折、新时代紧急的号角，把我们卷进来，推出来，呼唤着挺身而起。我们一边写，一边潸潸泪下，义愤昂昂，热血在全身奔流，勇气填满胸膛。由于我们敢于扭断"四人帮"法西斯精神统治的锁链，敢于喊出人民心底的声音，敢于正视现实，而与多年来某些被视为"正统"，实则荒谬的观念相悖。……我们这些作家，一开始写作，就与祖国、民族、人民的命运联系在一起。①

对刚刚结束的社会苦难的强烈的控诉欲望，对正在展开的现实生活急于干预的心情，被统一到提出和思考"社会问题"中，这也注定了当代文学的悲剧创作如同"五四"主潮中的悲剧文学一样，再次偏离悲剧的艺术美学的轨道。"社会问题"的角度，对于中国当代小说悲剧意识的苏生，有着重要的意义。

在这些悲剧性题材的小说中，大多数作品通过描述人物在特定时代的悲剧性遭遇，控诉时代的不正常及其荒谬。当控诉者与被控

---

① 冯骥才：《下一步踏向何处?》，载彭华生、钱光培编《新时期作家谈创作》，人民文学出版社 1983 年版，第 497—498 页。

诉者分别是"个人"与"时代"时，意味着个体与既有的统一和整体（时代）发生了"分裂"，当代小说悲剧意识的航道由此开启。被褫夺的生命、尊严、青春、爱情等个人化的价值也借此开始浮出文学的地表，从长期以来的思想禁锢中正面现身，获得被叙述和申诉的合法性。因而，在某种意义上，正是悲剧意识和悲剧性题材的创作，为"个人"得以在"新时期"文学中被还原为民族—国家的积极性因素提供了内在的契机，尽管这种悲剧意识并非一种美学的自觉。事实上，从文学发展规律、文学资源背景和创作主体等文学的自身因素来看，"新时期"之初的文学没有可能孕育悲剧意识的美学自觉，主流话语对文学的强有力的干预和规约，也在根本上限制着悲剧创作中的审美意识。当时的权威话语对悲剧问题作了这样的诠释：

> 新旧社会的悲剧，是有区别的。旧社会的悲剧，好人之所以被毁灭，主要是由于那个不合理的社会制度造成的。制造悲剧的，是旧社会的维护者或宠儿。这种悲剧，有的能唤起人们对于旧社会的憎恨；有的则只使人感到沉重的压抑，低徊叹息，无可如何；有的甚至宣扬命运的不可战胜。社会主义的悲剧不是这样，它不是由社会主义制度造成的，恰恰相反，社会主义制度是保证人民的；在社会主义社会，制造悲剧的，是反社会主义的恶势力，是新社会的破坏者。因此，在社会主义时期的悲剧，不仅要使人们产生对于受害者的同情，还要激励人们起来跟恶势力作斗争；不是使人们产生对于社会主义制度的怀疑，而是使人们更加坚信社会主义，为保卫社会主义而奋斗。①

---

① 林默涵：《总结经验奋勇前进》，《作品》1979年第4期。

不为"怀疑",而为"坚信",作为具体历史语境对悲剧创作题旨的根本规定,决定了小说叙事中"暴露"与"弥合"的内涵、界限和尺度。由于历史悲剧性的根源被高度清晰地概括为可以把握的核心要点:"恶势力""破坏者"("四人帮"及其领导和影响下的极"左"势力),叙事中的控诉者与被控诉者(也即冲突的主体与客体)的定位,便也由之发生从"个人—整体(时代)"向"整体(人民)—少数恶势力('四人帮')"的转移。正是在这种转移中,"伤痕""反思"小说的悲剧意识变得暧昧、复杂起来。

"整体—少数恶势力"的冲突模式,与《孔雀东南飞》《窦娥冤》《赵氏孤儿》《精忠旗》等中国传统悲剧的结构模式有着某种相像:以强凌弱、以恶欺善、少数欺压多数,悲剧冲突的解决则是靠外力的干预,或象征地解决,最终实现"团圆"。曾被王国维、鲁迅、胡适等人所抨击的传统悲剧模式在中国当代似乎势如破竹,重新繁盛起来。美国学者希尔斯在《论传统》中提出了"延传变体链"(chain of transmitted variants of tradition),认为传统是围绕被接受和相传的主题的一系列变体。在各种变体中,核心特征依然存在,"个人具有的特征当然存在于现时现地,但是,他们的大多数特征都是传统的最新状态"[①]。同样,"伤痕""反思"小说的悲剧叙事虽表现出了浓重的古典传统悲剧模式的印痕,但它显然并不是传统悲剧的直接延续。在当代政治伦理的重塑下,冲突的性质呈现为敌我斗争的尖锐性。在 20 世纪 50 年代至 70 年代的文学如《红旗谱》《红日》《红岩》《青春之歌》等小说以及《白毛女》《红灯记》等作品的叙事中,"压迫/反压迫"的模式也带有"整体—少数恶势力"的冲

[①] [美] 希尔斯:《论传统》,傅铿、吕乐译,上海人民出版社 1991 年版,第 276 页。

突性质，并且围绕英雄主人公的成长和胜利实现的过程，也不时会出现一些有关受难和牺牲的事件，然而，英雄主人公的受难与牺牲是胜利得以实现的原因和必要的代价，主人公光荣牺牲或英勇献身时往往能看到或象征性地看到光明的来临。这种未经分裂的整体意识中显然不存在属于个人的悲剧性命运，受难与牺牲在叙事中都作为不可缺少的佐证直接服务于"革命的必要性"和"革命（党/人民/正义）必胜"的主题。"文化大革命"后的"伤痕""反思"小说，试图把"个人"的悲剧性遭遇转化为"人民"反对"四人帮"的敌我斗争的思路，不可抑制地保持着20世纪50年代至70年代这种消解了"暴露"的神话思维模式的影响。让-皮埃尔·韦尔南在总结政治和神话的关系时指出，神话思想"虚构的叙述按一种代码来运作，而对某种确定的文化来说，这种代码的规则是很严格的。代码支配并引导着神话想象的游戏。它规定并组织了范围，从中神话想象可以产生，可以改变旧的模式，可以建立新的版本"①。然而"新时期"小说中这一新版的神话，却不是以正剧而是以悲剧性的内涵登场的。个人的受难与毁灭在客观上除了能证明时代的荒谬以外，与浩劫的结束、光明的来临之间，并无直接的因果联系。对个人所遭受的不幸和毁灭的叙述，使这个新版的神话暴露出了裂痕——正是在此意义上，有理由认为当代小说确实发生了悲剧意识的觉醒；与此同时，神话"代码的规则"和"组织范围"又在根本上抑制着叙事的"暴露"，通过形式与情感的"弥合"把"个人"的价值归并入"整体（人民）"，实现对"整体"的肯定和坚信。"新时期"小说的悲剧意识就在这种矛盾中蹒跚起步，而"社会问题"的角度便

---

① ［法］让-皮埃尔·韦尔南：《神话与政治之间》，余中先译，生活·读书·新知三联书店2001年版，第264页。

由此凸现出它的规避与整合功能。

刘心武的《班主任》较早以"社会问题"角度进行创作。单就这篇小说本身来说,讨论其"悲剧意识"① 显然是勉强的。小说中,谢慧敏、宋宝琦灵魂的扭曲所包含的悲剧性几乎完全被张老师的责任感、使命感所覆盖,因而并无些许"悲"的情感。然而,这篇小说却开辟了"伤痕""反思"小说处理悲剧性题材的一种叙事模式。小说中,张老师家访之后,想到这些灵魂被"四人帮"毒化的孩子时思潮翻滚:

> 他感到,他比以往任何时候,都更爱我们亲爱的祖国。想到她的未来,想到她的光明前景……他便产生了一种不容任何人凌辱、戏弄祖国,不许任何人扼杀、窒息祖国未来的强烈感情!他想到自己的职责——人民教师,班主任,他所培养的,不要说只是一些学生,一些花朵,那分明就是祖国的未来,就是使中华民族在这九百六十万平方公里的土地上,强盛地延续下去,发展下去,屹立于世界民族之林的未来!

是"社会问题"的存在而不是它的解决,直接被转化为表现主体对民族—国家的情感与信念的手段,预演了"不为怀疑、只为坚信"的"社会主义悲剧"创作规范。叙事演绎了"伤痕""反思"小说中几乎所有常用的神话思维方式:因为想到"四人帮"给"国民经济"和"亿万群众的灵魂"造成的危害,张老师感到自己"比以往任何时候,都深刻地仇恨'四人帮'这伙蟊贼"(仇恨的原因不是

---

① 在一些新时期文学的研究中,刘心武的《班主任》也被视为悲剧作品,如王铁仙、杨剑龙:《新时期文学二十年》,上海教育出版社 2001 年版,第 34—36 页。

个人的命运);"对丑类的恨加深着对人民的爱,对人民的爱又加深着对丑类的恨"(对政治伦理情感的高度概括);"当爱和恨交织在一起的时候,人们就有了为真理而斗争的无穷勇气,就有了不怕牺牲去夺取胜利的无穷力量"(典型的"模糊性、情感性、直观性、整体性"[①] 的神话思维逻辑)。然而,"问题"一经暴露,神话已然露出它破损的一隅,尚未被解决的"问题"在叙事的"暴露"和"弥合"中被按照不同的叙事功能切割为前后矛盾的两种形态:叙述者在暴露问题时发出了"救救孩子"的呼声,强调问题的严重性,以及从废墟中抢救希望的紧迫性和必要性;然而,叙述的重点一旦由对问题的揭示开始转向信念表达,张老师便由人民的爱与恨想到"亲爱的祖国不但今天有了可靠的保证,未来也更加充满希望",进而觉得"宋宝琦也并非朽不可雕的烂树,而谢慧敏的糊涂处以及对自己的误解和反感,比之于蕴藏在她身上的优良素质和社会主义积极性来,简直更不是什么难以消融的冰雪了"。叙事在张老师行动之前戛然终结,于是,张老师事实上仅仅是一种正义愿望和信念的代言人,是他的信念和愿望使得沦落在邪恶世界里的价值客体被拯救的结局变得理所当然。仅仅是面对"问题"的信念,便使巨大的劫难、生存的荒芜、价值的废墟以及个体的伤痛,都纳入了某种向希望和胜利敞开的叙事模式,并成为一种可以被现实语境接受的意识形态。这种把"问题"引向信念表达的模式,在"伤痕""反思"小说中相当普遍。《天云山传奇》(鲁彦周)中的罗群和冯晴岚、《布礼》(王蒙)中的钟亦成、《小镇上的将军》(陈世旭)中的将军、《三生石》(宗璞)中的梅菩提和方之、《将军吟》(莫应丰)中的彭其、《在没有航

[①] [德]恩斯特·卡西尔:《神话思维》,黄龙保、周振选译,中国社会科学出版社1992年版,第78页。

标的河流上》(叶蔚林)中的徐鹤鸣、《惊心动魄的一幕》(路遥)中的马延雄、《人啊,人!》(戴厚英)中的何荆夫、《许茂和他的女儿们》(周克芹)中的金冬水等人物,作为一个被动的受难者,同时也被叙述为任何艰难困苦下都始终葆有坚定信仰的历史主体。从维熙的《大墙下的红玉兰》《泥泞》《杜鹃声声》《第十个弹孔》《雪落黄河静无声》《远去的白帆》等小说中的主人公,都以大义凛然的形象和气节,将一段悲剧性历史改写为一段光彩夺目的战斗经历。张贤亮的《绿化树》《男人的一半是女人》中,受难史同样被叙述为崇高史。

别尔嘉耶夫认为:"革命总不能缺少神话,它靠神话来运转。"①20世纪中国"革命"话语的建构和展开,有赖于"人民"这一本源性的动力。"'人民'既是民族解放、现代民族国家的建立和社会主义革命的根本性依靠力量,是这些现代性社会运动的承担主体,同时,他们的福祉,也是后者的目的之所在"②,因而,只有借助"人民"这一本源性的动力,历史的裂痕才能重新照进光芒,"神话存在的一切神圣性,归根结底源于本源的神圣性。神圣性并不直接依附于既成物的内容,而是依附于它产生的过程,不依附于它的性质和属性,而是依附于它过去的创始"③。《班主任》等小说中的信念表达,正是以"人民"这一本源性话语贯通了过去、现在和未来,使"革命"重新恢复了其作为神话应有的"本质上不可分的和绝对同一

---

① [俄]尼古拉·别尔嘉耶夫:《人的奴役与自由》,徐黎明译,陈维正、冯川校,贵州人民出版社1994年版,第171页。
② 许志英、丁帆主编:《中国新时期小说主潮》上卷,人民文学出版社2002年版,第89页。
③ [德]恩斯特·卡西尔:《神话思维》,黄龙保、周振选译,中国社会科学出版社1992年版,第119页。

的时间"①。

　　"人民"话语在"伤痕""反思"小说中较为普遍的渗透方式，就是主体受难时"人民"的在场，"人民"不仅为主体提供救助和安慰，还成为主体精神的指南。《蹉跎岁月》（叶辛）中，在"血统论"沉重压力下悲观绝望的柯碧舟，一度欲以死亡来摆脱这种压力的威胁，是邵思语和邵玉蓉这样普通的人民，在关键时刻给予了他理解和爱护，为他点明了前进的曙光。《生活的路》（竹林）中，主人公娟娟也从人民那里体会到寒夜中的温暖："娟娟感动起来，从这个忠厚善良的农民身上，她又觉察到了人生的温暖和希望，好像在漫漫的黑夜里，看到了渔火的光亮；又如在无边无际的大海中，遇见了岛屿……"《伤痕》中的王晓华，在"感到无限的痛苦压迫着她"时，同样从人民那里获得精神支点："她能获得一点安慰的是，这里的贫下中农是那样真诚地关心她，爱护她，鼓励她，为了她的入团问题，曾多次联名写信要求公社团委批准。"《绿化树》中章永麟"灵魂处在深渊的边缘时"，是"那些普普通通的体力劳动者"，给了他"物质和精神力量"，使他"恰恰是在共和国最困难的时期，获得了对我们国家和党的信心"。《土牢情话》（张贤亮）中的石在面对个人的错误，却祈祷"人民保佑，今后不要再发生这样的事"。《月食》（李国文）中，毕竟这样告诫伊汝："记住啊，永远要记住，人民是我们的亲爹娘。"

　　如果"人民"仅作为"行动的南针""指路的明灯"，群体价值的实现对于主体来说尚属于一种未抵达的可能性，那么，就仍有可

---

① ［德］恩斯特·卡西尔：《神话思维》，黄龙保、周振选译，中国社会科学出版社1992年版，第120—121页。

能展开个人自我的空间，在一般意义上，它可能使悲剧揭示的困境，偏于社会、群体和生存性现实（而非存在性现实）的层面，但它并不能抹平困境的深度，主体可能出于某种自身原因酿成悲剧，也可能如鲁迅小说《药》中的夏瑜那样因不被民众理解而导致悲剧。在"信念"模式的小说中，"人民"不仅是主体进行"想象性"认同的神话之镜，主体还在现实层面成为光源，成为被"人民"所肯认的代言人。美国新历史主义批评家伊丽莎白·福克斯杰诺韦塞指出："本文不存在于真空中，而是存在于给定的语言、给定的实践、给定的想象中。语言、实践和想象又都产生于被视为一种结构和一种主从关系体系的历史中。所有以集体的名义写作——虽然可能十分狭隘并以自我为中心——的文本制造者们，都是带着这样一种意识写作的，即他们是那些组成社会和文化的大众的特权代言人。"① 《绿化树》中，章永麟即将"同国家和党的领导人共商国是"时，感到："这些普通的体力劳动者心灵中的闪光点，和那宝石般的中指纹，已经融进了我的血液中，成了我变为一种新的人的因素。"因而觉得自己是被"那些普普通通的体力劳动者""扶着两腋"，"踏上通往这座大会堂的一条红地毯的"。这里，似乎可以窥见恩斯特·卡西尔指出的神话思维的"部分代替整体"原则："全部的神话运思都受这条原则的支配，只要人们把整体的一部分置于自己的力量范围之内，在魔法意义上，就会获得控制整体本身的力量。"② 再也没有比把"本源的神圣性"直接植入自身，更能体现这种同一了。《布礼》中，历尽磨难的钟亦成内心永远充满光明，"他不懊悔、不感伤，也毫无个

---

① ［美］伊丽莎白·福克斯杰诺韦塞：《文学批评和新历史主义的政治》，载张京媛主编《新历史主义与文学批评》，北京大学出版社 1993 年版，第 62 页。
② 高乐田：《神话之光与神话之镜》，中国社会科学出版社 2004 年版，第 160 页。

人的恩怨,更不会看破红尘",心甘情愿地将自己和周围人身上发生的不幸全部看作革命熔炉的考验。关于"受难"的叙事显然并不承担任何"暴露"功能,而被看作从"此岸"抵达"彼岸"的必由之路。小说结尾,钟亦成再次受到冤屈时,许多贫农、筑路工人纷纷带着食物来看望他,小说写道:"'我们都知道了,你是好人。'他们说。这就是钟亦成受到的人民的最大的褒奖。""人民"的出场见证了主人公受难的历史,对这种同一关系进行了现实的确证。从最初的《班主任》到后来的《布礼》《绿化树》,对"社会问题"的暴露没有加强,反而在更大的程度上被神话的光芒所掩抑。

稍晚于《班主任》的《伤痕》,从人性和伦理的角度表现悲剧性,具有了更多的个人感。作为"受害者"的个人对时代的控诉关系隐约浮现,小说因而有了"悲"的况味,然而叙事的悖论同样无法避免。王晓华对"革命"事业的忠诚使母女亲情被摧残,前者是后者的起因,小说的叙事显然必须克服这一矛盾。于是,王晓华与母亲的情感关系呈现出间断性:在和母亲断绝关系之后的八年里,她的痛苦源于"始终无法摆脱'叛徒妈妈'的家庭给她套上的绳索",看不到她对母亲的任何思念或内疚;在她收到母亲的信告知被划"叛徒"系冤案后,仍为"叛徒"问题究竟是否属实而疑虑,直到收到单位公函的确证,才怀着"激动、喜悦、苦痛、难过"的心情踏上归程;得知母亲亡故后,叙事以她的"撕裂肺腑"宣泄了情感,旋即转为"紧跟党中央"的表白。"悲"的情感得以宣泄的前提是足够的延宕。在人伦情感与"革命"信念之间的矛盾关系中,叙事须以前者对后者的绝对依附来表现主人公的无辜,然而,表现无辜又势必把悲剧产生的根源归于后者,即"革命"信念本身有问题,于是,作者卢新华把悲剧的根源阐释为王晓华的个性:

她却不知道，出于她的这个迟疑的行为，最终却酿成了她在母亲临逝世前都不能见她一面的悲剧。王晓华为什么会具有这种独特的个性？因为她基本上是把母亲作为一个敌对的阶级来看待的——这与家庭的特殊环境与特殊教育有关系，也正因为有如此的思想基础，她才会跟母亲断绝了八年多的关系，而一个完全是带着个人主义色彩出走的青年，我想，他是很难作到这一点的。所以，从这点上来说，王晓华又是一个极具有自己思想个性的人物，虽然，她很像我们社会中的许许多多个青年，但她毕竟又是具有自己的个性，正是从她的那种有些僵化和麻木不仁的思想状态中，我们可以深深地窥测到"四人帮"在思想上和精神上对我们一代青年人的毒害[①]。

这种充满逻辑矛盾的表述，正如小说充满矛盾的叙事，令人无法明白作者究竟是在赞扬王晓华丝毫不带个人主义色彩的"个性"，还是在批评她太有"独特的个性"。人伦情感得以宣泄的前提和心理背景，是价值取向上的安全感、确定感，因而，与《班主任》《布礼》等表达信念的小说中通篇洋溢的公共化激情相比，《伤痕》这篇表现情感的小说反而必须要压抑情感，于"安全地带"短暂宣泄后，仍然要在"社会问题"（"四人帮"对一代青年的毒害）的归结中，化解"个人"所承受的压力。

《伤痕》的安全"控诉"模式，通过对主人公"受害者"的身份确证获得群体意义，实现由"个人—时代"到"整体—恶势力"的冲突关系的过渡，这在一些同样以"受害者"为主人公身份指认的

---

① 卢新华：《谈谈我的习作〈伤痕〉》，《文汇报》1978年10月14日。

"伤痕""反思"小说中较有代表性。如《在小河那边》(孔捷生)、《重逢》(金河)、《枫》(郑义)、《铺花的歧路》(冯骥才)、《月兰》(韩少功)、《被爱情遗忘的角落》(张弦)、《笨人王老大》(锦云、王毅)、《邢老汉和狗的故事》(张贤亮)、《许茂和他的女儿们》(周克芹)、《啊!》(冯骥才)、《我应该怎么办?》(陈国凯)、《芙蓉镇》(古华)、《小贩世家》(陆文夫)、《爬满青藤的木屋》(古华)、《在没有航标的河流上》(叶蔚林)等。《重逢》的作者金河这样表达他的小说主题:"'文化大革命'的实质不是'红卫兵''造反派'同领导干部之间的矛盾,而是全国人民同林彪、'四人帮'的矛盾。'红卫兵''造反派'和领导干部,就绝大多数人来说,都是受害者,我们不能在干部和群众之间认定谁是受害者,谁是'凶手'。"① 作者用意并不在于去反思主人公叶辉的悲剧命运,而在于提出"大家都是受害者",所以"要正确对待群众,正确对待自己"②的社会问题。郑义的《枫》中,卢丹枫、李黔钢这一对年轻的恋人惨烈死亡的结局,使叙事无法令个体的命运直接获得群体意义,个体的悲剧性遂鲜明地凸现出来。针对当时一些论者认为《枫》"没有光明面,太悲、太压抑,调子太低,看不到必胜的未来"的诟病,作者为自己辩驳说:"在《枫》里是有光明面的。这光明就是年轻一代对共产主义伟大真理的热切追求,就是为革命事业敢于舍身赴义的英雄主义精神。"③如当时的许多小说一样,作者一面要暴露主人公被毒害得愚昧、僵化的心灵,一面又要充分肯定其忠诚、无私的献身精神,最终仍然只能从"社会问题"角度回避这一内在矛盾:"忠于革命,为追求真

---

①② 金河:《我为什么写〈重逢〉》,载牟钟秀编《获奖短篇小说创作谈 1978—1980》,文化艺术出版社 1982 年版,第 99 页。
③ 郑义:《谈谈我的习作〈枫〉》,《文汇报》1979 年 9 月 6 日。

理不惜抛头洒血,这本是我们这一代最可宝贵的品格,但被林彪、'四人帮'导向新宗教,竟酿成一个时代的悲剧。"① 个人汇入群体,完成了控诉的转移,由于这些意识未能直接渗入小说的结局中,才不无偶然地成就了小说文本的悲剧品质。

于是,"好人遭难"的传统变体模式在"受害者"的身份指认中宛然再现:在精神层面,主体要充分表现出"人民"应有的政治伦理情感,在此基础上,最好还合乎传统道德标准。其中,前者无疑是绝对的、决定性的因素。《在小河那边》中,作为"黑七类"子女的穆兰在沧桑、苦难的生活中"从来没怀疑过共产主义,相信它一定会实现的";《在没有航标的河流上》中的爷爷"坚信一切好事情都是毛主席、共产党带来的;而一切坏事情、糟事都是自己命运不济的结果"。在实践层面,主体还须与人民共命运,在受难中感到人民的力量,随着灾难的结束与人民一同迎向(或象征性地迎向)光明,"受难"不具有"失败"的意义,而只是一段坎坷、曲折的遭遇。

不符合上述模式的作品总是难免引起争议或受到批评。刘克的《飞天》写了一名底层妇女飞天被"文化大革命"中的权力阶层谢政委始乱终弃的悲剧故事。作者尽管把整个悲剧过程安排在"文化大革命"期间,把谢政委划归"四人帮"党羽,试图从"四人帮"造成的"封建特权"②的角度提出"社会问题",然而主人公飞天身上的性格缺点以及后来孤立无援的命运,使她与"人民"的同一关系没有足够地显现,于是,飞天的形象便因为"缺少新中国劳动妇女淳朴而健康的意识和感情"而被当时有的评论者诟病为"扭曲了的

---

① 郑义:《谈谈我的习作〈枫〉》,《文汇报》1979年9月6日。
② 刘克:《〈飞天〉作者谈〈飞天〉》,《安徽文学》1981年第1期。

畸形人物"，小说也被认为是没有反映出"社会主义生活的真实性"的一次"败笔"①。陈国凯的《我应该怎么办？》尽管主体的精神特征符合"人民性"的要求，但由于"在粉碎'四人帮'后，大多数人都在笑逐颜开庆胜利的时候"，主人公却"独自发出绝望的呼唤"②的结局而被质疑：

> 话剧《于无声处》既揭示了"四人帮"一伙的卑鄙、凶残，也鲜明地表现了我们的党和人民的力量。舞台上一个强烈的效果就是："真正孤立、虚弱的是何是非，而不是欧阳平母子。"看后人们认识了这样一条规律，坏的只是一小撮，他们早已人心丧尽、众叛亲离，等待他们的只能是人民的审判和历史的惩罚。这就是历史的真实，社会的真实。然而，《我应该怎么办？》却只能使人得出相反的结论：在"四人帮"的淫威下，出卖灵魂的坏人多，坚持原则的好人少。等待七十年代中国人民的只能是妻离子散，家破人亡，任人宰割，死路一条。这不是对历史的篡改、对事实的歪曲又是什么呢？③

1981年对白桦小说《苦恋》的批判则是主流意识形态对悲剧性题材的暴露尺度采取的一次最为重大的规约行动。文本中，主人公凌晨光的命运及其死亡结局所突显的"个人"对于"整体"的指控无疑大大地逸出了上述模式，被权威话语批评为"使人不能不得出这样的印象：共产党不好，社会主义不好"④。

---

① 燕翰：《不要离开社会主义的坚实大地》，《解放军文艺》1980年第9期。
②③ 咏华：《文艺作品必须坚持典型性和真实性》，《作品》1979年第6期。
④ 唐达成、唐因：《论〈苦恋〉的错误倾向》，《文艺报》1981年第19期。

于是，我们看到，"受害者"一旦汇入群体，便能稀释或忘却悲痛，重获希望。《在小河那边》结尾的抒情表达则可谓是这一结局模式的典型写照：

严凉读罢犹如万箭穿心，泪如泉涌。他呆呆地把遗书读了又读。突然，有如一道闪电照亮了他整个思想。他捧着遗书迈出茅屋，趟过了清澈的小河……

啊，小河，人们知道你的源头了。你从天上的每一朵云彩，树叶上的每一颗露珠流来，你最清楚人寰的爱与恨，甜与苦。

啊，小河，人们知道你向哪里流去了。你九曲回肠，历尽艰辛，最终将流入浩瀚的大海，正如世途之有坎坷，人生之有曲折，前景之有光明。

啊，小河，你日夜淙淙低语，人们听懂你的话了。你在诉说："愿死者得到永恒的爱，愿太阳发出永恒的光和热，愿人间充满永恒的温暖和安慰。"

从"万箭穿心"的情感宣泄到光明憧憬，只在前后的一闪念就完成了转换，仍生活在阴影中的严凉和姐姐穆兰，由于获得了"每一朵""每一颗"的群体意义而从母亲离世的悲痛中超脱出来，奔向了希望和光明。

在少数表现出较强的自我理性的小说文本中，如赵振开的《波动》、礼平的《晚霞消失的时候》，主人公的精神创伤没有随历史悲剧性的结束而马上平复，难得地对时代中心的主流话语提出了质疑，当然也不可避免地招来批评和争议。《晚霞消失的时候》中，叙事通过南珊的悲剧性命运反映的灾难过后的精神荒原和丧失信念的危机，与张贤亮渲染的"伤痕"美，王蒙、刘心武的乐观主义信心大相径庭。《波动》中，肖凌表现出了更加具有挑战性的思想锋芒，其对于现实和意识形态的怀疑，在当代文学乃至整个20世纪文学中，无疑都是极为罕见的，显示了自我的精神能量。但小说中，主体对于时代中心神话的怀疑和疏离，发生于悲剧性事件过后的思想层面，肖凌、南珊、真真在劫难中都只是被动的受害者，劫难过后也都重获了希望和信心。《波动》中，肖凌在对意识形态表示怀疑之后，作者马上借杨讯的角度发出了这样的议论："也许探求本身就已经概括了这代人的特点。我们不甘死亡，不甘沉默，不甘顺从任何已定的结论！"对意识形态的怀疑不是为了从"我"出发的控诉，而是为了对"我们"的价值的标榜，自觉地把个体的信仰危机归为一代人亟待解决的社会问题。小说结尾这样写肖凌的心情："不久，天放晴了，月亮升起来了。忽然，一位和我酷似的姑娘飘飘地向前走去，消失在金黄色的光流中。""我"在"我们"的镜像中重见光明。

而在大多数小说中，"个人"经由"社会问题"归属"人民"的理路使小说中的"受害者"形象比传统悲剧中的人物表现出更大的被动性、依附性和规范性。如《班主任》《伤痕》《枫》《铺花的歧路》这几篇小说中，尽管在对悲剧性的具体表现上风格很有不同，然而谢慧敏、王晓华、卢丹枫、白慧这几个人物身上，却体现了惊人的同质化：都是品学兼优的青年女学生，有着同样的真诚与善良，更重要的是，她们同样地忠于革命，同样热忱地遵奉着林彪、"四人帮"的"革命路线"和"革命信条"。由于这"革命路线"和"革命信条"本身的谬误与荒唐，使得她们越真诚和善良，越忠诚与热忱，也就越愚昧和无知，以致造成人性的扭曲甚至毁灭。如果把她们彼此的环境和背景进行互换，她们完全可能作出同样的反应，遵从同样的行为逻辑。以个体的弱小和被动来表现作为整体的"人民"的强大和必胜，构成了叙事逻辑的结构性冲突。

"社会问题"的角度，出示了中国当代小说对悲剧所蕴含的启蒙功能和意识形态力量的选择，以及对悲剧的审美本质和审美价值的忽略。"社会问题"本身，显然是一个宽泛的概念，广义地说，凡是社会针对性强，具有一定社会价值和社会反响的文学作品，都可以归入"社会问题"小说。"问题"立场的小说精神，固然与悲剧的"问询"本质有着某种契合，但正如让-皮埃尔·韦尔南等人指出的，悲剧"是当人被显示为问题时"①，"在悲剧中，'人到底是什么'的问题是最中心和最活跃的问题"②。在作家以文学介入现实的自觉性非常高的中国现当代文学中，小说的"问题"意识特别强调社会的整体角度，这也正是中国现当代小说对悲剧和"问题"的思考总是偏离悲剧艺术美学的内在原因。"五四"新文学浪潮中的"问题"小说有其独特的含义，它是启蒙主义精神的产物，也是"五四"知识分子的社会热情和人生思考相结合的产物，具体表现为"为人生的文学"，是一种群己兼顾的"问题"，与新文学的悲剧意识密不可分地联系在一起。如作为"问题小说"家的冰心，在她的"问题小说"中写道："世界上一切的问题，都是相连的。要解决个人的问题，连带着要研究家庭的各问题，社会的各问题。……不想问题便罢，不提出问题便罢，一旦觉悟过来，便无往而不是不满意，无望而不是烦恼忧郁。"③ 在这里，个人的问题，还是被作为目的提出的。"五

---

① [法]让-皮埃尔·韦尔南:《神话与政治之间》，余中先译，生活·读书·新知三联书店2001年版，第450页。
② [法]让-皮埃尔·韦尔南:《神话与政治之间》，余中先译，生活·读书·新知三联书店2001年版，第426页。
③ 冰心:《一个忧郁的青年》，《燕京大学季刊》1920年第1卷第3期。

四"前后的人生派、写实派的新小说家,几乎都是问题小说家,作品也多半为悲剧,表现社会的黑暗、人民的苦难以及国民的愚昧和落后,鲁迅的《狂人日记》就曾被视为问题小说的先驱和楷模。当代的"伤痕""反思"小说的社会问题意识,也与其悲剧意识联系在一起,并在某种程度上承接了"五四"新文学从社会问题角度切入悲剧的启蒙精神,然而,其"启蒙"的具体内涵与"五四"新文学却有着根本的区别。

叶蔚林的小说《在没有航标的河流上》中,遭难的革命干部徐鹤鸣对把他从危难中搭救出来的盘老五等人民大众有这样一段启蒙式对话:

> 他问道:"同志们,日子过得不顺心是不是?"
> "受苦受累都算不了什么,"盘老五说,"最难过的是心里头苦;呕又呕不出来。"
> "可是千万不要埋怨共产党,埋怨社会主义……革命的道路很曲折,什么事情都可能发生。但是我们伟大的党一定能够清除障碍,领导人民向着社会主义前进……人民,已经觉醒的人民是不好欺侮的……几片乌云,总不能永远遮挡太阳……你们说是不是呢?"

这是一个在"文化大革命"刚刚结束后的中国当代小说中极具典型性的启蒙场景。"启蒙"在这里,变成启发、要求被启蒙者忘记和忽略个人痛苦,认清痛苦的暂时性、偶然性、公共性,以坚定对革命和人民的信心。这种启蒙与其说是为了消灭悲剧,不如说是为了消灭个体的"悲剧感"。把个体摆脱痛苦的希望,寄托于民族—国家的前途,也曾经是"五四"新文学处理悲剧性题材的叙事传统,最典型的如郁达夫的《沉沦》的结尾,主人公在绝望中哭诉:"祖国呀祖国!我的死是你害我的!你快富起来,强起来吧!你还有许多儿女在那里受苦呢!"然而,同样是个人命运对民族—国家的依附,"五四"悲剧文学的意识结构是建立在对现存社会批判的基础上的。其中,以鲁迅为代表的中国现代知识分子的"铁屋中的呐喊",可谓是"五四"悲剧文学所发出的反抗现实的最坚强有力的声音,这一呐喊正是为了唤醒人们的"悲剧感",去终止和消灭历史的悲剧。"五四"新文学的悲剧意识到了当代写作中,却发生了戏剧性的逆转。

这种逆转在"伤痕""反思"小说中相当普遍。叶辛《蹉跎岁月》里的邵思语这样劝导沉浸在个人痛苦中的柯碧舟:

> 小柯,不要只看到自己的痛苦,不要受错误思潮的影响,年轻人嘛,目光该远大一点,展望得远一些。只看到个人的命运、前途,只关注眼前的人和事,只想着狭窄的生活环境,那就同关在牢笼中的雀儿差不多。要练好翅膀飞啊,小柯,把自己的青春,与祖国、与人民、与集体利益联系起来,你会看到自己的前程似锦,会意识到生命真正的意义。

当个人把自己的遭遇同人民和整个国家联系起来考虑时,其悲剧性的命运便不再是个体偶然的感受,而成为一种能够认知和把握的规律,产生依靠群体的强大力量将其征服的确信。应当看到,"文化大革命"与极"左"导致的伤痛实际上确也是属于整个民族的,它并非只是少数个人的不幸遭遇,而且由于这场悲剧直接来自统一的政治暴力的迫害,个人的悲剧性遭遇在呈现形式上彼此之间也没有什么大的不同，因此，有关个人伤痛的叙述，也就变成了对于公共事件的叙述。"在面临危机的时候，人们因为意识到自己不是第一个必须解决这个难题的人，可能也不是最后一个，所以就会突然觉得负担不那么重了。"① 本由个人承受的不幸，因为是人民的共同遭遇，给个人施加的压力便被大大地缓解了。《许茂和他的女儿们》中，作者正是这样去体会许秀云的命运的：

> 四姐啊！你的悲哀是广阔的，因为它是社会性的，但也是狭窄的——比起我们祖国面临的深重灾难来。你，这一个葫芦坝的普普通通的农家少妇的个人的苦楚又算得了什么呢？……是的，这些年来，从天而降的灾难，摧残着和扼杀着一切美好的东西，也摧残和扼杀了不知多少个曾经是那么美丽、可爱的少女！四姐啊，这个道理你懂得的，因为你是一个劳动妇女，你从小看惯了一年一度的花开花落，花儿谢了来年还开。你亲手播过种，又亲手收获。你深深地懂得冬天过了，春天就要来。你决不会沉湎于个人的悲哀。

个人的不幸命运，因为宏大的公共性背景而变得遥远、渺小了。所以《记忆》（张弦）中的方丽茹，在重见光明时尽管已经失去了无比宝贵的青春，"然而，她没有悲伤，没有怨恨，没有愤慨。她的文化有限，但胸襟开阔。她懂得她的遭遇并非某一个人、某一种偶然的原因所造成，也并非她一个人所独有"。仅仅因为自身不幸所具有的公共性，方丽茹便将一切的过错与罪责既往不咎，像对待"昨夜的

---

① ［美］乔伊斯·阿普尔比等：《历史的真相》，刘北成、薛绚译，中央编译出版社1999年版，第272页。

恶梦"一样，"随即挥一挥手，力图把它忘却得越干净越好"。个人从其悲剧性命运中感受到的伤痛被遗忘与抑制，就不可能再去进行什么追问。米兰·昆德拉指出："小说存在的理由是要永恒地照亮'生活世界'，保护我们不至于坠入'对存在的遗忘'。"① 在这里，我们看到的却是相反的情形，主体通过遗忘来获得归属感和安全感。

从"五四"新文学对个人"悲剧感"的唤醒，到当代小说对个人"悲剧感"的抑制，这种变化无疑是值得深思的。齐格蒙特·鲍曼以"共同体"的概念指代"一种'自然而然的''不言而喻的'共同理解"②，他指出，"梦想的共同体"与"实际存在的共同体"③之间永远存在着分歧。在他看来，"真正的共同体"永远"只是想象中的共同体"，"只要这一共同体还存在于梦想中，它就是无害的，甚至是无形的"，而"实际存在的共同体，是这样一个妄称为共同体的集体，它试图具体化，妄称梦想已经实现，并（以这一共同体假定要提供的正义的名义）要求无条件的忠诚，把缺乏这种忠诚的所有事物看作不可饶恕的背叛的体现"④。"共同体"所具有的这一深刻的悖论性，使它的追求者往往陷入坦塔罗斯⑤式的"动机与效果悖反"的悲剧性命运。齐格蒙特·鲍曼所阐释的"梦想的共同体"与"实际存在的共同体"之间的差异，在某种程度上似乎也在演示着"五四"知识分子和当代"新时期"知识分子的不同命运。如果说鲍

---

① ［捷］米兰·昆德拉：《小说的艺术》，董强译，上海译文出版社 2004 年版，第 23 页。
② ［英］齐格蒙特·鲍曼：《共同体》，欧阳景根译，江苏人民出版社 2003 年版，第 7 页。
③ ［英］齐格蒙特·鲍曼：《共同体》，欧阳景根译，江苏人民出版社 2003 年版，第 8、16 页。
④ ［英］齐格蒙特·鲍曼：《共同体》，欧阳景根译，江苏人民出版社 2003 年版，第 6—8 页。
⑤ 坦塔罗斯（tantalus）是古希腊神话中宙斯的儿子，因泄露天机而遭受惩罚，站立在齐脖子深的水中，头顶有果树，但口渴难耐时水就流走，肚子饥饿时，果子就被风吹去。

曼意义上的"梦想的共同体",使"五四"新文学的悲剧意识始终指向一种"新的统一","实际存在的共同体"则使中国当代知识分子的悲剧意识一开始就被统摄于现实给定性的语境,他们思考的不是如何变革现实,而是让现实为个人立法。鲍曼尖锐地指出:"为了得到'成为共同体中的一员'的好处,你就需要付出代价。"① 《许茂和他的女儿们》中,金东水和许秀云走在一起时想:"当党和人民都面临着困难的时刻,他怎么能要求自己生活得美满呢?"《人啊,人!》中的何荆夫,在生存受到威胁、自身难保的情境下,依然时刻念念不忘着祖国和人民的未来;《蹉跎岁月》中的柯碧舟、杜见春彻底抛开个人的痛苦,全身心投入湖边寨的建设事业中,才感到了人生的意义……

对个体伤痛的拒绝和遗忘,无论以什么形式具体呈现,必然共同达致的就是:个体成为群体的手段,伤痛成为必然的代价。正如从维熙为《大墙下的红玉兰》的悲剧结尾所作的阐释:"我们伟大的人民,在党的领导下与'四人帮'的斗争,是一场极其复杂而艰苦的斗争,不付出牺牲,是不可思议的。因而我写了那样一个典型环境中的悲剧收尾。"② 文本所表现的个体的受难和毁灭,只在于以自身的代价和牺牲去换取群体世界的肯认。"要历史不倒退,要悲剧不重演"③ 的启蒙初衷,最终找到的方剂就是遗忘和拒绝个人的伤痛,汇入现时代的集体和声。

狄德罗曾说:"什么时代产生诗人?那是经历了大灾难和大忧患以后,当困乏的人民开始喘息的时候。那时想象力被伤心惨目的景

---

① [英]齐格蒙特·鲍曼:《共同体》,欧阳景根译,江苏人民出版社2003年版,第6页。
② 从维熙:《关于〈大墙下的红玉兰〉的通信》,《文艺报》1979年第12期。
③ 王亚平:《我所迈的第一步——谈短篇小说〈神圣的使命〉》,载路德庆主编《中短篇小说获奖作者创作经验谈》,长江文艺出版社1983年版,第61页。

象所激动，就会描绘出那些后世未曾亲身经历的人所不认识的事物……而在那样的时候，情感在胸怀堆积酝酿，凡是具有喉舌的人都感到说话的需要，吐之而后快。"① 刚刚经历了历史灾难之后，当代的"伤痕""反思"小说无疑也洋溢着灾难过后的激情，然而，这"吐之而后快"的激情背后显露出的某种贫乏不能不令人深思。作为"戏剧诗歌的最高阶段和皇冠"② 的悲剧，其暴露困境的功能使人们对现存的东西产生怀疑和询问，其弥合功能又使人们对困境产生一种韧性的承受力，这使悲剧意识同时具有推动文化进步和保持文化生存的巨大力量。建立在宗法伦理基础上的中国传统文化，以稳定、中和为理想，"天不变，道亦不变""柔自取束"的文化气质与西方相比，偏向于文化的保存而不是进取。作为悲剧意识，它也暴露文化的困境，也发出过"上穷碧落下黄泉，两处茫茫皆不见"的强烈的询问和怀疑，但作为传统文化的悲剧意识，它又以弥合这种询问和怀疑为根本，与传统文化的其他意识一起保存着文化。"五四"新文化先驱们曾期望用西方的个性解放思想和"科学""民主"等理性内涵，注入日益彰显出颓败之势的传统文化的肌体，以文化的"暴露"功能的增强，来打破传统文化的封闭式循环，对现实社会和人生作整体的反思和批判，"五四"新文学不同于传统文化的悲剧意识也由此发端。然而，激进而年轻的"五四"新文学终于无法阻滞传统的"延传变体链"，"新时期"文学重新回到"五四"的起点。

毋庸置疑，"伤痕""反思"小说在具体历史语境下对人性的价

---

① ［法］狄德罗：《论戏剧诗》，载《狄德罗美学论文选》，张冠尧、桂裕芳等译，人民文学出版社1984年版，第204页。
② 《别林斯基选集》第三卷，满涛译，上海译文出版社1980年版，第76页。

值和尊严的呼唤，对自我的询唤，对爱的讴歌，在"新时期"文化建设中都发挥了一定的积极作用。然而，也许从悲剧意识和悲剧精神的角度，其最集中地呈示出当代文学的怯懦与理性精神的匮乏。如果从悲剧意识的弥合功能所指向的韧性承受力和对文化的保存来看，这种韧性的承受力也是属于群体的而非个人的。在没有建立起个人价值观的群体性世界中，个人恰恰最具有不稳定的易变性。无论个人是在没有自己思想的情况下对群体依附，还是在有自己思想的情况下被社会承认，这种现实的统一，对于个体来说带来的首先都是从属感、安全感以及快感。一个依偎在群体怀抱中的个人，倘若没有确立起属于个人的价值感，必然会更加助长依赖性，稍有风雨便倒进群体的怀抱，成为终身的"婴儿"，一旦群体世界及其价值解体，个人便会产生幻灭感与虚无感。从此意义上，世纪末的中国当代小说普遍出现的幻灭感和虚无感，是深有其渊源的。

第二节 "冷漠＋感伤"的"逃离"

20世纪80年代中后期至20世纪90年代，随着旧有的意识形态主导符码渐渐丧失它在社会文化领域作为意义坐标的功能，小说创作领域兴起了普遍性的解构和颠覆的叙事潮流，随之而来的最引人注目的创作现象之一，就是悲剧性题材的全面繁盛。在余华、北村、叶兆言、刘恒、李锐、格非、刘震云、方方、吕新、洪峰、杨争光、张宇、何顿、邱华栋、王彪、鲁羊、鬼子等的小说创作中，都表现出对于死亡叙述的强烈兴趣。以"先锋小说"为例，《余华作品集》（中国社会科学出版社）收入的短、中、长篇小说共23部，不直接写到死亡的——且不论那些充满死亡气息的——大约只有7部；北村的小说集《玛卓的爱情》（长江文艺出版社）收入的 5 部作品全都是关于死亡和末日审判的故事；格非的《唿哨》（长江文艺出版社）收入 9 部作品，除《唿哨》外，其余全部笼罩着死亡的阴影。有评论者针对先锋小说的死亡叙述评论道："人们一眼就可以看出，这批先锋作家嗜好悲剧。他们的小说之中永远弥漫着不祥的气氛，死亡充塞于每一个角落。他们不仅历历在目地绘述制造死亡的暴力场面，同时还十分精通葬仪方面的种种可怖细节。这批先锋小说的故事结局从来不会响起庆典的鞭炮，小说里的人物通常具有一个灾难性结局……先锋小说之悲剧的意义已经转移到了叙事层面上。死亡不断出现，但死亡主要是作为一种叙事策略巧妙地维系着故事的持续过程。在这里，人们将看到'死亡'这个概念如何脱离基本的社会学涵义而成为一种编码程序。"[①] 更确切地说，"先锋小说"中的死亡叙述，既是技术性的，又是精神性的，它是先锋小说家对世纪末的悲观主义的再符码化，并且，"先锋小说"死亡叙述的技术化及其背后潜存的悲观主义，作为泛化的、普遍的经验，又被继续保留在 20 世纪 90 年代以后的小说创作中。与"死亡"叙述相伴生的，还有生活常态中形相各异的精神幻灭与虚无：描写黯淡、粗粝的生活吞蚀了尊严和激情的悲剧性，如《已婚男人杨泊》（苏童）、《塔铺》（刘震云）、《新兵连》（刘震云）、《狗日的粮食》（刘恒）、《挽歌》（叶兆言）等；表达存在的虚无感受和自我迷失的悲剧性，如《在细雨中呼喊》（余华）、《黑的雪》（刘恒）、《虚证》（刘恒）、《废都》（贾平凹）、《叔叔的故事》（王安忆）、《出走》（鲁羊）、《玛卓的爱情》（北村）、《欲望》（王彪）等；揭示人与人之间的情感假面和情爱幻灭的

---

① 南帆：《再叙事：先锋小说的境地》，《文学评论》1993 年第 3 期。

悲剧性，如《山上的小屋》（残雪）、《无处告别》（陈染）、《致命的飞翔》（林白）、《羽蛇》（徐小斌）等；展现沉溺于都市生活表象中的"空心人"的悲剧性，如《哭泣游戏》（邱华栋）、《环境戏剧人》（邱华栋）、《我们像葵花》（何顿）、《情幻》（张旻）、《桃李》（张者）、《痛苦比赛》（东西）……当代生活似乎为创作者们提供的尽是关于悲剧性的灵感与资源，形形色色的苦难与毁灭猝不及防地向着世纪末的当代人迎面扑来。

这些关于悲剧性叙事的审美倾向并不一致，但他们对悲剧性的处理却呈现出一个明显的共同特征，就是情感的冷漠化。曼·科·希勒布雷希特认为："现代派艺术革命也是随着感情的疏远、冷漠、克制和支配方向进行的。"① 面对人物的苦难和死亡，先锋小说家们普遍表现出排除价值判断的超然和对惨酷事相的审美迷恋。余华的《现实一种》《死亡叙述》《一九八六年》《世事如烟》《难逃劫数》等小说，对人的凶残本性与暴力的细节过程进行了不加节制又不动声色的渲染，在程序化的绞杀和缓慢的虐毙过程中，消融了叙事者的情感态度和价值关怀。在北村的《聒噪者说》、洪峰的《极地之侧》、叶兆言的《五月的黄昏》、格非的《敌人》、余华的《河边的错误》等小说中，人物的死亡成为一个没有任何意义的迷津，也不产生丝毫的悲哀与痛楚，叙事所设置的探寻者和旁观者对死亡本身漠不关心，只对死亡原因表现出探究兴趣，而死亡的无意义，正如生的无意义，它甚至不需要原因和解释，只作为一种现象嵌入文本以满足叙事者的颠覆快感。苏童、王彪、张宇、东西等则热衷于对死亡和苦难场景作诗意的审美想象。如被有的评论者称为具有"浓郁的悲

---

① ［德］曼·科·希勒布雷希特：《现代派艺术心理》，陈钰鹏译，上海文艺出版社1989年版，第76页。

剧美学特征"① 的"新生代"作家王彪的《在屋顶飞翔》这样描写人物的死亡：

> 我沉重的身体，这时忽然变得轻盈起来，我扬起胳膊，我想我也能像鸟一样飞行。我踮着脚尖在屋脊上走了几步，这时一只像我一样庞大的鸟从另一个屋顶凌空而起。他是我弟弟。我看见他骄傲地抬起头颅，朝我家阴暗的门洞徐徐掠去。

人物摆脱生存的艰辛和苦难的方式，被诗意的幻想进行了精心的改造和包装，"生"的意义变得可疑、空洞起来。"新写实"小说家同样回避在创作中渗入情感与价值判断，追求所谓的"零度的写作"和冷漠化、客观化叙述。这种写作立场蕴含着对公共化情感和判断的反拨意图。如池莉说："我只是容忍不了自己假模假式地虚构激情，或者真心真意地附庸风雅。"她认为自己笔下的人物事相"肯定不怎么美，但它是真实的"。② 这与余华所说的"生活实际上是不真实的""真实是对个人而言的"③ 有着共同的倾向，都以"真实"为圭臬，拆解和反拨"崇高"的美和公共性神话。只不过余华等先锋小说家偏于以个人的想象力铺陈灾难场景，而池莉等新写实小说家则偏于以不厌其详的现象描绘和日常生活片段的罗织试图还原小人物的"烦恼人生"。"真实"使"美"与"善"成了一种必须付出的代价，被抽去了情感和价值判断的冷漠化、粗鄙化、表象化叙述

---

① 周保欣：《沉默的风景——后中国当代小说苦难叙述》，安徽教育出版社 2004 年版，第 107 页。
② 池莉：《我坦率说》，载《池莉文集》第 4 卷，江苏文艺出版社 1995 年版，第 225 页。
③ 余华：《我的真实》，《人民文学》1989 年第 3 期。

以更为泛滥的趋势蔓延在 20 世纪 90 年代以后小说的悲剧性叙事中。从某种意义上，世纪末转型期小说创作中迅速增殖的以冷漠面孔出现的悲剧性，并不完全是创作者们洞察力的结果，而主要是颠覆与反拨的结果。从观念到形式，"先锋小说"和"新写实小说"都自觉地进行了对意识形态主导符码的拆解和颠覆。在他们的文本世界中，死亡、灾难、暴力、罪恶、荒谬、卑微、幻灭、贫困、猥琐、粗鄙……一切都与包括"伤痕""反思"小说在内的当代文学的传统经验构成了逆反，无限蔓延的精神废墟和灰色图景取代了主流意识形态的理想设计和光明允诺。

　　追求"真实"的反拨努力，使一些悲剧性叙事有着某种"非异化"① 的价值追求，但与此同时，以颠覆为最终意图又使他们并不着意于去思考对悲剧性现实的关切、承担和超越。余华的《四月三日事件》和残雪的《山上的小屋》都绘制了一个类似于鲁迅《狂人日记》那样充满残忍和敌对的世界，主人公都如狂人那样感受到周围无处不在的迫害和阴谋，然而，鲁迅笔下的狂人敢于反抗吃人者对自己的迫害，敢于质问吃人者："从来如此，便对么？"敢于宣告"要晓得将来容不得吃人的人，活在世上"，敢于疾呼"救救孩子"。因而，狂人"不仅仅是受害者，也不仅仅是反抗者，而且更是觉醒者和忏悔者"②，余华和残雪小说的主人公却既无力反抗自己的命运，也无力承担对自我的反思，更无心去探究人类的前途和未来的拯救，他们的小说向我们呈示的，仅仅是一个阴霾密布的生存"真相"和一个惊慌失措、随时准备逃跑的受害者，小说中所揭示的困

---

① 丁帆、何言宏：《论 20 年来小说潮流的演进》，《文学评论》1998 年第 5 期。
② 王彬彬：《残雪、余华："真的恶声"？——残雪、余华与鲁迅的一种比较》，《当代作家评论》1992 年第 1 期。

境,也主要是个人与外部世界的对立,并没有主体清醒的自我意识。揭示和暴露"自我"之外的困境,但是并不去追问和承担它,以回避这种承担给自我灵魂带来的沉重和痛苦,成为世纪末小说叙事的普遍姿态,而"逃亡"/"逃离"则成为一个富有意味的经典动作。

苏童就用"逃亡"来解释他的作品:"'逃亡'好像是我所迷恋的一个动作,这样一种与社会不合作的动作或姿态是一个非常好的文学命题,这是一个非常能够包罗万象的一种主题,人在逃亡的过程中完成了好多所谓的他的人生的价值和悲剧性的一面。"① 苏童笔下的人物,如《平静如水》中的李多,《1934 年的逃亡》中的陈宝年、狗崽,《米》中的五龙,《红粉》中的秋仪,《飞越我的枫杨树故乡》中的幺叔,《我的帝王生涯》中的端白,《舒家兄弟》中的舒乙等,都在以逃亡表演着他们的人生故事。《逃》中的陈三麦终生都在逃遁中度过,他一次次逃离家乡,又一次次逃离战场,生活中的每一次失败似乎都只是为了使得下一次的逃离变得必要,他对命运的拒绝既是对束缚的拒绝,也是对责任的拒绝,摆脱和逃离命运的愿望成了他一生奔波的动力和人生的唯一目的。《已婚男人杨泊》和《离婚指南》中的杨泊,对于无聊又无望的婚姻和日常生活充满了一种难以言表的"畏"和"烦",逃离同样成为他的唯一向往,然而,他的逃离使生活变得更加无聊和无望。"摆脱和逃避日常生活就像私奔出走一样,从一开始就决定了,一定会回到出发的地方。"② 逃亡的结果,一个杨泊纵身一跃,坠楼而亡(《已婚男人杨泊》);一个杨泊迫于现实的压力被迫投降,继续积聚着对生活的厌烦和对逃亡

---

① 林舟:《永远的寻找——苏童访谈录》,载苏童《纸上的美女》,人民日报出版社 1998 年版,第 203 页。
② [德]马克思·霍克海默、特奥多·威·阿多尔诺:《启蒙辩证法》,洪佩郁、蔺月峰译,重庆出版社 1990 年版,第 133 页。

的渴望(《离婚指南》)。与余华、残雪小说中的主人公一样,苏童笔下的逃亡,与其说是对命运的拒绝和反抗,不如说是一种被动的生存状态和对这状态的恐惧。"所谓的价值和悲剧性"表露着一种不确定感:既然世界是荒谬、无意义的,自我在这世界之中便当然也成为荒谬、无意义了,所以只有通过对这个荒谬、无意义的世界的逃离,才可能产生一点"意义"。这里的"意义"是相对的,是在避免与"无意义"的实体发生关系的逃离和回避中产生,它只存在于这个"无意义"之外。在这一过程中,作家对自我恐惧感的非理性体验和"逃亡"这一动作的审美迷恋同样远远胜于对悲剧性本身的关切。

北村的《逃亡者说》更是对"逃亡"的一次绝望书写。作者有意混淆历史符码,使幻觉与现实的界限无从辨认。文本中那个丧失了家园的潜逃之家,正是在逃亡的路上丧失了最后一点归宿的希望。家这个最后的安全处潜伏着危机,逃亡其实是不可能的,然而越不可能就越显示出逃亡之必要,成为一种被注定的命运。一方面是家园的丧失,另一方面是对家园的渴念,然而,家园却已永久地不在了。北村在《归乡者说》的篇首写道:"现在,站在哪一块石头上,能望见故乡呢?"丹尼尔·贝尔说:"虚无主义正是理性主义的瓦解过程。""人们一旦与过去切断联系,就绝难摆脱将来本身产生出来的最终空虚感。信仰不再成为可能。"[①] 失去了信仰,"逃亡"/"逃离"同样成为北村笔下所有主人公的生命方式。《玛卓的爱情》中,玛卓与刘仁的爱情似乎具备了一切理想化的元素,然而他们却仍然无法摆脱逃亡的命运,一切似乎都合情合理,然而一切又都事与愿

---

① [美]丹尼尔·贝尔:《资本主义文化矛盾》,赵一凡、蒲隆、任晓晋译,生活·读书·新知三联书店1989年版,第50页。

违，陷入任何人无法掌控的悖谬，无论是现实生活的"具体、沉重与凌厉"，还是爱情理想的破灭，都使他们不堪面对、无力承受，生命最终成为他们存在的包袱。他们的逃亡，同样不具有反抗的意义，因为他们的逃亡和自毁不是为了对自我实现的坚持，不是在与现实的抗争中"不得不然"①的行为，而是害怕承担现实的退让和逃避。

"逃离"不仅是人物自我认同的方式，也是创作主体的写作姿态和精神立场。北村这样描述自己的创作体验："写小说的人大抵都有一种感觉：起先写作是一种享受，后来渐渐变成一种苦役，到了末了他近乎绝望了，他被带到一个地步，似乎一下笔立刻有可能写出一通谎言；他不想说谎，但他无法不说谎，因为他不知道什么是真的，他对一切无法肯定，也不敢否定，这种彻底的痛苦立刻把他送上了一个被放逐的地位，灵魂开始在这个地上漂泊。"② 人物退场了，而作家却依然面对荒原般的现实，这种痛苦大概是余华、北村们最初以不动声色的冷漠姿态，同时也是无所顾忌的解构热情去投入创作的时候所始料未及的。他们的小说流露出越来越浓重的绝望情绪和宿命色彩，用北村的话来说就是："我们是一个全身长满大麻风的人，我们对自己完全没有办法。"③余华的《难逃劫数》《世事如烟》《现实一种》被称为"二十世纪末最为忧伤的言辞"④，余华通过这些小说，对《四月三日事件》结尾对那个少年将"逃无可逃"的宿命预感进行了反复的确证，之后终于首次以心灵自传的形式发

---

① 席勒认为悲剧"不要把灾难写成旨在造成不幸的邪恶意志，更不要写成由于缺乏理智，而应该写成环境所迫，不得不然"。参见［德］席勒：《论悲剧艺术》，载古典文艺理论译丛编辑委员会编《古典文艺理论译丛》（六），人民文学出版社1963年版，第99页。
②③ 北村：《我的大腿窝被摸了一下》，载《施洗的河》，花城出版社1993年版，"后记"，第257页。
④ 邢建昌、鲁文忠：《先锋浪潮中的余华》，华夏出版社2000年版，第39页。

出了绝望的呼喊(《在细雨中呼喊》)。应当说北村、余华对于绝望的表达,确实包含着创作主体对于他们所描绘的这个末日的审判和某种超验的救赎渴望,困境的深化,也印证着理性精神对文本的渗透达到了当代文学从未有过的深度。然而,创作主体的理性能量在"绝望"面前止步了,发现了深渊,却没有直面深渊的勇气,正如北村所说,他们的绝望,是一种"无法肯定,也不敢否定"的无出路的绝望。选择"逃离"的姿态既实现了解构又不必承担建构,然而,逃无可逃的循环最终也只能积累出一种被动的绝望。

余华、北村们的困境代表了"先锋小说"的思想深度,也反映了他们的悲剧意识的局限性。伽达默尔指出现代人绝望的根源在于"当今的时代是一个乌托邦精神已经死亡的时代。过去的乌托邦一个个失去了它们神秘的光环,而新的,能鼓舞、激励人们为之奋斗的乌托邦再也不会产生。这正是我们这个世界的悲剧"[1]。作为当代人精神危机的表征,"绝望"在 20 世纪西方现代悲剧意识中得到了充分的表达。在萨特、加缪、奥尼尔、卡夫卡、艾略特等 20 世纪西方现代主义大师的思想和体验空间里,几乎都蜂拥着绝望、荒原、异化、荒谬等意象,文艺评论家埃·本特利(Eric Bentley)因而说"现代悲剧都是进入黑夜的旅程"[2]。西方现代哲学肯定了"绝望"和终极的联系,如克尔凯郭尔称绝望为"致死之疾病",指出"绝望是一种精神上的表现,它与人内在的永恒性有关"[3];海德格尔则以"世界之夜"来指示这种离弃了意义中心的存在境遇,他指出:当意

---

[1] 引自章国锋:《符号、意义与形而上学——伽达默尔谈后现代主义》,《世界文学》1991 年第 2 期。
[2] Eric Bentley, *The Life of the Drama*, published in 1965 by Metheun Press, London, p.339.
[3] [丹麦]克尔凯郭尔:《致死的疾病》,载熊伟主编《存在主义哲学资料选辑》上卷,商务印书馆 1997 年版,第 36 页。

义丧失之后，虚无便产生了，绝望就是对生存意义之虚无的一种精神态度，它直接与生存的终极发生关系。也正是在此意义上，埃·本特利说："只有通过真正的绝望才能发现真正的希望。"① 雅斯贝尔斯同样认为"谁以最大的悲观态度看待人的将来，谁倒是真正把改善人类前途的关键掌握在自己手里了"②。绝望距离获救最接近，却并不意味着绝望可以替代终极，信仰的断裂使现代悲剧的价值取向呈现出虚幻感，随时处于悲观主义泛悲剧泥沼的边缘，如美国学者查曼·阿胡加（Chama Ahuja）所说："确实，这是一个悲剧的困境，但是由于确认人的努力会意味着人该像机器人一样卑贱地生存，因此现代人无法悲剧性地确定生活。也就是说，现代人的经验显示出悲剧性，但无法获得悲剧的升华。……我们有悲剧的忧郁却没有悲剧的想象，有悲剧的反叛却没有悲剧的理想主义，有悲剧的智慧却没有悲剧的体验。"③ 然而，这并不是西方现代悲剧意识的全部。萨特、加缪对绝望的反抗，奥尼尔对无限意义上的"天边外"的永恒祈盼，福克纳对人性的和谐和爱的追寻，卡夫卡作品中个体面对群体的灵魂坚守，弗吉尼亚·伍尔芙作品中的"灯塔"意象……理想性在历史现实中失败了，但现代主义大师们并没有因此而放弃对理想的渴念，他们以持久不断的努力和担当荒诞、直面虚无的勇气，对绝望的体验进行沉潜和超越。"悲剧创作是艺术家采取行动的一种方式，反抗命运的一种方式"④，正因为对可望不可即的人的自由生存和理想人性的无尽追求和永恒憧憬，他们才能够肩住绝望的闸门，

---

① Eric Bentley, *The Life of the Drama*, published in 1965 by Metheun Press, London, p. 353.
② 徐重温主编：《存在主义哲学》，中国社会科学出版社 1986 年版，第 279 页。
③ 引自任生名：《西方现代悲剧论稿》，上海外语教育出版社 1998 年版，第 237 页。
④ Richard B. Sewall, ON the Tragedy, *Tragedy*, Edited by Robert W. Corrigan, published in 1981 by Harper & Row, New York, pp. 49 - 50.

对现实世界的荒芜进行不休的批判。马尔库塞因而引用沃尔特·本杰明的话说:"只是因为有了那些不抱希望的人,希望才赐予我们。"①

中国当代的小说家们显然还不具备尼采所倡导的"以坚定的目光凝视世界的完整图景,以亲切的爱意努力把世界的永恒痛苦当作自己的痛苦来把握"②的精神质量,也没有透视历史和个体苦难的话语能力。余华、北村们纷纷由逃离式的超越,转为逃离"超越性"或者逃离文学本身。余华在表达了他的绝望后重新发现"人是为了活着本身而活着,而不是为活着之外的任何事物而活着"③;北村则以对基督教的皈依逃离绝望,他笔下的人物的绝望变为作者演绎观念的策略和手段。雅斯贝尔斯认为,基督教徒"把世界看成是一个人类必须得到永恒救赎的演练场"④,因而"基督教的拯救恰好与悲剧知识相反。被拯救的机会残损了身陷困境无以逃遁的悲剧感。……悲剧知识的张力一开始就被人由天恩而得来的完美和拯救所消解了"⑤。北村理念世界中"惟一真活的神……道路、真理和生命"⑥的耶稣基督,作为作家本人的选择是无可非议的,然而,如米兰·昆德拉所说,"一个建立在惟一真理上的世界"宣告的是"小说的死亡",永远无法跟"小说的精神"相调和⑦。必然的堕落和必然的救赎使北村的小说作为演绎观念的普及读物被大量制造着。作

---

① [美]赫伯特·马尔库塞:《单向度的人》,刘继译,上海译文出版社1989年版,第231页。
② [德]尼采:《悲剧的诞生》,周国平译,北岳文艺出版社2004年版,第73页。
③ 余华:《活着》,载《余华作品集》第2卷,中国社会科学出版社1995年版,"前言",第293页。
④ [德]雅斯贝尔斯:《悲剧的超越》,亦春译,工人出版社1988年版,第84页。
⑤ [德]雅斯贝尔斯:《悲剧的超越》,亦春译,工人出版社1988年版,第22页。
⑥ 北村:《我与文学的冲突》,《当代作家评论》1995年第4期。
⑦ [捷]米兰·昆德拉:《小说的艺术》,董强译,上海译文出版社2004年版,第18页。

为小说家的北村明确宣布要"拆毁写作"①,以宗教皈依实现对作为"问题"的人的悲剧和文学的逃离。

余华、北村作品中表达的绝望事实上是转型期创作中的一种普遍的情绪,只不过在更多的作家那里,被弱化为一种无奈的哀怨或幻灭的感伤。罗洛·梅说:"感伤是伤感地思念而不是真正地体验到它的对象。……感伤者以自己的感伤情绪作为一种荣耀,它始于主观,终于主观。关切却不同,它是对某种东西的关怀,我们在我们的体验中,被我们所关心的客观事物和客观事件牢牢抓住。在关切中,人必须通过涉入客观事实,针对某种处境——作出某种决定,正是在这一点上,关切把爱与意志结合到一起。"② 面对生存的虚无,越要"逃离"关切和反抗,便越容易因虚无的不可逃离而陷入感伤。贾平凹的《废都》可谓是对世纪末感伤情绪的最充分的表达。主人公庄之蝶试图以性的沉醉来超越现代人"无名"的自我迷失,在他与唐宛儿等女性的性交往、性游戏中充满了一种确证自己的欲求。然而,这种逃离式的超越,使他无可避免地跌入溃败和幻灭。小说的结尾,庄之蝶决定以逃离"废都"来寻求精神解脱的新途径,然而,在他即将离开车站的一刹那,"双目翻白,嘴歪在一边了",突发性的中风是庄之蝶宿命的选择,人的不自由使"车站"所表征的只不过是一种虚假的自由。如果说世纪末都市社会的轻浮、堕落与文化崩溃是庄之蝶自我迷失的根源,那么庄之蝶的逃离只能使他不由自主地加剧着这种迷失。应当说创作主体对此是有清晰的觉识的,但这并没有导致一种同样清醒的质疑和自审的理性精神。难以

---

① 北村:《我的大腿窝被摸了一下》,载《施洗的河》,花城出版社 1993 年版,第 261 页。
② [美]罗洛·梅:《爱与意志》,冯川译,国际文化出版公司 1987 年版,第 329 页。

掩抑的感伤情绪表达的，是一种由过分浓重的自恋倾向导致的既忧虑又无奈、既反对又同情的价值混沌状态，其模糊的批判与跃跃欲试的认同感之间的界限暧昧难辨。贾平凹在《废都》之后创作的《高老庄》中，主人公子路从城市逃往乡村，叙事的价值评判被进一步悬置，冷漠的自然主义笔法显然有自我保护的意向。然而，茫然的空间转移只不过印证了精神还乡的虚妄，精心设计的逃离式拯救再次确证了无处逃遁的宿命。

在"新写实"小说对于悲剧性的书写中，冷漠和感伤这样一对看似矛盾的情绪，同样在文本中获得了奇妙的结合。刘恒的《黑的雪》中，从劳改队回来的李慧泉，一心希望开始新的生活，然而，新的生活却并不存在，他无论干什么都摆脱不了"没意思"的精神阴霾，从歌手赵雅秋那里获取真情的希望破灭之后，死于偶然的凶杀。这样的结局安排所透示的，不仅是作家在艺术上的无奈，更是作家对生活和人生的无奈和感伤。刘恒说，"人再怎么争也逃不出罗网"[①]，并承认自己的许多小说的"中心词"就是"悲观主义"[②]。对于已然失去了神话镜像和中心话语的当代作家而言，仅仅揭示困境、发现真相也许并不很困难，真正困难也真正有价值的，是如何能在此基础上始终保持未来的眼界，以使自己能够坚执追问和批判的勇气。然而，因为明白逃不出生活的罗网，新写实小说家纷纷转向对超越性的逃离，他们的"逃离"渐渐已不具有任何反抗意义。池莉说："现实是无情的，它不允许一个人带着过多的幻想色彩。自我设计这个词很时髦，但它只有顺应现实，它才能获得有效的收效。常常是这样，理想还未形成就被现实所代替。那现实是琐碎浩繁、无

---

① 林舟：《生命的摆渡——中国当代作家访谈录》，海天出版社 1988 年版，第 223 页。
② 刘恒：《当代中国小说名家珍藏版·刘恒》，文化艺术出版社 2001 年版，"自序"。

边无际的，差不多能够淹没销蚀一切，在它面前，你几乎不能说你想干这或想干那，你很难和它讲清道理。"① 她笔下的人物常常在难以自拔的生活泥潭中变得麻木不仁，情感和精神性被简化为吃喝拉撒、凉热冷痛的生理反应，无奈的叹息和感伤成了自我调节的精神法宝。如果说"先锋小说"和"新写实小说"最初在创作中表现出来的冷漠和超然，是出于一种颠覆和拆解的叙事意图，那么，当颠覆与解构很快地成为一种无"中心"的中心话语，一种主导潮流，就无所谓"颠覆"和"反拨"了，他们的冷漠越来越具有自我保护的"逃离"性质。

　　刘恒的《虚证》有意识地进行了对"悲剧"的思考，小说所表露的悲观主义，衍生出一些喜剧化的元素。叙事同样安排主人公郭普云以死亡来逃离"没意思"的人生，只不过这次是自杀，并且一开始就被"自然除名"，成为一个死去的"他者"，供"我"和其他旁观者对其死因进行揣测和想象，叙事因而获得了一种更加冷漠的"客观化"的叙事角度。小说最终也没有明确地透露郭普云的自杀原因，但又暗示了任何一种原因都可能导致郭普云的自毁。主人公郭普云似乎是个关爱自己的理想主义者，当他以精心设计的自杀来逃离这个令他愤恨憎恶却又自惭形秽的世界时，原本是想演一出悲剧，然而，在"我"和其他旁观者眼里，"他给人的感觉似乎是竭尽全力地演出了一场注定要失败的戏剧。一出从悲剧中派生出来的恶作剧，他丑陋的尸体是他赢得的最大倒彩"。这显然与叙述者反复强调的客观化的逻辑思维有关。小说中"我"这样自白："面对朋友的亡灵我必须承认，我冥思苦想并为之痛苦的不是他的死，而是造成死亡的

---

① 池莉:《我写〈烦恼人生〉》,《小说选刊》1988年第2期。

种种根源。我痛苦是因为总也找不到它。比起他凄凉的死亡，我更关心的似乎是整个推导的逻辑过程以及它被人接受的程度。"英国作家华波尔说："在那些爱思索的人看来，世界是一大喜剧，在那些重感情的人看来，世界是一大悲剧。"① 西华尔也指出："我们在许多伟大的悲剧中可以感到艺术家似与剧中人声气相通而有直接联系……在讽刺作品和喜剧中，艺术家总保持着更加超脱的地位。"②悲剧要求作者对人物的痛感体验进行足够沉潜，"仿佛自己陷入悲剧中的感同身受，因此人道气氛出现在伟大的悲剧中"③，在此基础上进行形而上的提升，情感因而是悲剧实现其弥合功能的一个不可少的条件。《虚证》对情感的有意抽离，使小说的情节似乎也在解析人和人性的问题，然而却更像一场逻辑推理运演的智性游戏，这在余华、格非等人的一些先锋小说中有同样表露，只不过《虚证》中，刻骨的虚无让作者终于还是掩抑不住阵阵感伤，正如小说中的叙述者所承认的那样："想咀嚼创造力焕发出的艺术快感，得到的却是沉甸甸的不堪品尝的痛苦。"这种言说本身又是对沉重和痛苦的一种拒绝和释放。

在何顿、邱华栋、张宇、张旻、述平、王彪、张者、李洱等"新生代"作家的笔下，"冷漠＋感伤"成为更加普遍的叙事姿态，作为"主体"的"人"的形象更深地退隐了，在他们所描写的日常生活的失败和毁灭中，价值处于完全空场的状态。有论者指出，20世纪90年代的小说或文学的转型特征是"文学精神的喜剧化"④，

---

① 引自陈瘦竹、沈蔚德：《论悲剧与喜剧》，上海文艺出版社1983年版，第40页。
② Richard B. Sewall, ON the Tragedy, *Tragedy*, Edited by Robert W. Corrigan, published in 1981 by Harper & Row, New York, pp. 49 - 50.
③ ［德］雅斯贝尔斯：《悲剧的超越》，亦春译，工人出版社1988年版，第74页。
④ 金文兵：《颠覆的喜剧》，中国社会科学出版社2004年版，第12页。

"告别悲剧,'喜剧'时代的来临"①。应当说,这种转变并不是文学理性精神的结果,而是实用主义理性对文学超越性的逃离。阿格妮丝·赫勒指出:"我们的日常思维和日常行为基本上是实用主义的。遵循最少费力的原则……以便能对功能的'如是性'进行反应而不考虑它的'来源':他对其起源不感兴趣。"② 不仅如此,商业化语境中的实用理性也深刻地渗透在这些作家的文本中。何顿、邱华栋、王彪、张宇等"新生代"作家往往也热衷于给笔下的人物安排悲剧性的结局,如邱华栋认为自己"喜欢写悲剧",认为"自己所有的作品在某种程度上都是悲剧",而之所以如此,仅仅是因为"悲剧更能震撼人一些,生活被撕裂了就更好看了"③。在邱华栋的小说中,存在着一种明显的"归罪"意识,把人的罪恶他者化,以对城市的罪恶指控来覆盖人的罪恶。《哭泣游戏》把女主人公黄红梅的毁灭归因于"整个城市就是一个巨大的自动搅肉机器";《环境戏剧人》中写道:"城市已经彻底改变与毁坏了我们,让我们在城市中变成了精神病患者、持证人、娼妓、幽闭症病人、杀人犯、窥视狂、嗜恋金钱者、自恋的人和在路上的人。"这种激愤的宣泄中,对于"恶"的批判被悬置,以"行动"为纲领的"环境戏剧人"们继续醉心于恶的表演,没有受到任何指控,并能得到作者愤激之余的认同:"毕竟我们每一个人都在创造中毁灭,在毁灭中激起激越的人生浪花。"在《沙盘城市》中,叙述者以"中指和食指弹向夜空,听见那一座座高楼依次倒下的巨大声响"来感受"复仇的安宁和快乐",完成作者所

---

① 周宪:《中国当代审美文化研究》,北京大学出版社1997年版,第309页。
② [匈]阿格妮丝·赫勒:《日常生活》,衣俊卿译,重庆出版社1990年版,第178页。
③ 邱华栋、郭素平:《不能卸装——邱华栋访谈录》,载陈骏涛主编《精神之旅——当代作家访谈录》,广西师范大学出版社2004年版,第198页。

谓的"批判"。舍勒指出:"在资本主义精神的形成中进步向前的,并不是实干精神,不是资本主义中的英雄成分,而是心中充满怨恨的小市民——他们渴求最安稳的生活,渴求能够预测他们那充满惊惧的生活……""怨恨是一种有明确的前因后果的心灵自我毒害。这种自我毒害有一种持久的心态,它是因强抑某种情感波动和情绪激动,使其不得发泄而产生的情态;这种强抑的隐忍力量通过系统训练而养成。……这种自我毒害的后果是产生出某种持久的情态,形成确定样式的价值错觉和与此错觉相应的价值判断。"① 邱华栋等"新生代"作家的"批判"接近于舍勒所说的"怨恨",其根本价值立场乃是对都市化、商业化价值观的认同。何顿的《我们像葵花》《我不想事》《生活无罪》等小说把叙事彻底投放在商业语境中,用全部的故事所指来认同实利原则,呈示它给人带来的自足和自豪。然而,邱华栋强调"过程和当下就是最重要的东西"(《哭泣游戏》),如其派生出的虚无一样,何顿的所有作品几乎也都笼罩着悲观主义的宿命意识,这种悲观又与及时行乐的现时意识互相生产,封闭循环。《无所谓》中写了一个不得志的小知识分子李建国多舛的一生。学生时代的李建国曾被公认为未来的文化精英,然而当时代以迅雷不及掩耳之势改弦易辙,李建国的厄运便接踵而来,最终他因劝架而偶然地丧命于街头斗殴。小说最后引用了他生前的一句话:"这是老天爷拿人类开玩笑。当你以为得到了,也就跟蚂蚁一样死了。"《跟条狗一样》中写道:"只是一句话,我们宿舍的一个年轻人就死了。所以我觉得人死了和狗死了没区别,这个世界大家除了关心自己,还去关心过哪个人?我可以说,关心自己都关心不过来。"

---

① 刘小枫:《现代性社会理论绪论》,上海三联书店1998年版,第356、361页。

在丧失主体性之后，人物活得毫无尊严，其生命过程还原为低级动物的本能状态。作为叙事者的"我"还这样评说："我所以说人跟狗一样也是有道理的，狗很经得打，随你怎么棒打脚踢，狗都不会死，除非你把狗吊起来勒死，或者用刀子去捅狗的脖子，狗才会死。"述平的《凸凹》中的周昆则"一直试图拯救自己，不惜以自我亵渎、自我堕落等降低自身品格的行为做到这一点，就像他胡乱涂抹着家具一样胡乱地涂抹着自己的面孔，结果越涂越不像他"。主体将自我客体化，将自己视为"物"的存在。

邱华栋认为，"现在悲剧的概念变化了，是个体生命在今天的小悲剧，是小人物的悲剧"，并认为自己的作品和朱文的小丁系列"应该是当下日常生活中的小人物的悲剧"①。邱华栋的悲剧观与新写实小说家的悲剧观有着承接关系。池莉在谈及《烦恼人生》的创作时说："哈姆雷特的悲哀在中国有几人有？……我的许多熟人朋友同学同事的悲哀却遍及全中国。这悲哀犹如一声轻微的叹息，在茫茫苍穹里缓缓流动，那么虚幻又那么实在，有时候甚至让人们留意不到，值不得思索，但它总有一刻让人不胜重负。"池莉进而总结道："为了维持日常生活而必须要做到的事却偏偏做不到，这就是悲剧。"②池莉对匮乏造成的生存悲哀的描述，作为悲剧描写的题材对象是无可非议的，然而，她对悲剧的阐释无疑是对精神性和理想性的主动放弃。鲁迅在评价果戈理的悲剧时说："这些极平常的，或者简直近于没有事情的悲剧，正如无声的语言一样，非由诗人画出它的形象来，是很不容易察觉的。然而，人们灭亡于英雄的特别的悲剧少，

---

① 邱华栋、郭素平：《不能卸装——邱华栋访谈录》，载陈骏涛主编《精神之旅——当代作家访谈录》，广西师范大学出版社 2004 年版，第 158 页。
② 池莉：《我写〈烦恼人生〉》，《小说选刊》1988 年第 2 期。

消磨于极平常的,或者近于没有事情的悲剧却多。"① 两者貌似接近,而实则大相径庭。与池莉们的放弃精神和理想性的悲剧观相反,鲁迅的这一悲剧观连同他笔下的《故乡》《风波》等小说中所揭示和强调的悲剧性,恰恰是匮乏之中的精神麻木和委顿,鲁迅的国民性批判中已然包含着他对这种悲剧所秉持的价值立场。有相当多的论者认为"新写实小说"的悲剧意识,即反映了鲁迅提出的"无事的悲剧"②,不可不谓是一种严重的误读。而邱华栋等"新生代"作家笔下野心勃勃、充满"向上爬"的激情和征服城市欲望的人们的"行动"纲领,则是对池莉的悲剧观的延续和发展,"环境戏剧人"们以物质欲望目标的占有和攫取,来对池莉所谓的悲剧进行表面的解决,与此同时堕入更彻底的虚空之中。美国剧作家阿瑟·密勒也曾经提出过普通人的悲剧概念,认为"普通人与帝王同样适合于做最高超的悲剧的题材",与此同时,阿瑟·密勒强调悲剧中肯定的价值是"人性得以成熟并实现理想的条件",并认为悲剧"将英勇的手指指向人类自由的大敌。为自由而进击正是使人意气风发的悲剧的特性"③。梅特林克也主张一种"日常生活中的悲剧"观,但他同样强调悲剧是发生在"灵魂深处的"④。悲剧从古典向现代的衍变,必然伴随着主体身份的更替,因而对于悲剧的审美特质与精神魅力来

---

① 鲁迅:《且介亭杂文二集·几乎无事的悲剧》,载《鲁迅全集》(第六卷),人民文学出版社1981年版,第371页。
② 如郑健儿:《论新写实小说的悲剧意识》,《浙江师范大学学报》2000年第4期;肖扬帆、唐倩霞:《匮乏与异化——新写实小说的悲剧意蕴探悉》,《华南理工大学学报》2001年第12期;姚家方:《新写实小说的平常悲剧意识》,《贵州教育学院学报》1996年第2期。
③ [美]阿瑟·密勒:《悲剧与普通人》,载周靖波主编《西方剧论选》(下卷),北京广播学院出版社2003年版,第591页。
④ [比]梅特林克:《日常生活中的悲剧》,载周靖波主编《西方剧论选》(下卷),北京广播学院出版社2003年版,第485页。

说，重要的不在于主体的身份、环境、背景，而在于悲剧所刻画的面对毁灭的人所表现出来的灵魂的深度和精神的强度。雅斯贝尔斯说："无论在何处，只要信仰匮乏的心灵欲寻求表现的炫耀，它就会发现'唯悲剧'哲学恰好可以成为掩饰空虚的幌子。……庄严在这里消失了，取而代之的是悲剧的强烈刺激所产生的虚假的严肃。……曾经作为信仰的实在存在着的东西，如今变成空洞无物、毫无诚意的同义语。""于是，这种悲剧哲学的滥用，使得潜在冲突的骚乱——无意义的活动，折磨他人和被折磨，为破坏而破坏，对世界和人类的憎恨，再加上对自己被轻视的存在感到恼怒这一切之中的快感——得以自由发泄。"① 这正是对池莉以及邱华栋们的悲剧观的准确概括。

与高呼着"在城市中行动"来逃离超越性的邱华栋们不同，陈染、林白、徐小斌、海男等女性小说家选择对外部世界和现实秩序的逃离。徐小斌的创作以"逃离"意识为其自觉的精神枢纽："我始终注视着内部世界，以致外部世界的记忆变得支离破碎，就像'没活过'似的。这就是：逃离。……这种自欺实际上是一种新的逃离，用一种遥远的幻想来逃离现世。"②《双鱼星座》中的卜零面对现实世界中的压迫，在梦中杀死了作为权力、金钱和性的代码的三个男人，梦醒后逃往作为"别处"的瓦寨。但正如作家自己所言的："这个'别处'其实是不存在的，是乌托邦，因此逃离也就没有了终极意义。在根本不存在精神家园的前提下，卜零只能成为一个永远的精神流浪者。"③ 然而，逃离的无望并没有激发作家的质疑，反而陷

---

① [德]雅斯贝尔斯：《悲剧的超越》，亦春译，工人出版社1988年版，第110页。
② 徐小斌：《逃离意识与我的创作》，《当代作家评论》1996年第6期。
③ 贺桂梅：《伊甸之光——徐小斌访谈录》，《花城》1998年第6期。

入了幻想式"逃离"的定式。《羽蛇》中的母系家族,被作者赋予"远古时代的太阳和海洋"的意味,五代女人之间轮回的表面温爱、内心对峙的悖谬,弥散着虚无主义的审美趣味。陈染、林白则采取了与男权中心的外部世界彻底决裂的姿态,陷入以自恋为核心的经验化表达模式。"幽闭"常常构成她们作品的初始情境,而"逃离"则是最常见的戏剧性动作。对于女性写作来说,"逃离"并不是一个新鲜的话题,在遇罗锦的《春天的童话》、张洁的《方舟》、张抗抗的《北极光》、张辛欣的《在同一地平线上》等作品中,都不约而同地触及"逃离"的戏剧性情境或主题性话语,甚至可以由此上溯到"五四"以来许多女性作家的创作,所谓"娜拉走后怎么办"就是对女性"逃离"的一个追问。但在陈染、林白等新一代女性作家笔下,"逃离"越来越频繁地突现出来,并且女性的困境呈现得更加绝对化,与悲剧性的毁灭与虚无主义的精神内核裹挟在一起。陈染的《无处告别》中的黛二小姐,怀着对男权社会和女性情谊的双重失望选择了逃离,吊死在街边的榕树下。《时光与牢笼》《潜性逸事》《秃头女走不出来的九月》《与假想心爱者在禁中守望》《另一只耳朵的敲门声》等作品也贯穿了"逃离"的叙述。陈染说:"我对强加于我的反应始终是掉身逃跑。我最大的本领就是逃跑,而且此本领大有发扬开去的趋势……然而,每一次我都发现那不是真正的我,我都是以逃跑告终。我耗尽了心力与体力。每一次逃跑,我都加倍地感到我与世界之间的障碍。"① 陈染作品中的逃离也就是自我放逐的过程:为了拒绝公众和社会,就把自己放逐到精神病院;为了拒绝世俗的男女之爱,就把自己放逐到寡妇一群;为了拒绝女性的规范角

---

① 陈染:《一封信》,载《断简残篇》,云南人民出版社1995年版,第29—30页。

色,把自己剃成秃头女;为了拒绝肉体对心灵的侵扰,在做爱时放逐自己的灵魂……这种带有自虐味道的自我分析和自我确证的过程,同时还是一个自我剥离的过程——将自我从社会、群体、血缘、亲情、友情、爱情等关系中剥离出来、放逐出去,对于死亡的迷恋成为自我放逐的最高形式,而孤独则是自我放逐的一般结果,即"做一个谁也不认识我的陌生者独自漫游"①。林白的作品同样善写女性以逃离面对"绝对困境"。《一个人的战争》中的主人公多米,"是一个逃跑主义者","一失败就要逃跑";《说吧,房间》中,场景的转换几乎是由老黑的"逃离"组织起来的。林白的小说尤其沉迷于死亡的叙述,有绝望的女主人公以暴力手段对男人进行的复仇,如《致命的飞翔》《长久以来记忆中的一个人》《随风闪烁》等;有女主人公自我宣泄和自我杀伤式的自毁,如《同心爱者不能分手》《日午》《回廊之椅》《子弹穿过苹果》等,都对死亡的意象、形式和过程作了精心的渲染。西蒙·波夫娃说:"真正伟大的作品是那些和整个世界抗辩的作品。……但要和整个世界抗辩就需要对世界有一种深切的责任感。"② 应当说,陈染、林白等人的写作中大量出现的同性恋、自恋、幽闭、死亡等逃离方式,无疑都带有对男权社会的自觉的抗辩意识,然而,她们采取的与外部世界决裂的姿态却落入二元对立的思维圈套,难道真正的"自我"就一定要与社会誓不两立?凯瑟琳·凯勒指出:"如果说自我在本质上说是关系性的东西,那么,缺乏构建这种关系的可能性必然会阻碍自我力量的发展。"③ 对

---

① 陈染:《独自漫游》,载《阿尔小屋》,华艺出版社1998年版,第154页。
② [法]波夫娃:《妇女与创造力》,载张京媛主编《当代女性主义文学批评》,北京大学出版社1992年版,第156页。
③ [美]凯瑟琳·凯勒:《走向后父权制的后现代精神》,载[美]大卫·雷·格里芬编《后现代精神》,王成兵译,中央编译出版社1998年版,第111页。

作为本原与基础的现代个人主体性的追求最终必然指向主体间性的建构。由于缺乏理性精神的深入，陈染、林白的逃离和反抗总停留在经验感受的层面，进行着自我复制和自我拆解，以此回避内省的折磨。林白所钟情的"飞翔"式的高峰体验，海男笔下反复出现的幻觉，陈染笔下与人物的现实处境相游离的宣言和理论阐述，都在相当程度上阉割了对人物的具体经验的表达，主体因而就不再需要进行实实在在的追寻，而只需要沉浸在脱离了行动的欲望幻觉和空洞理论中，逃避个人意向对灵魂的反思和追问。

悲剧中的任何冲突都是人为了捍卫某种确切的价值存在以及这些价值的尊严而展开的斗争。在陈染、林白等人的女性小说中，由于既有的价值认同模式被视为男权文化的价值标签而被予以摈弃，又没有建立其自己的价值认同，其文学叙事建构起来的艺术冲突，往往是一种无冲突的冲突形式。在这种"冲突"中，冲突就是对自我的压迫、否定和解构，"我"就是"我"的敌人，而且是唯一的敌人，在我同我的搏斗中，没有胜利和失败，或者说胜利或失败都是对自我完整性的破坏，这种无冲突的冲突往往导致人的自虐、自恋和自伤，充满着失败情绪和人生虚无的感受。这使她们的一些作品与一些同样没有明确价值认同的男性文本形成了呼应关系，比较典型的如鲁羊的《出去》、何立伟的《光和影子》、王彪的《病孩》、李师江的《要的就是走调》等。她们对男权法则的反抗，不仅不彻底，加剧着个体自我认同的危机，而且暧昧地走向了其反面，以对"私人"和"身体"的言说满足着现实社会商业文化的窥视欲，这也许才是属于她们的更具悲剧性的现实。

从"先锋"到"新写实"再到"新生代"的写作，由于摆脱了价值判断的同时也失去了认同根基，在他们的冷漠叙述中，反讽成为被普遍运用的修辞策略，悲剧性的毁灭同样常常被纳入其反讽的表达式。法国批评家乔治·帕特朗则说："反讽态度暗示，在事物里存在着一种基本矛盾，也就是说，从我们理性角度来看，存在着一种基本的、难以避免的荒谬。"① 反讽作为一种智性思维方式，是一种非情感化的理智心态，也是一种精神优越性的特殊表达形式，它对于恐惧、焦虑等情绪有一定的缓冲作用，因而，反讽，尤其是情境反讽，往往具有喜剧性，"喜剧心态应该是一种非英雄化的怀疑心态，非情感化的理智心态，非严肃化的玩笑心态"②。加拿大批评家诺思络普·弗莱以四季循环来对应文学演变，他认为现时代文学正处于冬天，是一个由悲剧向反讽的转变时代③。20世纪80年代中后期以来的中国当代写作无疑也呈现出弗莱所说的"冬天"的特征，而问题是，中国当代写作还要在这个"冬天"里待多久？

  反讽具有的喜剧性并不意味着反讽和悲剧是互相排斥和毫无关联的。如黑格尔所说："在近代戏剧里，悲剧性和喜剧性就更多地交错在一起了，因为原来在喜剧是自由发挥作用的主体性原则在近代悲剧中也一开始就成为首要的原则。"④ 英国批评家莫恰则这样描述悲剧和喜剧本质上的相通之处："小丑也表现忧伤的情感，最后他还要以悲剧的身份来忍受死亡的打击。真正伟大的丑角就是这样，这正是悲剧和喜剧最终的会合点，它象征着人类真实的生活。"⑤ 现代悲剧所揭示的人类生存困境常常包含着荒诞意味，因而现代悲剧也

---

① ［美］D. C. 米克:《论反讽》，周发祥译，昆仑出版社1992年版，第99页。
② 阎广林:《喜剧创造论》，上海社会科学院出版社1992年版，第284页。
③ ［加］诺思络普·弗莱:《批评的剖析》，陈慧、袁宪军、吴伟仁译，百花文艺出版社1998年版，第372页。
④ ［德］黑格尔:《美学》第三卷（下册），朱光潜译，商务印书馆1997年版，第294—295页。
⑤ ［英］莫恰:《喜剧》，郭珊宝译，昆仑出版社1993年版，第18页。

往往需要借助于反讽而实现其批判。当反讽被提到形而上的高度与人类的现实处境和终极状况联系起来，就构成了"总体反讽"，而总体反讽更是包含着喜剧和悲剧两种可能。英国批评家 D. C. 米克说："总体反讽的基础是那些明显不能解决的根本性矛盾，当人们思考诸如宇宙的起源和意向，死亡的必然性，所有生命之最终归于消亡，未来的不可探知性以及理性、情感与本能、自由意志与决定论、客观与主观、社会与个人、绝对与相对、人文与科学之间的冲突等问题时，就会遇到那些矛盾。"① D. C. 米克所说的总体反讽的基础，也正是现代悲剧所"暴露"的人类、文化的根本困境。悲剧排斥的是纯粹的怀疑论，而不是怀疑态度和理性精神，随着人类理性的前行，悲剧暴露的困境也在不断深化，这不仅因为人类文明的危机在客观上的尖锐化，还是人类理性认识能力增强的结果，反讽这一古老的术语在这一背景下才与现代悲剧越来越深切地发生关联。查曼·阿胡加指出："悲剧把荒诞看作存在的一种因素，并力图超越它。"② 反讽，尤其是总体反讽，具有形而上的、概括的性质，它可以通过表面的虚假来实现一种批判与反抗，而且其"表象与事实的对照"③ 构成的反差还往往能将批判的刀锋磨砺得更加锐利，它所制造的"貌似真理的假道理"④ 中往往包含有喜剧因素，同时，在反讽对照下的人类的根本局限与生存困境又使人感到沉痛和悲哀，因而，成功的总体反讽往往亦喜亦悲，将表面的喜剧性导入深层的悲剧感，正是在此意义上，"反讽的发展史也就是喜剧觉悟和悲剧觉

---

① ［美］D. C. 米克：《论反讽》，周发祥译，昆仑出版社1992年版，第100页。
② 引自任生名：《西方现代悲剧论稿》，上海外语教育出版社1998年版，第149页。
③ ［美］D. C. 米克：《论反讽》，周发祥译，昆仑出版社1992年版，第43—44页。
④ ［意］维柯：《新科学》，朱光潜译，人民文学出版社1986年版，第183页。

悟的发展史"①。然而，反讽又是现代悲剧的双刃剑。如果脱离了形而上的提升，反讽本身就成为主题而不再只是批判的策略和手段——两者的距离实在只有一步之遥，那样的反讽有可能成为"富于自信心的""无限安稳的主体性"②喜剧，但更可能成为叙述者的含糊其词的应对措施。反讽者到底准备建构什么，批判什么，就会变得越来越模糊而走向自我的迷失。如莫恰指出的，喜剧在现代是一种逃避，但它不是从真理那里逃避，而是逃避了绝望，逃进了自造的或假装的自信状态之中③，伟大的喜剧作品对总体反讽的运用也必然地包含着批判，只不过它缺乏悲剧那样对困境的沉潜。

后现代主义语境中的反讽，往往便是作为主题和目的的形式出现的，它以解构为最终目的，视无意义、混乱、破碎为世界的本质，宣布一切反抗与超越的徒劳、无意义，放弃对意义和价值的任何建构努力。在它消极的否定背后，不仅没有任何肯定性的价值作为支撑，"价值"和"意义"本身也成为反讽的对象而被予以否定。如法国新小说派代表人物阿兰·罗伯-格里耶这样宣告："我们首先必须拒绝比喻的寓言和传统的人道主义，同时还要拒绝悲剧的观念和任何一切使人相信物与人具有一种内在的至高无上的本性的观念，总之，就是要拒绝一切关于先验的秩序的观念。"④后现代主义的艺术往往也标榜悲剧与喜剧的转化，如尤奈斯库曾说，"人若不是悲剧性的，他必是可笑而又痛苦的，实际上是'喜剧性的'，而通过暴露他的荒诞，就可以创作出某种悲剧"，"喜剧因素和悲剧因素只不过是

---

① ［美］D. C. 米克：《论反讽》，周发祥译，昆仑出版社1992年版，第117页。
② ［德］黑格尔：《美学》第三卷（下册），朱光潜译，商务印书馆1997年版，第290页。
③ ［英］莫恰：《喜剧》，郭珊宝译，昆仑出版社1993年版，第126页。
④ ［法］阿兰·罗伯-葛利叶（通译为阿兰·罗伯-格里耶）：《自然、人道主义、悲剧》，载伍蠡甫主编《现代西方文论选》，上海译文出版社1983年版，第336页。

同一情势的两个方面，现在，当我把戏搬上舞台的时候，我发现这两者是难以区别开来的"①，但这里的"悲剧"和"喜剧"都是摈弃了价值判断之后的泛化的概念，实则是对困境和现实的屈从而实现的超脱（而非超越）。后现代主义所进行的文化颠覆的锋芒恰恰指向现代主义实践中的积极成分，马尔库塞因而这样表达对当代文化的忧思，"这个社会的成就和败绩使它的高级文化失去效力。对自律人格、对人性、对悲剧性和浪漫性情爱的赞颂，似乎变为社会发展落后阶段的理想"，"今天的新特征在于：通过取消高级文化中对立的、异在的和超越的因素——高级文化正是借这些东西建构起现实的另一维度——去抹平文化和社会现实之间的对抗"②。后现代主义以平面、琐屑、孤立、物化的现实状态作为表现对象，试图逼近现实的无深度性，然而构造的却只可能是人与现实更深的隔膜和文本对现实的更深遮蔽，从而导致文化危机进一步深化。

　　后现代主义作为主题的反讽对余华等人的先锋小说的写作产生了相当的影响。余华的《现实一种》可谓是这方面的典范。小说中，山岗被处决时竟问："我死了没有？""快送我去医院。"显然，他的被处决这一事实在他脑子里与它应该包含的意义是分开的。被处决后的山岗的尸体又被一群来自不同地方的外科医生瓜分，在整个肢解的过程中，余华以他惯有的超然、冷漠的口吻叙述着外科医生们充满成就感甚至"妙不可言"感的轮番操作。然而，余华对阿兰·罗伯-格里耶提出的标准也还是有所保留的，如小说写山岗看到行刑地上"杂草丛生"，感到野草伸进了他的裤管，同时反复写他看

---

① 中国社会科学院外国文学研究所外国文学研究资料丛刊编辑委员会编：《外国现代剧作家论剧作》，中国社会科学出版社 1982 年版，第 303—304 页。
② [美]赫伯特·马尔库塞：《审美之维》，李小兵译，广西师范大学出版社 2001 年版，第 60—61 页。

到"杂草丛生一般的人群",这使他想起了每次枪决犯人他也都挤在野草一样的看客中间,"他—看客—野草"构成了明显的隐喻链,喻示着人物主体性与悲剧感的缺失,小说的批判意向由此隐约闪现。而在更多的情况下,泛滥于世纪末悲剧性小说文本中的反讽,常常只是叙述者逃避价值判断、追逐审美快感和显示自我智性优越感的手段,其对于失败和毁灭的叙写无所谓悲剧,甚至也无所谓喜剧。随着反讽背后的批判意向被彻底摒弃,不确定性成为反讽修辞的最终归宿,反讽所显示的悖谬就转化为对现实的屈从和超脱,甚至堕化为一种狂欢的浅薄,不仅完全失去了反抗的意义,还迎合和加剧着无根时代的精神混乱。

　　解构与颠覆对于世纪末中国当代小说的影响是深刻的。由于要颠覆主导文化的价值符码和意义系统,"价值"和"意义"本身便也被作为颠覆对象一起予以拆除。加缪说:"今天的世界的确是统一的,但它的统一是虚无主义的统一。文明只有在这个世界与形式原则的虚无主义及无原则的虚无主义一刀两断并且又找到一种创造性的综合的道路的情况下才是可能的。同样,艺术中的永久的解释与报道的时代已濒临死亡,于是它宣告创造者的时代到来。"① 如果说"伤痕""反思"小说普遍地以对"个人"的遗忘和规避来遵从群体主义的现实统一,世纪末的小说则在完成二元对立式的拆解和颠覆之后,纷纷沉陷于虚无主义的现实统一。活跃于20世纪90年代的"新生代"作家们追求着现实和梦幻之间的"第三种状态":"这是一种不能用任何标准去衡量、用任何概念去阐释的非真非假的状态,

---

① ［法］阿尔贝·加缪:《反叛和艺术》,载《置身于苦难与阳光之间——加缪散文集》,杜小真、顾嘉琛译,上海三联书店1989年版,第178页。

是一种不确定的、不可知的、若隐若现的、随机应变的状态。"① 失去了必要的价值支撑,叙事者已没有能力进行价值判断,而这又反过来助长着他们的冷漠。罗洛·梅指出:"恨并不是爱的对立面,冷漠才是爱的对立面。同样,意志的对立面也并非犹豫(实际上,正如威廉·詹姆斯所说,犹豫可能表现了努力做出决定时的挣扎),而是不介入,脱离和不与有意义的事件发生关系。"② 离弃了价值和意义的悲剧性,与其说是一种颠覆与反拨,不如说只是一种摆脱价值判断后的轻松的编码游戏,是"为虚无而创作"③的自娱。在冷漠和自娱的"冬天",悲剧无可避免地衰落了。

---

① 张旻:《一种状态》,《作家》1995 年第 2 期。
② [美]罗洛·梅:《爱与意志》,冯川译,国际文化出版公司 1987 年版,第 21 页。
③ 余华:《河边的错误》,载《余华作品选》第 2 卷,中国社会科学出版社 1995 年版,"后记",第 290 页。

第二章　从乐观到悲观：个人与历史

"新时期"小说的悲剧意识是在对历史的回视中苏生的。正是对十年动乱所酿制的愚昧与惨祸的揭露，暂时终止了中华人民共和国成立三十年来以歌颂为主的叙事基调。主流话语曾对"新时期"之初的"伤痕""反思"小说进行过这样的肯定性描述："在悲剧的形式中，汹涌着的却是反映历史要求的潜在威力。"① 在最初诉说历史之痛、揭批罪魁祸首的"控诉"需求暂时得到满足之后，人们开始追究潜伏于历史更深处的悲剧性成因，这使当代小说的悲剧意识的生发，必然在相当的程度上受到当代历史观的制约和影响。20 世纪80 年代后期至 20 世纪 90 年代的小说再次表现出对于历史的热情，随着拥有庞大阵容的"新历史小说"声势浩大地登上文坛，历史的回声再次成为中国当代小说最醒目的风景。面对世纪末中国社会急剧变革的文化现实，"新历史小说"以不同于以往的历史观念和话语方式，对历史进行了重新叙述和再度编码，并由此衍生出文本中的一幕幕晦暗、混乱、颓败与堕落的悲剧性历史景观。历史观对于当代小说把握悲剧性的影响和本书第一章论及的现实秩序的影响有着结构上的同源关系，世纪末小说对历史的选择，是获得了自由话语

---

① 唐达成：《中国新文艺大系（1976—1982）·短篇小说》，中国文联出版公司 1986 年版，"导言"。

权的"个人"对现实的一种"逃离",也是"个人"对主导文化符码和叙事成规欲图进行的一次更为彻底的颠覆与反拨。

第一节 光明的判决:乐观的"历史悲剧"

华莱士·马丁指出,历史、小说与传记"都基于一种逆向的因果关系",即"知道一个结果,我们在时间中回溯它的原因"。① 寻找历史悲剧性的成因,也正是"伤痕""反思"小说审视历史的动机。在"伤痕""反思"小说所展示给我们的历史的悲剧性场景中,有疯狂残忍、触目惊心的事件,有可称得上是荒诞离奇的冤假错案,有肉身的受难与毁灭,有灵魂的扭曲与变异,然而,它们的总和却远远不足以解释这场悲剧性的历史,令人无法对这场史无前例的悲剧的本质及原因得出某种清醒的了悟。

最早引起轰动的小说《班主任》,曾发出与鲁迅《狂人日记》同样的呼声"救救孩子",然而,与鲁迅《狂人日记》中的悲剧意识相比,"新时期"这些反映"文化大革命"历史悲剧的小说显然是过于乐观了。《狂人日记》中,狂人"读史",并无证据可言,历史的真实来自一种幻觉,狂人向这血淋淋的幻觉世界发出的呼喊并没有一种现实所指,但对其实质却有一种整体的深刻把握。在"新时期"的这些小说中,历史劫难已不是幻觉和寓言,而是群体经验的现实,写作者们无一幸免地经历了这场历史的灾难,目击了其真实始末,掌握大量确凿的证据,留下的"伤痕"也仍清晰可见,然而,我们却无法通过这些小说文本,像狂人对历史所做的断言那样,对已发

---

① [美]华莱士·马丁:《当代叙事学》,伍晓明译,北京大学出版社1990年版,第81页。

生的和正在发生的悲剧进行一种概括。鲁迅通过狂人的眼睛令我们感受到的恐怖、罪恶与绝望的图景中,既有对于害人者、阴谋和死亡的怀疑和审判(置身于阴谋吃人者的包围看管之中),又有对于自身害人、无意识罪恶的怀疑和审判(未尝不也吃了妹子几片肉),更是对一个无望的世界的怀疑和审判(这世界有没有没吃过人的孩子?)。汪晖指出:"鲁迅的深刻之处就在于:他在'反传统'的过程中同时洞悉了自身的历史性,即自己是站在传统之中'反传统'。但是,这种对理性的历史性的洞悉并没有像伽达默尔那样直接引申出对'传统''成见'的本质价值的辩护,相反,对'传统'的否定性的价值判断导致了对自身的否定性的价值判断,因此,自我否定恰恰构成了鲁迅'反传统'的基本前提。"① 鲁迅对于历史的反思的深刻正源于他对自我与传统这种关系的认识,当意识到自己也是"吃人"者,就判定了必须在批判旧世界的同时自我批判,因而他所拯救的是"孩子"——未来之人。鲁迅构造并让人领悟"吃人"这一历史真实,旨在富于历史深度地反省、解剖和改造"五四"知识分子自我,这种勇于自剖的悲剧意识如同西华尔对悲剧意识的概括,"我犯了罪,所以我受难","我受难,我情愿受难,我在受难中学习,所以我存在"②。

当代的写作者们对于历史的反思,所缺少的无疑正是狂人那样的自我怀疑和审判的精神。从美学的角度来说,亚里士多德的"过失说"、黑格尔对悲剧人物伦理目的的"片面性"的强调、车尔尼雪夫斯基的"罪行说"以及让-皮埃尔·韦尔南、雅斯贝尔斯等人的

---

① 汪晖:《反抗绝望——鲁迅及其文学世界》,河北教育出版社 2000 年版,第 129 页。
② Richard B. Sewall, The Tragic Form, *Drama and Discussion*, Edited by Stanley A. Clayes, published in 1978 by Prentice-Hall, New York, pp. 643 - 644.

"行动说"……不同时代的哲学、美学家都在强调着悲剧根源的主体因素。主体因素的介入联系着悲剧的必然性根基，根本地反映着悲剧暴露的困境的深度。从"伤痕"到"反思"，中国当代小说也表现出对历史悲剧根源的更为深层的剖析和追问，其中，高晓声的《李顺大造屋》《"漏斗户"主》正是因为对主体的反思而格外引人注目。在李顺大、陈奂生所代表的中国农民的悲剧性命运中，作者的旨趣并不在于通过农民疾苦来揭批极"左"路线的错误，李顺大、陈奂生身上那种逆来顺受、自私自利而又目光短浅的小生产者的劣根性，才是他真正关心的所在。作者认为，在十年浩劫中历尽磨难的李顺大、陈奂生们其实也该对这段历史"负一点责任"[1]，因为"他们的弱点不改变，中国还是会出现皇帝的"[2]。《李顺大造屋》《"漏斗户"主》追问着极"左"路线为何能在农村顺利推行："九亿农民的力量哪里去了？为什么没有发挥应有的作用？难道九亿人的力量还不能解决十亿人口国家的历史轨道吗？"[3] 如果沿着这样的思维逻辑追问下去的话，所有经历过这段惨痛历史的人们，还有多少能够认为自己有理由享受无愧的轻松呢？然而，高晓声的批判和思考在更多的小说中，却转化为对于历史无怨无悔的宽宥情怀。

  一些小说在揭示历史动荡导致的个人悲剧性命运时，也触发到一些对于"自我"的思考。如《天云山传奇》在宋薇与冯晴岚两位女性的不同人生抉择的对比中，宋薇对于自己在罗群成为"右派分子"后的爱情背叛，也曾经自问："我该怎么解释我自己的行为呢？"然而，她的解释却是：

---

[1][3]　高晓声：《〈李顺大造屋〉始末》，《雨花》1980年第7期。
[2]　高晓声：《谈谈文学创作》，《长江文艺》1980年第10期。

> 那时的历史环境，和我们那一代人的思想，远不是今天的周瑜贞所能了解的。那个时期，像我这样的人，都是最真诚地把政治当作第一生命，对党组织说的话，是绝对神圣不容怀疑的。那时我们常说，为了党为了政治需要，可以牺牲一切，也绝对不是假话。既然生命都可以牺牲，又何况个人的痛苦！
>
> 当时我们毕竟是年轻啊！

真正值得宋薇扪心自问的是，为什么冯晴岚就没有受到历史环境和年轻单纯的左右？这种回避使她的反思显出了自我辩护的性质。冯晴岚以生命代价换取的短暂却又永恒的幸福令宋薇醒悟到自身的缺陷，认识到自己"应当向晴岚学习什么"，这使小说透过政治路线的直接危害，触及个人在这场历史悲剧中发挥的可疑作用，然而小说最终把历史悲剧解释为冯晴岚、罗群式的自我历史信仰的考验，结果只能导向冯晴岚、罗群式的宽宥情怀。

对历史的反思由集体回到个人的目光，在《生活的路》这篇"伤痕"小说中也已显露端倪。作者也没有把主人公娟娟的悲剧命运全部归咎于社会和历史，揭示出导致其悲剧命运的因素不仅源自历史，还有她个人意志上的脆弱。然而作者这样说："我塑造娟娟这个人物，只是想反映在那个特定的社会环境中部分知识青年的某种典型。而我们这些知青，并不是什么十全十美的英雄，他们是一些有血有肉，有痛苦和欢乐，甚至有缺点和错误的活生生的人。"[①] 这里有还原真实人性的努力，然而同时又无异于在表白：我们这些活生生的人总是难免会有缺点和错误的，这样的暴露与其说是为了反思，

---

① 竹林：《我的起步》，《十月》1982年第3期。

不如说是为了辩解。为了辩解而进行的反思在张贤亮的小说中表露得更为明显。《土牢情话》中，石在软弱地叛卖了热恋他的女看守乔安萍，导致了她被奸污和被摧残的悲剧命运。促使石在自我忏悔的动机是"不毁灭过去，怎么能重新生活"，然而对悲剧性的毁灭靠的是辩解和遗忘。叙事把石在的背叛解释为一种合乎常理的行为：石在原本头脑清醒、善良自律、富有正义感，但在"四人帮"爪牙的淫威下才"不得不"精神萎缩，一转念的动摇之间，叙事还安排了一段石在对乔安萍是否真诚的怀疑，而知道了真相的乔安萍对石在依然无怨无悔、痴情有加。为了辩解而暴露自己，但暴露的结果却超出辩解所能包容的范围，使文本发生了某种张裂，因而小说文本反而具有了超出作者预期的控诉效果，但这种为了辩解而进行的暴露和"忏悔"本身不能不说是缺乏深度和诚意的。

冯骥才的小说《啊!》同样触及"文化大革命"中的知识分子表现出来的奴性人格和阴暗心理。这篇小说同鲁迅的《狂人日记》一样写到了无处不在的阴谋和迫害，狂人的幻觉在这里真正演化为现实。与鲁迅笔下的"狂人"所具有的大胆的怀疑和反抗精神相比，吴仲义显然只是一个苟且偷安的弱者形象，在灾难面前，他表现出的只是软弱卑微、逆来顺受，带着永远服罪感的奴隶人格，对于历史灾难中自我和他人的处境及行为没有丝毫的反省和评判，占据他全部思想和灵魂的只是如何躲过"运动"；而另一个人物赵昌为求自保，竟不惜构陷他人、助纣为虐。这也原本可以通向对知识分子自我灵魂的省思，但作者显然更热衷于进行"众生相"的现象态描摹。作者说："我所想表达的不仅是知识分子的命运，更重要的是当时那个时代特有的气势、心理、感觉，人与人之间特殊而又微妙的关系，还有历次运动中已经形成的一整套极左的整人方法——我想来一个总的概括。"① 如果说《土牢情话》是为了辩解而暴露灵魂,《啊!》则为了揭示罪恶而暴露了灵魂。小说文本所暴露出的知识分子扭曲的灵魂,同样更多地源自作品所详细描绘的精神摧残过程使表面光滑的文本出现的张裂。作者着意展示知识分子所遭受的摧残,抨击极"左"路线及其执行者的暴虐,但如果对知识分子自我灵魂的审判和怀疑搁浅,那么对暴虐的展示和抨击很容易就被简单化地归因于少数如贾大真那样的恶人的存在。

韩少功的《西望茅草地》在对历史的回望中也触及主体因素。小说写了忠诚无私、吃苦耐劳但也固执主观、简单粗暴的农场主张种田,在"左"倾错误思想指导下上演的"动机与效果悖反"的悲剧。张种田这一"失败的英雄"形象,在"伤痕""反思"小说中较为少见,他有着"异化社会环境中的典型的异化性格"②,为了三年内把农场建成"共产主义根据地"的神圣理想和事业,他顶住打击和压力,一意孤行,困兽犹斗,害了别人同时自己也成为最可悲的被害者。这一形象有力地揭示了在个人缺乏理性思考能力、没有形成独立价值判断而满足于无条件盲从的群体世界里,个人所表露出的强劲"个性",往往比缺乏自我个性的危害更大,小说事实上揭示了张种田身上所代表的中国农民的狭隘性、愚昧性、保守性、封建性在现代化转型中落伍的必然。人物形象的成功塑造,使文本所暴露和揭示的问题超出了作者思考的范围,作者对这一悲剧追问的结果是:"悲剧是历史和社会造成的,他不过是实现悲剧的工具。"③

---

① 冯骥才:《关于中篇小说的通信》,《作家》1983年第12期。
② 丁帆:《一个"失败的英雄"的艺术形象》,载《文学的玄览》,北京出版社1998年版,第45页。
③ 韩少功:《留给"茅草地"的思索》,载杨同生、毛巧玲主编《新时期获奖小说创作经验谈》,湖南人民出版社1985年版,第234页。

在这里，个人成为历史的工具，便也在无形中被削减了应当承担的罪责。那么，历史又是谁造成的呢？作者否认了把历史的倒退简单归结于"历史的直接主导者"和"他们的个人品质德性"① 的提法，历史在这里，事实上被赋予了人无法掌控的自我意志。

黑格尔以"永恒正义"的观念来解释悲剧冲突的解决，赋予历史以自我意志（"绝对理性"）。在他看来，"正义利用悲剧的人物及其目的，来显示出他们的个别特殊性（片面性）破坏了伦理的实体和统一的平静状态，随着这种个别特殊性的毁灭，永恒正义就把伦理的实体和统一恢复过来了"②。因而悲剧的结局只能有一个，"互相斗争的双方的辩护理由固然保持住了，他们的争端的片面性却被消除掉了"③，从而实现了绝对理念的统一，也即"永恒正义"的最终胜利。"只有在这种结局中，个别人物的遭遇的必然物才显现为绝对理性，而心情也才真正地从伦理的观点达到平静……"④黑格尔的悲剧观由于忽略了悲剧中的个人所承受的苦难与不幸，而被韦勒克批评为"掩盖了命运的不合理与残酷"，回到"一种乐观主义的宇宙观'现实的便是合理的，合理的便是现实的'"⑤。如果站到"永恒正义"实现的角度，即以历史作为悲剧的主体来看，黑格尔的悲剧观是乐观的，然而，站到具体的个人的角度，黑格尔的悲剧观实际上意味着，具体的个人的幸福必须为了一种抽象的"绝对理性"而作出牺牲，以"绝对理性"的名义不断冲突和不断毁灭。因而，黑

---

① 韩少功：《留给"茅草地"的思索》，载杨同生、毛巧玲主编《新时期获奖小说创作经验谈》，湖南人民出版社1985年版，第231页。
② ［德］黑格尔：《美学》第三卷（下册），朱光潜译，商务印书馆1997年版，第287页。
③④ ［德］黑格尔：《美学》第三卷（下册），朱光潜译，商务印书馆1997年版，第310页。
⑤ ［美］雷纳·韦勒克：《近代文学批评史》第2卷，杨自伍译，上海译文出版社1997年版，第399页。

格尔的悲剧观"只是有赖于'有'的毁灭而存在的一个空洞的'无'",因而又被认为是极度悲观的,① 雅斯贝尔斯也因而鄙薄"黑格尔的悲剧观念最多只能达到浅薄的和谐和瘪涩的满足而已"②。这种矛盾既体现了黑格尔思想的辩证,也是黑格尔仅用哲学理性来阐释悲剧的结果。黑格尔悲剧观的两面性对理解中国当代小说的悲剧意识有其借鉴意义。把个人视为历史的工具的观点,蕴含着两种可能:如果从历史整体的立场来看,往往会导致某种乐观,历史尽管制造了悲剧,但这是历史前进途中必然会出现的曲折,人们尽管为此付出了代价,但历史最终必将显露出它的公正;而如果从个体角度看待历史,又会导致某种悲观,由于历史的自我意志意味着个人的绝对被动地位,个人随时可能被历史推置于个人完全无能为力的荒谬处境。

《人啊,人!》中,孙悦在对历史悲剧的思索中顿悟出这样的答案:

> 命运之神看起来是那么强大,它能把各种人物玩弄于股掌之中。多少个聪明过人、声势显赫的人物,都受了它的捉弄。这现象曾经使多少人陷入绝望,从而否定了自己、否定了人。但是,所以会出现这样的情况,不正是由于我们缺乏自觉、自尊和自信吗?不正是由于我们把自己的一切无条件地交给命运去安排吗?如果我们恢复了自觉、自尊和自信呢?如果我们收回自己交出去的一切权利呢?那我们就能够主宰命运。

---

① 朱光潜:《悲剧心理学》,安徽教育出版社1996年版,第166页。
② [德]雅斯贝尔斯:《悲剧的超越》,亦春译,工人出版社1988年版,第80页。

这里，在和历史对话的，自始至终都是作为历史主体的"我们"，而不是"我"。对于"我们"／"人民"来说，历史是能够被把握的，因而个人命运也就自然而然能被把握了，以往遭遇的命运愚弄，被指认为丧失了认知历史理性的人格之结果。是否具有对历史的信仰，是否能够认知历史理性，作为小说反思历史悲剧所找寻到的答案，试图告诉人们的是"历史是这样的"，但对于"历史为什么是这样"的问题，则显然无力提供一个理性的回答，而只有从前一个问题的答案的逻辑中派生、演绎出来，即支撑其历史信赖的"人民"支柱。"要相信历史的公正，相信人民的公正。"① 既然人民是历史的创造者和仲裁者，那么，对于人民的信仰就决定了对历史的信仰。恩斯特·卡西尔指出："在神话想象中，总是暗含有一种相信的活动。没有对它的对象的实在性的相信，神话就会失去它的根基。"② 对自我的反思被引渡到对历史的信仰这一层面上时，文本中反思历史的理性精神就已经被神话思维的"相信"的活动阻断了。

《人啊，人！》按照孙悦也即作者的理解，提供了一个"能够主宰命运"的人的模本——何荆夫。这是一个历史真理的捍卫者和殉道者，小说把他与软弱、动摇而又怨天尤人的许恒忠对比，也明显地表露了这种意向。然而，作为个人的何荆夫，在"文化大革命"前就是饱罹迫害与苦难的知识分子，在"文化大革命"结束后也并未完全获得历史的公正待遇。与此同时，他却一刻也没有松懈"应该对人民，对历史负责的态度"。当许恒忠发出对历史"颠来倒去"的怨言时，何荆夫这样劝导他："历史像一个性格内向的人，并不轻易流露自己的真情实感。总有一天，你会看到，它是公正的。"正是

---

① 胡耀邦：《在剧本创作座谈会上的讲话》，《文艺报》1981 年第 1 期。
② ［德］恩斯特·卡西尔：《人论》，甘阳译，上海译文出版社 2003 年版，第 117 页。

基于这种对历史的信仰，对于那些曾经对自己犯下历史过错的人，何荆夫毫不犹豫地一律表示了宽恕。他把这种过错看成历史的，而历史的过错只可能是暂时的，历史必然会自己作出更正。这里，历史显然被拟人化了，被赋予了自我意识和人格。熟读马克思主义的何荆夫却忘了马克思也这样说过："历史什么事情也没有做……创造这一切，拥有这一切并为这一切而斗争的，不是'历史'，而正是人，现实的、活生生的人，'历史'并不是把人当作达到自己目的的工具来利用的某种特殊的人格。历史不过是追求着自己目的的人的活动而已。"①《许茂和他的女儿们》中的金东水，同样是一个"能够主宰命运"的人，这个"曾经学习过'社会发展简史'、特别是在部队里用心学习过党史的共产党员"，在被历史抛掷于残酷的悲剧性境地时，也同样仍未动摇对历史的信仰：

  在那冰刀霜剑的日月里，人们怀疑过：是不是历史果真会在什么时候发生什么误会呢？不！老金自己并不那样认为。……他固执地认定：历史像奔腾不息的长江大河一样，有时会不可避免地出现一个旋涡，生活的流水在这里回旋一阵以后，又要浩荡东流的。葫芦坝的事情必将往好处变化！

因而，他能在历史的悲剧性和个人的厄运面前平心静气，"支部书记被停职，以及接二连三的坎坷，似乎并没有在他脸上留下什么悲凉或郁愤的痕迹，好像他们父子们的生活，原来如此，什么也不曾发生过"。历史取代人的地位，成了悲剧的主体。《布礼》中的钟亦成

---

① 《马克思恩格斯全集》第 2 卷，中共中央马克思恩格斯列宁斯大林著作编译局编译，人民出版社 1957 年版，第 118—119 页。

在身处险境之时也认识到"处境有多么险恶",感到"做一个好人是太难了",但他坚信:"当谎言和高调、讹诈和中伤过多地放在历史的天平的一端的时候,就会发生倾斜,事情就会得到扭转……"个人的罹难成为接受历史考验的机会,而对于历史自身来说,考验的时限和尺寸则永远是不多不少地恰到好处。

在黑格尔那里,悲剧的结局之所以只能是和解,根本原因在于冲突双方都只有片面的合理性,它们作为具体个别的事物,都只是绝对理念在感性显现过程中分化出的一部分,中国当代小说则以政治伦理为基础的历史理性改造了黑格尔的"绝对理性"。如果说张种田的形象由于主体自身的错误多少具有黑格尔所说的"片面性",何荆夫、金东水、钟亦成们的历史认知,则直接象征着黑格尔所说的永恒正义,抽象的绝对理性在此被赋予了以肯认历史理性来肯认自我的个人。历史正义的最终实现便与个人的命运获得了表面的统一。"永恒正义"理念可能产生的悲观意味被完全避免了,转向一种纯粹意义上的乐观,黑格尔那里观众因为可以从历史的整体性观点而获得的"平静",在这里转化为主人公本人由历史信念而获得的平静。于是,何荆夫、金东水们尽管在现实中没有也不可能主宰自己的命运,然而"历史主体"意识却使他们拥有了主宰命运的必胜信心。

在这种必胜信心的观照下,作为叙事中心的历史思考,已不再是追问悲剧为什么会发生,而是在预言或盼望悲剧的必然结束,历史的悲剧性被处理为必将迎来光明的暂时黑暗:"日蚀"(《大墙下的红玉兰》)、"月食"(《月食》)、"乌云蔽日"(《在没有航标的河流上》)。《我是谁?》(宗璞)的结尾,韦弥发出痛苦的呐喊之后,坚信黑夜过去会带走一切:"只要到了真正的春天,'人'总还会回到自己的土地上来。"《伤痕》的结尾,化悲痛为力量的王晓华和小苏一起"朝着灯火通明的南京路走去"。《大墙下的红玉兰》的结尾,葛翎虽然英勇牺牲,小说却以"天,快亮了,快亮了……"预言正义必胜。《弦上的梦》结尾写道:"人的梦,一定会实现;妖的梦,一定会破灭。这是历史的必然。"这样的结论使整部小说的写作动机看上去仿佛只是为了演绎她心目中的历史信念。张弦在构思《被爱情遗忘的角落》时,曾经"苦恼于看不到他们的出路。就在这时,三中全会的公报发表了",于是,他的"心里豁然开朗"①,小说的结尾才有了这样的场景:

> 三亩塘的水面上,吹来一阵轻柔的暖气。这正是大地回春的第一丝信息吧!
> 它无声地抚慰着塘边的枯草,悄悄地拭干了急急走来的姑娘的泪。它终于真的来了吗?来到这被爱情遗忘的角落?

让-皮埃尔·韦尔南认为,悲剧"作为文学体裁,它展示出那样一个时刻:作为行为者的人的问题产生出来。这是人与他的行为的问题:既然说它是一个问题,就是说它还没有解决……正因为如此,它才表现在悲剧中"②。因而,在他看来,"悲剧的动力"在于:"这是又一种继续在产生着问题的过去。"③悲剧表现人生中的毁灭和摧

---

① 张弦:《惨淡经营——谈我的两个短篇的创作》,载杨同生、毛巧玲主编《新时期获奖小说创作经验谈》,湖南人民出版社1985年版,第240页。
② [法]让-皮埃尔·韦尔南:《神话与政治之间》,余中先译,生活·读书·新知三联书店2001年版,第442页。
③ [法]让-皮埃尔·韦尔南:《神话与政治之间》,余中先译,生活·读书·新知三联书店2001年版,第435—436页。

残,所以讲述的必然是"一个已经故去的往昔"①,这决定了悲剧讲述的内容和历史的必然关联。吕西安·戈德曼在指出"悲剧观从历史的角度只是一种过渡的观点"的同时,还指出:"但是这种历史的角度恰恰是与悲剧观毫不相干的。从其内部来看,悲剧思想是根本非历史的,这正是因为悲剧观缺少历史中主要的时间尺度,即未来。"② 而悲剧中的个人"在空间和共同体里都找不到任何准则,以及任何指引他前进的方向"③。吕西安·戈德曼等人总结的这一悲剧的本质追求,概括的恰恰是实现了平衡性审美建构的悲剧的特征。从"讲述话语的年代"与"话语讲述的年代"之间构成的历史维度来看,悲剧中的毁灭不仅是必然的,而且是历史的,只有这样,才可能实现对人生的肯定而非否定,悲剧讲述的问题虽然在讲述话语的"现在",可能已得到解决,但在这个被讲述的"过去",正因问题没有解决,才发生了悲剧。而在中国当代这些小说的叙事中,自足的"历史"被纳入叙事结构,"现在"的结论渗入这个被讲述的"过去",并成为叙事的目的和结构原则,于是,"必然性"被演绎为偶然性和暂时性,它的客观存在只是为了证明"历史的判决总是公正的"④。正如一些评论者的担忧:"在已经获得了对以往的历史的现成结论之后,如果他们缺乏思想家的气质,就很容易用今天的现成结论去图解历史……"⑤

这种乐观的"永恒正义"观,明显地带有对"十七年"小说思维模式的沿袭。"革命史诗"是"十七年"小说叙事的偏好。相较于

---

① [法]让-皮埃尔·韦尔南:《神话与政治之间》,余中先译,生活·读书·新知三联书店2001年版,第435页。
②③ [法]吕西安·戈德曼:《隐蔽的上帝》,蔡鸿滨译,百花文艺出版社1998年版,第44页。
④ 胡耀邦:《在剧本创作座谈会上的讲话》,《文艺报》1981年第1期。
⑤ 杨义:《新时期小说风度的心理剖析》,《文论报》1986年10月11日。

以往的封建阶级与资产阶级而言，是中国无产阶级最先使民族—国家的历史意识普遍地深入人心，完成民众的历史意识启蒙这项工作的，正是源于这个因素，中华人民共和国无产阶级表现出了前所未有的书写历史的热情，塑造象征本阶级理想的人民英雄形象以凸显其作为推进历史进程的伟大动力，成为他们神圣的时代义务。对"十七年"小说的创作主体来说，对历史感的渴求，在某种意义上也隐含着个人融入集体空间的冲动，因为历史所要求的整体感和宏大叙事话语，在一定程度上能够满足个人摆脱孤立无援窘境的梦想。黑格尔认为，史诗"表现全民族的原始精神"，"它在本质上就属于这样一个中间时代：一方面一个民族已从混沌状态中醒觉过来，精神已有力量去创造自己的世界，而且感到能自由自在地生活在这种世界里；但是另一方面，凡是到后来成为固定的宗教教条或政治道德的法律都还只是些很灵活的或流动的思想信仰，民族信仰和个人信仰还未分裂，意志和情感也还未分裂"①。谢皮洛娃则指出："史诗描写的对象是不久前的人民历史中发生的全民事件，这事件在当代全体人民心目中有着巨大的意义，它被人民看作是光荣、英勇、威力的不朽标志。"② 应当看到，"民族信仰和个人信仰还未分裂"仍然是"新时期"之初的现实，但当"伤痕""反思"小说沿着"十七年"民族—国家历史的整体角度塑造钟亦成、何荆夫、金东水、葛翎、罗群、章永麟、范汉儒等代表着"永恒正义"的英雄人物形象时，问题仍在于他们所面对的"全民事件"不是"光荣、英勇、威力的不朽标志"，而是一段彻头彻尾的悲剧性历史。在文本叙事的逻辑层面，人物形象的塑造陷入矛盾的怪圈：越让主体遭受沉重的

---

① ［德］黑格尔：《美学》第三卷（下册），朱光潜译，商务印书馆1997年版，第109页。
② ［俄］谢皮洛娃：《文艺学概论》，罗叶等译，人民文学出版社1959年版，第144页。

苦难与不幸，才越体现出主体历史信仰的坚贞，因而越能代表历史的整体性发言。于是，我们看到，一方面，何荆夫、金东水、钟亦成这些最"能够主宰命运"的人，往往受着最残酷的迫害，有着最困厄的命运；另一方面，他们又最能够平静地宽宥，无悔地献身。在对悲剧性的展示和对悲剧性根源的追问之间，达成了一种反向的关系，越来越远地背离反思的初衷。如有论者指出的，"新时期文学非但不是对'痼疾'的'诊断'，倒像是某种未经诊断的'健康'允诺"①。杰姆逊指出，文本中的历史主体意识的再生产，"通过根本的历史化利用，那种逻辑封闭的理想，起初似乎与辩证思维不相协调，现在证明是揭示那些逻辑和意识形态核心的不可或缺的工具，而这些核心又正是某一特定历史文化所不能实现或反之所竭力遏制的"②。反思历史悲剧变成了颂扬历史理性，揭示和暴露在不经意之间充当了生产"历史主体"意识的手段，甚而成为不可或缺的手段。

悲剧中的理性精神正如一切文学和审美活动中的理性精神，不是指现实、功利的理性，与此相反，而首先表现为质疑传统理性和当下理性，解构一切现有的不合理的理性体系，也就是一种特殊形态（即审美形态）的"重估一切价值"的精神。"新时期"初期的这些"伤痕""反思"小说的根本特点在于，与其说是对历史的反思，不如说是对被灾难破坏的意识形态的恢复和重建。当时的权威话语对历史的叙事有着这样的明确表态：

> 正确地揭露过去历史上的阴暗面，把它们同以前、当时、

---

① 孟悦：《历史与叙述》，陕西人民教育出版社1998年版，第28页。
② ［美］弗雷德里克·詹姆逊：《政治无意识》，王逢振、陈永国译，中国社会科学出版社1999年版，第38页。

以后的光明面加以对比，在给人以深刻的教训的同时，给人以全面的认识和坚定的信仰，这样的作品无疑是今后的观众和读者所仍然需要的。但是，究竟不能说多数作品都必须着重于十年内乱的这一段历史中最令人憎恶的事物。一个人（除非是历史学家或历史文学作家）如果过多地回顾就难于前进，一个民族更是如此。我们没有权力阻滞作家们写他们所熟悉的历史上的不幸事件，但是我们有义务向作家们表示这样一种愿望，希望他们在描绘这些历史事件的时候，能使读者、听众和观众获得信心、希望和力量，有义务希望报刊、出版社的编辑部和电影制片厂、剧团等单位在选用这些作品的时候采取比较高的标准。①

"伤痕""反思"小说的成就也正在于此，它没有清晰地揭示出历史悲剧性的成因，但却有效地抚慰了伤痕，它呼唤着人性的真实和美好，恢复和重建了被十年浩劫破坏无余的价值理想、话语形态乃至文学本身。钟亦成、何荆夫、葛翎等人物形象身上体现的忠诚、正直、良知、崇高，代表的乃是劫后余生的群体迫切需要的信心、希望和力量。除了这些始终如一的坚定者，那些以"红卫兵""知青"和普通劳动者形象为主人公的小说中，叙事描写的重点也多是他们如何从一度的痛苦、怀疑中解脱出来，如何恢复信心和希望的过程。如《爱的权力》中的舒贝、《铺花的歧路》中的白慧、《公开的情书》中的真真、《伤痕》中的王晓华、《许茂和他的女儿们》中的许茂和许秀云、《在没有航标的河流上》中的盘老五、《被爱情遗

---

① 胡乔木：《当前思想战线的若干问题》，人民出版社 1982 年版，第 57—58 页。

忘的角落》中的沈荒妹……《波动》中的肖凌、《晚霞消失的时候》中的南珊的思考,同样也并不着意于反思历史悲剧性的成因,而在于如何恢复希望和重建信心,正如《晚霞消失的时候》结尾写道的:"是的,往事已经过去,从今天开始,我们的视野应该转向更加广阔的未来。"所有这些反思和暴露,显然都远未抵达鲁迅那样深刻的警示和自我的审判。与鲁迅所警示的"铁屋子"的绝顶黑暗相比,"新时期"的作家看到的是一场尽管史无前例但毕竟已经"终结"的历史悲剧。然而,正如鲁迅所说"必须先改造了自己,再改造社会,改造世界"①,没有足够的对过去的反思和批判,对现在和未来的建构不免虚幻,依然潜伏着现代"个人"的危机和隐患。

第二节 颓败的宿命:颠覆与回归

海登·怀特指出:"历史境遇并没有内在的悲剧性、喜剧性或传奇性。……一个历史学家只需要转变他的观点或改变他的视角的范围就可以把一个悲剧境遇转变为喜剧境遇。"② 如果说在"伤痕""反思"小说那里,悲剧创作和悲剧性题材的选择表征的是一种自觉的修复历史的动机,那么,在20世纪80年代中后期至20世纪90年代的"新历史小说"这里,悲剧性的情节和场景则主要是重写历史的一种结果。光明的信念和崇高的献身销声匿迹,取而代之的是晦暗、混乱的氛围和颓败、堕落的命运,"伤痕""反思"小说中"把我交给历史"的高蹈与激情转化为"把历史交给我"的喧哗和

---

① 鲁迅:《热风·随感录六十二》(1919年),载《鲁迅全集》(第一卷),人民文学出版社1981年版,第360页。
② [美]海登·怀特:《作为文学虚构的历史文本》,载张京媛主编《新历史主义与文学批评》,北京大学出版社1993年版,第165页。

骚动。

佛克马说:"所谓重写（rewriting）并不是什么新时尚。它与一种技巧有关，这就是复述与变更。它复述早期的某个传统典型或者主题（或故事），那都是以前的作家们处理过的题材，只不过其中也暗含着某些变化的因素——比如删削、添加、变更——这是使得新文本之为独立的创作，并区别于'前文本'（pretext）或潜文本（hypotext）的保证。"[①] 在政治动荡与社会转型的强烈刺激下，选择重写历史来为"个人"的存放提供相对安全而又资源丰富的文学空间，显然有着对主流意识形态文化的回避与逃遁的意向；同时，改写、解构或颠覆被既往的话语赋予了特定价值和意义的历史叙事，又具有反叛的意味。然而，这种反叛从题材、主题、姿态、观念、话语方式等各个方面，却始终依附于它所反叛的对象。黑格尔认为："历史题材具有很大的便利，能把主体和客体两方面的协调一致，很直接地而且详尽地表达出来。"[②] "新历史小说"的写作者们不约而同、义无反顾地选择了包括"伤痕""反思"文学在内的中国当代历史叙事传统的对立面，只不过由于主体因素直接渗入历史的"新历史主义"写作方式，才形成了文本之间的巨大差异，促成众声喧哗的历史话语局面。从这一角度来说，"伤痕""反思"小说处理悲剧性题材的"乐观"，在"新历史小说"这里转为"悲观"乃是必然的。

历史循环论是 20 世纪 90 年代的历史叙述用来质疑"革命历史小说"的历史决定论和历史进步论的精神武器。而作为历史循环论的必然结果，这些"新历史小说"几无例外地纷纷倒向了宿命论。

---

① [荷] 佛克马:《中国与欧洲传统中的重写方式》,《文学评论》1999 年第 6 期。
② [德] 黑格尔:《美学》第三卷（下册），朱光潜译，商务印书馆 1997 年版，第 325 页。

英国学者安德鲁·甘布尔对宿命论的概念进行了阐释，他指出命运"这个词源于古典希腊文化，其字面含义是'说出来的话'是诸神的谶语。……作为天命的命运便和死亡、破坏、毁灭等有了一种阴暗的联系，并且引导出对世界的一种独特的解说——宿命论。宿命论就是相信某些事件必将以这种形式发生，而不可能有其他结果，不能指望有人力带来任何变化"。在此基础上，安德鲁·甘布尔指出："更常见的是宿命论和悲观主义相连。"① 陈忠实《白鹿原》中的"鏊子说"是对历史循环论的最为直接和形象的描述。白鹿原掀起的一场"旷世未闻的风搅雪"，使所谓的"革命"成了"名声不太好"的农民发泄私怨的契机，以暴制暴的循环使历史与价值相互偏离，黑娃、百灵、鹿兆海、白孝文的命运都在历史的阴差阳错中成为"鏊子"上翻来覆去的"烧饼"。小说临近结尾时，"文化大革命"中的"造反派"在朱先生的墓中发现一块砖头，上刻"折腾到何日为止"，这种过于刻意的历史思考，显然在观念化地图解与"正史"相对立的"民族秘史"，反衬历史进步论所承诺的乌托邦的全盘落空。作者一边把具有法力的白鹿作为民族保护神来塑造；一边又通过白嘉轩的噩梦和历史演进的相互印证，表现"白鹿之死"，待盲目地杀死了白鹿的人们清醒时，白鹿已然成为逝去的旧梦。在循环的轮回下，虚无的深渊否认了文明的可能性和可塑性，人在历史的乖戾面前显露出的只有虚妄和荒谬。李锐的《旧址》写了一个有两千年历史的李氏家族的溃败。这个盐业世家最后的覆灭，不是因为其落后陈旧的手工业生产方式，而是在一场出乎预料的历史变故中，作为替罪羊惨死于镇压反革命的枪声中。叶兆言《半边营》中的华太太

---

① [英]安德鲁·甘布尔:《政治和命运》，胡晓进、罗珊珍等译，江苏人民出版社2003年版，第13页。

试图挽救家族溃败的命运,然而这个以家族救世主面目出现的乖戾女性,最终悲剧性地成了家族的掘墓人。格非的《敌人》写了赵氏家族从鼎盛转入衰弱的神秘历程,一场神秘的大火将赵家的豪宅焚烧成废墟,也从此揭开了灾难的帷幕,赵家掌门人临终留下嫌疑者的名单,一场场在劫难逃的谋杀葬送了一个个赵家后代的性命,但敌人依然深藏不露,又无处不在。"敌人"的悬念像是操纵木偶的提绳,导演着仇恨和杀戮,成为所有人物难以逾越的历史宿命。

这样的家族宿命论只是历史进步论的逆反,把历史必然的进步替换为家族必然的衰败。李锐这样总结他的"新历史小说":"历史却抛弃了所有属于人的所谓意志,让那些所有泯灭的生命显得孤苦而又荒谬。"① 这种意见与"反思"小说的作者韩少功的"悲剧是历史和社会造成的,他不过是实现悲剧的工具"②,达成了某种奇妙的一致,"意志"始终只属于历史。只不过在这里,历史成为一种由偶然、神秘的力量导演的,人无法选择又无可逃避的"唯悲剧"(雅斯贝尔斯语),"永恒正义"彻底轰毁,正如周梅森《国殇》中的杨皖育所想:"历史是什么东西!历史不他妈就是阴谋和暴力的私生子么?"比起"伤痕""反思"小说的光明结局,"新历史小说"偏好以人物的死亡收场,如刘恒的《苍河白日梦》《冬之门》,叶兆言的"夜泊秦淮"系列、《枣树的故事》、《挽歌》,苏童的《米》《妻妾成群》《1934年的逃亡》,余华的《活着》《一个地主的死》《古典爱情》,刘震云的《故乡天下黄花》,乔良的《灵旗》,格非的《迷舟》《大年》,王安忆的《长恨歌》等。在李锐的《旧址》中,历史把人

---

① 李锐:《关于〈旧址〉的问答——笔答梁丽芳教授》,《当代作家评论》1993年第6期。
② 韩少功:《留给"茅草地"的思索》,载杨同生、毛巧玲主编《新时期获奖小说创作经验谈》,湖南人民出版社1985年版,第234页。

造就成"农民赤卫队""布尔什维克""反革命分子""资产阶级小姐""封建余孽""叛徒"等，似乎就是为了让他们一个个或者一批批死去，然后再把他们一一遗忘。作者认为，他的小说中的人物"并非是作为英雄而死的，他们只是在时间的长河里死在历史之中了。他们不这样死，也会那样死。只是这世世代代永无逃脱的死，这死的意义的世世代代的丧失让我深感人之为人的悲哀"①。历史被诠释为毁灭一切的非理性力量，这使"新历史小说"的历史叙事整体上成为一种面向颓败和毁灭的叙事，悲观和绝望的宿命论成为反史诗性的一个必要的注脚，小说文本中的历史，往往只是对这一共同历史宿命的具体演绎。

叶兆言的《枣树的故事》也是这样一部典型的关于历史宿命论的寓言。岫云经历了几个历史时代，在若干个男人间几易其手，并没能改变自己的命运，仍是"永远的东躲西藏"。这命运从一开始为了躲日本人而匆匆嫁给尔汉的时候就已经被注定了，不管是1949年前跟着土匪白脸，还是1949年后依赖干部老乔过日子。"多少年来，岫云一直觉得当年她和尔汉一起返回乡下，是个最大的错误。这个错误是以后一系列悲剧的序幕，错误的开场导致了连续的错误的结束。"至于为什么会有这个错误的开始，"这样的问题岫云永远想不通"，作者也不可能提供答案。个人在历史面前永远是被动的，而历史对于个人则总是呈现为荒谬的毁灭性力量，"新历史小说"中的命运的悲剧性正是围绕历史的"荒谬"展开的，以此来向传统历史叙事中的历史理性提出质疑。

加缪这样阐释荒诞感："一个能用歪理来解释的世界，还是一个

---

① 李锐：《关于〈旧址〉的问答——笔答梁丽芳教授》，《当代作家评论》1993年第6期。

熟悉的世界。但是一个突然被剥夺了幻觉和光明的宇宙中，人就感到自己是个局外人。这种放逐无可救药，因为人被剥夺了对故乡的回忆和对乐土的希望。这种人和生活的分离，演员和布景的分离，正是荒诞感。"① 在此基础上，加缪把荒诞概括为四种情况："众多的人生活的机械性可能会导致他们对存在的价值和目的产生疑问，这就是荒诞性的一种暗示"；"对时光流逝的敏感，或者说认识到时间是一种毁灭性的力量"；"被遗弃于一个异己世界的感觉"；"与他人的隔离感"。② 应当说，"新历史小说"所表现的历史的荒谬，与加缪的带有存在主义特定内涵的"荒诞"有一定区别，但加缪所概括的四种情况，在"新历史小说"中却尽可以找到对应性的表现。

在多数"新历史小说"中，都暗设了一个关于"存在的价值和目的"的疑问。刘恒的《苍河白日梦》把精神分析学引入历史叙述，企图从人的深层心理来说明人的历史活动的盲目性。小说中，作为一个留洋的知识分子兼实业家、革命党人的二少爷，却原来是个性变态、自虐狂，从办火柴公社、结婚、制炸药到最后被绞死，都只是为了证明自己不软弱，但没有一件事是成功的，因此陷入越来越深的自虐，选择革命和暴力也不过是他自虐的一种方式，最后暴动也没有做成，造了十几颗炸弹一颗也没来得及用就被抓住了，被绞死成了他自虐的最高形式。而所有这一切同样是命中注定的，当新婚不久的二少爷把自己悬在梁上点着火药来寻找自虐的快感时，就已经预示了他自虐和自毁的一生。因此个人虽然介入了一个堪称伟大的历史事件，但历史并不能确证个人的"存在的价值和目的"，个

---

① ［法］阿尔贝·加缪：《西绪福斯神话》，载《加缪文集》，郭宏安等译，译林出版社 1999 年版，第 626 页。
② 引自［英］阿诺德·欣奇利夫：《荒诞说——从存在主义到荒诞派》，刘国彬译，中国戏剧出版社 1992 年版，第 49 页。

人也永远无法理解历史对他的意义，于是，人生的悲剧性就在这荒诞感中产生了。刘震云的《故乡天下黄花》《故乡相处流传》等作品中，则以历史的轮回来暗示"众多的人生活的机械性"，同样是跨越几个时代，同样是王者的"猫腻"和芸芸众生的折腾，同样是杀戮和死亡，不管你是公卿王侯还是草民百姓，不同的仅仅是"皇帝轮流做，今年到我家"，这也是历史的荒诞感造成的人类生存的悲剧性。

"新历史小说"中的人物由于历史的跨度，总是处于动荡变幻的时代，这个变化中的世界使人物总是处于"被遗弃于一个异己世界的感觉"。近现代中国社会剧烈变革和动荡的历史，往往成为"新历史小说"表现这种陌生感的绝佳背景。在"新历史小说"中，那些曾被"十七年"的"革命历史小说"表述为"光荣、英勇、威力的不朽标志"的"人民历史中的全民事件"，统统被个人的悲剧性遭遇代替。苏童《红粉》中的小萼和秋仪，身处于一个新时代，但是除了妓院，她们永远也进入不了这个世界，不论是劳动营、尼姑庵还是"家"，她们习惯于在一个旧时代中生活，历史把她们抛入一个她们永远不可能弄明白的世界。《旧址》中，被作为一个城市的"第一位女共产党员"载入史册的六姑婆，之所以"从一个吃斋念佛的女人变成了一个冒死革命的地下党员"，只不过是因为在劝说弟弟退出革命无效的情况下作出的被迫选择："既然规劝无用，那么她宁可和弟弟一起分担死亡的恐惧。"六姑婆就这样在绝望中走上了革命的道路。终其一生，目不识丁的六姑婆从没有理解什么叫革命，永远不明白为什么"这个城里总是这样杀来杀去的"。当身边的亲人一个个以她弄不明白的原因死亡和离去之后，她也在被遗弃的命运中走向死亡。

对世界的异己感说到底是"个人"的孤立和人与人的疏离造成的。叶兆言《伤逝的英雄》中，失去了英雄气概的老人，着了魔似的喜欢亲近死亡，因而与他人产生了无法消除的"隔离感"。为了能常常去殡仪馆看死去的小儿子的骨灰，被家人猜疑、跟踪，甚至引起老伴疯狂的妒忌。所有这一切荒诞在时间的流逝中，都化为一段必然走向毁灭的历史。对于时间的高度敏感，是"新历史小说"的普遍特征，马尔克斯"多少年以后"的预述句式备受"新历史小说"家的青睐，如李锐的《旧址》、刘恒的《苍河白日梦》、叶兆言的《枣树的故事》，着意凸现一种神秘、偶然的力量导致的幻灭感，这种叙事技巧正如卢卡契所说，"是一个死人带着对于自己的死亡日益明确的意识，在状态画的布景面前游来荡去"①，表露着叙述者对历史的悲观和虚无态度。

然而，"新历史小说"暴露的困境还不止于此。在"伤痕""反思"小说中，悲剧性的经历和命运往往是为了完成个体对群体的归属，从而实现与历史的吻合与一致。"新历史小说"反其道而行之，个人的一切行为只是对无所归属的荒诞感和宿命感的演绎，并最终为非理性的历史所吞噬——但它同样是个体与历史的吻合与一致。也许再也没有比人的原欲更适合于表现人与历史的这种非理性的统一了。安德鲁·甘布尔指出，"作为一种观念，命运的力量源于人类生存状况的必然性和不可改变性这一事实"，而"生命以一种永恒的、充满了创造性的张力而成为命运的对立面"。② 在"新历史小说"中，原欲却始终是以"宿命"而非"生命力""暴露"或"弥

---

① ［匈］卢卡契：《叙述与描写》，载中国社会科学院外国文学研究所外国文学研究资料丛刊编辑委员会编《卢卡契文学论文集》第 1 卷，中国社会科学出版社 1980 年版，第 76 页。
② ［英］安德鲁·甘布尔：《政治和命运》，胡晓进、罗珊珍等译，江苏人民出版社 2003 年版，第 10 页。

合"的形式出场的。在苏童的《米》中，主人公五龙发迹、毁灭的历史，皆源自他疯狂而卑琐的占有欲。当他的占有欲通过复仇和施虐得到充分满足，他的生命能量和精神动力也随之消耗殆尽。在苏童的另一篇《1934年的逃亡》中，蒋氏旺盛的生命力与乡村的灾难构成隐秘的联系。性行为变成维持乡村苟延残喘的邪恶之举，陈文治的白玉瓷瓶作为邪恶的性的象征符号，预示着乡村的最后劫难。《罂粟之家》中的性，同样是家族自生自灭的劫数，正是在这一意义上，家族的破败乃是不可避免的后果。刘恒的《冬之门》中，窝囊、怯懦、矮小的伙夫谷世财能够成为毒死大批日军的"英雄"的原因，仅仅是他的白日梦的破灭。格非的《大年》中，惯匪豹子突然洗手不干要加入新四军，这个革命性的举动并非出于一种正义感，而只与丁伯高的姨太太在其心中撩起的欲望有关；充当新四军内线角色的唐济尧，所做的一切也无不是为了这位二姨太，整部小说的悲剧性历史就是这样两位人物的情欲合成的。余华的《古典爱情》《一九八六年》中，人性自身的欲望与历史暴力之间构成了难分难解的合作关系。刘震云的《故乡天下黄花》中呈现的是一个小村庄充斥着欺诈和血腥的黑暗历史，然而，这段历史简单得仅仅等同于对村长这么一个职位的权力争夺，强烈的权力欲望在扭曲着人性的同时，也扭曲了历史。在这些文本所表现的悲剧性中，历史是由个人欲望合成的，且这种个人欲望多是以极端的"恶"的形式显现的。在黑格尔那里，"恶是历史发展的动力借以表现出来的形式"[①]。然而"新历史小说"对人性之恶的张扬，显然意不在此，而只在以欲望的偶然性及非理性，拆除传统史叙事的理性信仰，颠覆当代历史叙事

---

① 《路德维希·费尔巴哈和德国古典哲学的终结》，载《马克思恩格斯全集》第21卷，中共中央马克思恩格斯列宁斯大林著作编译局编译，人民出版社1965年版，第330页。

传统的"光明叙事"模式和神圣性内涵。

　　问题的症结在于,"新历史小说"用原欲、人性恶来演绎历史宿命,根本上是由其历史循环论的立场决定的,然而,绝大多数"新历史小说"对历史循环论的把握只停留于现象和经验层面,却并不曾追问循环背后的权力法则和文化奥秘,这样,历史循环论事实上只是作为一种观念前提、一种绝对"真理"嵌入文本的。当历史循环论以二元对立的方式颠覆、置换了历史进步论,成为"新历史小说"的"绝对理念"时,用原欲、本能、人性恶来代替忠诚、正直、崇高,就无疑是注定的,这是一种缺乏创造性的、最便捷的对历史循环论的填充。只"破"不"立"的选择,将历史轰毁成纷乱的碎片的同时,"生命"本身也被视为绝对的罪恶的渊薮,构造着人生存的绝对困境。刘震云的朋友李书磊曾这样谈论过刘震云和他的创作:"震云身上有种东西在当代作家中是绝无仅有的,那就是他对这个世界比较彻底的无情观。他坚定地认为结构是一个笼,人是一条虫。人在结构中生活就像箱笼中虫在蠕动。在他笔下诸如爱情之类形而上的东西都显得子虚乌有,人本质上是低贱而丑恶的,甚至连低贱和丑恶也谈不上,因为本来就没有什么高贵和美丽;人就是那么一种无色的存在,亮色和灰色都是一种幻觉。"① 这种无意义论、无情论并非刘震云独有,它不同程度地存在于"新历史小说"中,只不过刘震云作品中表达得更为绝对。这里,仍然存在着一种恩斯特·卡西尔所说的神话思维中的"相信",无条件地相信历史循环论、相信人本质上的低贱和丑恶,同无条件地相信历史进步论、相信人性的崇高一样,在思维方法和逻辑上是一种回归。加缪以"适度"作

---

① 李书磊:《刘震云的勾当》,《文学自由谈》1993年第1期。

为"反叛"应该坚守的原则：

> 适度的这种规律同样延伸到反叛思想的一切二律背反之中。现实并不完全是理性的，而理性的东西也不完全是现实的。……我们不能说一切都没有意义，因为人们由此肯定一种由判断认定的价值。我们也不能说一切都具有意义，因为一切这个词对我们来讲是没有意义的。①
>
> 反叛就是适度：反叛理顺、捍卫适度并在历史及其杂乱无章中重建适度。……适度产生于反叛，它只能通过反叛生存。它是一种不断被智慧激发和控制的经常性的冲突。它既不战胜不可能，也不战胜深渊。它与二者平衡相处。……我们每个人身上都背负着苦役、罪恶和灾难。但是我们的任务并不是在世界上激发它们，我们的任务是在我们自身与其他人身上击败它们。②

加缪提出的"适度"的"反叛"理论，主张"拒绝与认同，特殊与普遍，个体与历史在极度状态中保持平衡"③，反对二律背反，坚守人类的尊严和人道主义立场："反叛给压迫划定了界限，在这个界限以内，是人类所共有的尊严，反叛以这种方式确立起了第一个价值。"④ 从中同样可以看到一切伟大的悲剧艺术的立场，正如雅斯

---

① ［法］阿尔贝·加缪：《适度与过度》，载《置身于苦难与阳光之间——加缪散文集》，杜小真、顾嘉琛译，上海三联书店1989年版，第208页。
② ［法］阿尔贝·加缪：《适度与过度》，载《置身于苦难与阳光之间——加缪散文集》，杜小真、顾嘉琛译，上海三联书店1989年版，第216页。
③ ［法］阿尔贝·加缪：《反叛和艺术》，载《置身于苦难与阳光之间——加缪散文集》，杜小真、顾嘉琛译，上海三联书店1989年版，第179页。
④ ［法］阿尔贝·加缪：《正午的思想》，载《置身于苦难与阳光之间——加缪散文集》，杜小真、顾嘉琛译，上海三联书店1989年版，第187页。

贝尔斯对古希腊悲剧的总结:"起初,它是有关秩序和神祇、基本而有效的制度和城邦的信仰的一部分。而到了最后,它可能会怀疑所有这一切历史的产物,但它决不对正义的理念或善与恶的实在发出疑问。"① 加缪所提出的"荒诞"表达了对西方近代理性主义的深刻绝望,但他并不虚无主义地取消理性,而是看不到出路但又没有放弃努力的一种状态②。中国的"新历史小说"家们则把"荒诞"推向绝对,向我们展示着人在溃败中的丑陋和渺小。历史循环论被当作了一种现成的批判工具来使用,却没有对工具自身进行批判,也没有对循环论的哲学来源和历史演变的自证。"新历史小说"正是因此而普遍陷入先验论和神秘主义的怪圈,历史完全成为由神秘力量导演的悲剧,人类无法选择。

查曼·阿胡加指出:"悲剧把荒诞看作存在的一种因素,并力图超越它。"③ 在当代"新历史小说"文本中,我们看到了对荒诞与虚无的尽情揭示和渲染,却看不到对荒诞的"力图超越",取而代之的仍然是或"冷漠"或"感伤"的"逃离"。这里,再次显露出鲁迅与当代小说家们的区别。鲁迅深切感到"惟'黑暗与虚无'乃是实有",但鲁迅并不满足和滞留于这一层面,对此继续质疑,"我终于不能证实:惟黑暗与虚无乃是实有"④,因而"绝望之为虚妄,正与希望相同"。鲁迅的伟大之处在于当他深刻体验到这些之后,却仍然"用这希望的盾,抗拒那空虚中的暗夜的袭来,虽然盾后面也依然是

---

① [德] 雅斯贝尔斯:《悲剧的超越》,亦春译,工人出版社1988年版,第9页。
② [法] 阿尔贝·加缪:《西绪福斯神话》,载《加缪文集》,郭宏安等译,译林出版社1999年版,第637页。
③ 引自任生名:《西方现代悲剧论稿》,上海外语教育出版社1998年版,第149页。
④ 鲁迅:《致许广平书》(1925年3月18日),载《鲁迅全集》(第十一卷),人民文学出版社1981年版,第21页。

空虚中的暗夜"①。鲁迅对绝望的反抗显然不是简单的逆反,他表达了对荒诞和虚无的体验,同时不放弃对绝望的反抗和对荒诞的承担,也从来不在他的小说中倾泻黑暗与虚无,不耽迷于人性恶的展示,在他对现实的批判中始终包孕着忧愤而深广的情感:"背着因袭的重担,肩住了黑暗的闸门,放他们(青年)到宽阔光明的地方去。"②鲁迅的悲剧意识和悲剧精神正如雅斯贝尔斯对悲剧的总结:"这是一个伟大而高贵的生命的憧憬:在朝向真理的运动中忍受暧昧性并使之明白显现出来;在不确定中保持坚毅;证明他能够拥有一无止境的爱心和希望。"③刘震云、余华、苏童们的"新历史小说"轻易地把人性恶从容细说,不仅展示,而且把玩、咀嚼。余华坦承:"暴力因为其形式充满激情,它的力量源自人内心的渴望,所以它使我心醉神迷。"④苏童的《1934年的逃亡》中,小说写陈文治在目睹女人的分娩时:"蒋氏干瘦发黑的胴体在诞生生命的前后变得丰硕美丽,像一株被日光放大的野菊花尽情燃烧。"面对人物的苦难和悲剧性命运时漠不关心,却热衷于进行诗意的抒发。刘震云的《故乡相处流传》以夸张的戏仿手法和喜剧化风格拆除了情感,逃离了绝望。这令人再次想起加缪的声音:"反叛者并不否认围绕着他的历史,正是在历史中,他设法肯定自己。反叛者在历史面前犹如艺术家在现实面前一样,他拒绝历史而不从历史中逃脱。即使一瞬间,他也没把

---

① 鲁迅:《野草·希望》,载《鲁迅全集》(第二卷),人民文学出版社1981年版,第177页。
② 鲁迅:《坟·我们现在怎样做父亲》,载《鲁迅全集》(第一卷),人民文学出版社1981年版,第130页。
③ [德]雅斯贝尔斯:《悲剧的超越》,亦春译,工人出版社1988年版,第115页。
④ 余华:《虚伪的作品》,载《余华作品集》第2卷,中国社会科学出版社1995年版,第280页。

历史变成绝对物。"①

　　陈忠实的《白鹿原》、李锐的《旧址》、叶兆言的《1937年的爱情》及"夜泊秦淮"系列则融入了感伤和怀旧的情绪，同样缺乏清醒的理性批判。在形式、观念、思维方式上全面颠覆"革命史诗小说"，是"新历史小说"的共同追求，然而，颠覆的结果却只是形式与观念的一种反写。如同刘震云把革命史诗及20世纪文学叙事中的"光荣、英勇、威力"反写为欺诈、扭曲与残酷，苏童把"五四"以来的"解放"话语反写为妓女心甘情愿地回归"旧生活"、新女性主动回归妻妾成群的旧家庭向封建权势和男性争宠一样，陈忠实的《白鹿原》只不过把革命史诗叙事中被作为反对目标的传统文化，反写为一个美丽的传统的神话，神话的失落所具有的挽歌意味便构成其"民族秘史"的底蕴。

　　陈忠实在谈到《白鹿原》的创作时说："当我第一次系统审视近一个世纪以来这块土地上发生的一系列重大事件时，又促进了起初的那种思索进一步深化而且渐入理性境界，甚至连'反右''文革'都不觉得是某一个人的偶然的判断的失误或是失误的举措了。所有悲剧的发生都不是偶然的，都是这个民族从衰败走向复兴复壮过程中的必然。这是一个生活演变的过程，也是历史演进的过程。"② 表面看来，作者似乎也表露出某种反思民族历史悲剧的自觉，然而，文本所呈现给我们的事实说明，作者所说的"必然"仍然不过是历史循环论的结果。从历史循环论的角度，历史悲剧的发生被看成是"从衰败走向复兴复壮过程中的必然"，这就如同繁华或荣耀被看成

---

① ［法］阿尔贝·加缪:《正午的思想》，载《置身于苦难与阳光之间——加缪散文集》，杜小真、顾嘉琛译，上海三联书店1989年版，第200页。
② 陈忠实:《关于〈白鹿原〉的答问》，《小说评论》1993年第3期。

是由盛而衰过程中的必然一样自然，关于历史本身的哲学思考仍然是一个空缺。在处理两代人之间的关系时，《白鹿原》总是有意无意地遏制新生代的生命力和创造力，把他们导向萎缩的尴尬境地：黑娃死了，白灵死了，鹿兆海死了，鹿兆鹏不知所终了，白孝武被"流放"，白孝义是个生命力萎缩没有生育能力的孱儿，兔娃头脑简单四肢发达，朱先生的两个儿子也是平庸无能之辈。青年一代中除鹿氏兄弟、白灵受过新文化教育熏陶外，就全是传统儒学教导下的"产物"，这种教导只培养出白孝文式的逆子和白孝义式的孱儿，这对传统儒家文化本来只能是一种讽刺，是白嘉轩整饬白鹿原及家族事业的失败，意味着传统道德在民族历史的风云变幻中失却了它的效力，从而也印证着传统的衰落以及白嘉轩的悲剧的必然性。如果作者融入更多的理性精神，白嘉轩的失败，原本可能导向对这种必然性的揭示和反思，然而，文本中的语义指向却与此相反，晚辈的萎缩和衰落与其说是印证了白嘉轩的失败，不如说是反衬着白嘉轩、朱先生的恒定的心理结构。小说的后半部，与白嘉轩敌对的黑娃的皈依、田小娥的毁灭及其魂魄的永世不得翻身、鹿子霖的不得善终等都在昭示着儒家文化无坚不摧的影响力。小说结尾这样写白嘉轩："他的气色滋润柔和，脸上的皮肤和所有器官不再绷紧，全都显出世事洞达者的平和与超脱，骤然增多的白发和那副眼镜更添了哲人的气度。"这样的承认与赞许，呈现的是时世变迁中白嘉轩所代表的传统儒家文化的恒定，显然是有悖于 20 世纪中国上半叶的思想风貌的。在这样一个风云突变、多灾多难的时代里，在民族的现代化已经开始启动的背景下，作品中却基本没有表现白嘉轩以及朱先生的灵魂深处任何与此相连的矛盾与冲突，这使作者通过文本设计而投射在白鹿原上的文化精神成为一种游离于时代之外的神话。小说所呈示给我们的，是旧秩序的高度稳定，是伦理公正在一夜之间的骤然失落。对历史悲剧的所谓反思，最终不过是一场对传统的哀悼与凭吊。李锐的《旧址》《传说之死》同样在对传统的迷恋中表达着无限的感伤："在一回首之间，看到了千百年的历史，看到了许许多多生命在这无理性的历史的浊流中的泯灭。"① 正如雅斯贝尔斯所说的："悲剧与不幸、痛苦、毁灭，与病患、死亡或罪恶截然不同……它是问询，而非接受——是控诉，而非悲悼。"② 怀旧的感伤与悲悼，作为文学的审美对象固有其价值，然而对于反思传统的出路、探寻民族的未来以及建构当代自我却不可能有什么作为。

"新历史小说"的写作方式同样也是对传统历史叙事的表面颠覆。福柯的名言"重要的不是话语讲述的年代，而是讲述话语的年代"成为"新历史主义小说"作家心态的最好写照，历史成为一个安置人物和故事的容器，一块可供主体想象力尽情发挥与涂抹的画布，作家所秉持的则不过是"'白纸上好画画'的信心和描绘旧时代的古怪激情"③。"新历史小说"的写作姿态和倾向可从西方新历史主义批评找到理论阐释。西方"新历史主义"标榜以主体心灵与话语构造历史，以"我"为中心的主观性视角与时空框架替代传统历史事实自我呈现的客观化叙述，作者自由穿行于历史与现实之间。新历史主义批评代表人物格林布拉特称"新历史主义的文化研究与建立在笃信符号和阐释过程的透明性基础之上的历史主义，其区别标志之一就是前者在方法论上的自我意识"④；另一代表人物蒙特洛

---

① 李锐：《关于〈旧址〉的问答——笔答梁丽芳教授》，《当代作家评论》1993 年第 6 期。
② [德] 雅斯贝尔斯：《悲剧的超越》，亦春译，工人出版社 1988 年版，第 106 页。
③ 苏童：《婚姻即景》，江苏文艺出版社 1993 年版，"自序"。
④ [美] 斯蒂芬·葛林伯雷（通译为斯蒂芬·格林布拉特）：《通向一种文化诗学》，载张京媛主编《新历史主义与文学批评》，北京大学出版社 1993 年版，第 14 页。

斯直接提出了"文化系统的'共时性'本文对自主的文学历史的'历时性'本文的替代"①。然而，笔者认为，"新历史主义"所代表的后现代主义的"历史终结论"立场只有对西方式的理性才构成反叛，如黑格尔指出的"伟大史诗风格特征就在于作品仿佛是在自歌唱，自出现，不需要有一个作家在那里牵线"②，而对于中国当代"新历史小说"来说，它所欲图反叛的"革命历史小说"的叙事原则并非黑格尔意义上的理性，乃是一种伦理理性，而对伦理理性的反叛，恰恰应当建立一种个体的、生命的理性。无论是反叛以人民神话为基础的政治伦理理性还是以儒家文化为根基的传统伦理理性，都需要一种创造式的反叛，而非逆反式的反叛和技术性的变异。既定的文明总会衰亡，但人可以建立一种"不同"于既定文明的文明，不是取代衰亡的文明，而是不放弃寻求"不同"的努力，从而超越衰亡的文明，与衰亡的文明相抗衡，鲁迅的批判，便是建立在对西方现成理论和中国传统思想"都不相信"的基础上的。对于中国当代语境中的"新历史小说"来说，与其说它反叛了传统，表现了格林布拉特所称的"方法论上的自我意识"，莫如说是群体性的逆反思维与对传统的深层回归。与"伤痕""反思"小说一样，"新历史小说"表现的历史悲剧性，仍是完全以"现在"来结构的，只不过一者的"现在"是直接的"群体"，另一者的"现在"是以"个人"面目呈现的"群体"——历史宿命论在"新历史小说"中的渗透甚至比历史进步论在"伤痕""反思"小说中的渗透要更为彻底。同样，如同"伤痕""反思"小说简单地以光明的历史判决和乐观的历史信

---

① 引自［美］海登·怀特：《评新历史主义》，载张京媛主编《新历史主义与文学批评》，北京大学出版社1993年版，第104页。
② ［德］黑格尔：《美学》第三卷（下册），朱光潜译，商务印书馆1997年版，第113页。

仰图解历史悲剧性,"新历史小说"粗暴地以颓败的历史宿命和悲观的历史循环来结构其叙述。

"新历史小说"的作者之一格非这样总结道:"今天的小说家的处境已不再具有伟大的知识功能和神圣的教谕功能等美丽意识的支持,甚至已不再具有某种价值判断的参考作用。一方面,社会逼迫他交出自己的权力——正如宗教的权力被剥夺一样,给他留下的只是孤独和焦虑——一朵枯萎的玫瑰,一条乱糟糟的街巷,重复着祖先古老的名字。另一方面,作家自身也放弃了对历史的自信,因为,在这样一种社会现实中,作家们似乎感觉到,这种对历史的自信与执着恰好构成了对其自身境遇的反讽。"① 事实上,失去了"美丽意识"支持的"新历史小说",在以历史循环论对历史进行主观涂抹时,确实传达出一种不自信。因为历史与现时的交融、偶然性对线性因果逻辑的拆解,使追求真实性和确定性成为不可能,历史便成了无法回逆的发散物,过去、现在和未来混融于一个平面,即柏格森所谓的"时间的空间化"倾向,它表面上具备了"一种贯穿'过去''现在'与'将来'的事件联系和'作用联系'"②,如余华所说的"过去和将来只是现在的两种表现形式"③,实际上却不仅丧失了过去的真实性,还丧失了"未来"的眼界。逆反式的颠覆的结果,所获得的并不是还原历史和预测未来的自由,而是把自己推向更为无所适从的迷茫境地。格非在陈述写作《敌人》的动机时指出:"从

---

① 格非:《小说艺术面面观》,江苏文艺出版社1995年版,第184—185页。
② [德]海德格尔:《存在与时间》,陈嘉映、王庆节译,生活·读书·新知三联书店1987年版,第445页。
③ 余华:《虚伪的作品》,载《余华作品集》第2卷,中国社会科学出版社1995年版,第283页。

某种意义上来说，它既是历史，又是现实。"① 叙事固然揭示了历史的荒谬，嘲弄了权力话语，然而最终也只能停留于对文化幻觉的复制。事实上，几乎所有的"新历史小说"都以迷茫和无奈消解了批判。随机的感悟、任意的割裂、自行其是的抒情以及历史的通灵术，使"当下"的理解和表达方式随意地穿过历史的边界，以颓败为症结的悲剧性，最终只不过是属于当下的个人把自己的话语欲望倾泻到历史之中的结果。对历史悲剧性的反思、忏悔和批判，对人和生命价值的追问，都几乎被对历史的掠夺所带来的快感所取代了。卡尔·波普说："我的主张是，历史没有意义。……历史虽然没有目的，但我们能把我们的目的加在历史上面；历史虽无意义，但我们能给它一种意义。"② 卡尔·波普的这种历史虚无论和行动主义的奇妙结合，在"新历史小说"中体现得相当明显。随着历史本体论的终结，历史成了一个可以根据不同主体的具体需要随意进行改塑的橡皮泥，虚弱的"个人"构造的"新历史"渐渐被商业资本和权力话语所渗透，便也是一种必然。

无论是"伤痕""反思"小说的以"历史"支配"个人"，还是"新历史小说"的以"个人"图解"历史"，都在"个人"和"历史"构成的二元对立项中，选择了"历史"，放逐了"个人"。米兰·昆德拉说："如果一个作家认为某种历史情景是一种有关人类世界新鲜的和有揭示性的可能性，他就会想如其所是地进行描写。但就小说的价值而言，忠实于历史的真实仍然是次要的事情。小说家既不是

---

① 格非：《寂静的声音》，江苏文艺出版社 1996 年版，"自序"。
② ［英］卡尔·波普：《历史有意义吗?》，载《现代西方历史哲学译文集》，张文杰等编译，上海译文出版社 1984 年版，第 191 页。

历史学家也不是先知,而是存在的探险家。"① 悲剧正是这样一条通向"存在的探险"的道路,只不过如朱光潜指出的:"悲剧走的是最费力的道路。"② 让-皮埃尔·韦尔南指出,悲剧"并不追求揭示历史——通过其对象——寓于其中的那种特殊性,而是要揭示一种具有普遍性的人类真理"③。在伟大的悲剧中,"个人"与"历史"总是处于一种紧张对立中的平衡,屈原、贾宝玉、安提戈耶、哈姆雷特,是反映了"历史的必然要求"的"个人",是未经历史确认的未来的立法者,他们被当时的"历史"所否弃,又被后来的"历史"所承认。因而,悲剧表现"不仅发生于外部行动,而且发生在人类心灵深处的历史运动的最初形态"④,它是"沉醉于人本身力量的创作"⑤。笔者以为,这同时也是我们这个时代最匮乏和最需要的创作。

---

① [捷]米兰·昆德拉:《小说的艺术》,唐晓渡译,作家出版社1992年版,第46页。
② 朱光潜:《悲剧心理学》,安徽教育出版社1996年版,第301页。
③ [法]让-皮埃尔·韦尔南:《神话与政治之间》,余中先译,生活·读书·新知三联书店2001年版,第482页。
④ [德]雅斯贝尔斯:《悲剧的超越》,亦春译,工人出版社1988年版,第12页。
⑤ 朱光潜:《悲剧心理学》,安徽教育出版社1996年版,第304页。

第三章 受阻的"自我":悲剧性人格的建构

悲剧所表现的人生中的摧残和毁灭,归根结底,也就是主体人格自我实现的欲求在人生实践中惨遭否定。因而,区别于一般意义上的人格,悲剧性人格特指主体自我实现的欲求在遭到现实阻碍和否定的过程中,主体表现出来的对自我和自我欲求的某种坚持。悲剧性人格的建构,简而言之,也就是对面向失败的"个人"的价值的建构,这种建构潜含着对二元对立思维的超越:它一方面要求主体的自我欲求超出历史给定性,因为只有这样才能与他所处的现实给定的"统一"发生某种分裂;另一方面主体的自我欲求又要超出"个人"和本能,具有一定的社会性、普遍性。"个人要捍卫的这种价值并不属于他一个人。至少,应当由所有人来造就这种价值。"①悲剧主体的自我实现欲求事实上是超出了现实给定性的人的某种普遍性欲求的反映,而不是一种极端偏执的个体情结,如贾斯普所说:"个人反对普遍法则、规范及必然性,如果他所代表的只是刚愎执拗因而反对普遍法则,那就没有悲剧性,如果他所代表的是真正的抗议,虽然反对普遍法则而真理却在他那一边,那就有悲剧性。"② 尼

---

① [法]阿尔贝·加缪:《反叛者》,载《置身于苦难与阳光之间——加缪散文集》,杜小真、顾嘉琛译,上海三联书店1989年版,第56页。
② 引自陈瘦竹、沈蔚德:《论悲剧与喜剧》,上海文艺出版社1983年版,第43页。

采也说:"个人注定变成某种超个人的东西——悲剧如此要求。"①此外,主体的自我欲求不排除原欲、本能,但与此同时,还应当有超生物性的形式。人同其他生物机体的不同在于,人除了实现基本的生物潜能外,还有人所特有的心理潜能要实现,它具体就表现为借助社会价值形式来实现自我生命的冲动。正如席勒所说:"只有在'人'这个字的全部意义上的人,才能作受苦的对象。"② 悲剧性主体的人格所体现的对绝对的"群体"与"个人"的穿越("超越"总意味着克服和逾越,因而这里说"穿越"而非"超越"),是一切伟大的悲剧艺术的基质。

悲剧性人格的建构对二元对立思维的超越,还表现在它一方面通过情感和形式的弥合,充分肯定主体在必遭的厄运面前执着于自我实现所表现出来的精神力量——悲剧中的崇高和悲剧精神正来源于此;另一方面,悲剧性主体作为完整的"个人",意味着他对自己行为的后果应负有责任。柯列根认为:"如果悲剧主角不在根本上承认他对自己所做的事负有道德责任,以及他的行为就是他所选择的步骤的直接产物,那么,悲剧就不存在。"③ 某种意义上,中国传统文化的悲剧意识正是这一意识的欠缺而导致悲剧精神的薄弱。悲剧性主体的人格所体现的对单一的"肯定"与"否定"的穿越,意味着创作主体——悲剧性人格的建构者,只有把对于主体人格和行为的理性反思充分熔铸于作品中,才可能使悲剧人物真正成为一个独立不倚的价值主体。

---

① [德]尼采:《悲剧的诞生》,周国平译,北岳文艺出版社2004年版,第123页。
② [德]席勒:《论悲剧艺术》,张玉书译,载古典文艺理论译丛编辑委员会编《古典文艺理论译丛》(六),人民文学出版社1963年版,第101页。
③ Robert W. Corrigan, Tragedy and the Tragedy Spirit, *Tragedy*, Edited by Robert W. Corrigan, published in 1981 by Harper & Row, New York, p.11.

学者刘小枫以"合目的性"和"反目的性"来分别指代悲剧中合乎于主体自我欲求和阻碍主体实现自我欲求的两种力量的性质，刘小枫说："悲剧性的合目的性是潜隐于反目的性（Zweckwidrigkeit）之中的。"在悲剧中，"当实践主体面临真的历史形式已经陈旧，但仍然合理地存在着的境遇时，实践主体以自己合目的性的活动强行改塑陈旧的真的反目的性形式的悲壮，这种必遭磨难的活动预示了人类实践生活方式的新形式，同时历史地弘扬了主体的实践生命力，因而最终是合目的性的形式"①。这种看法，可谓是对雅斯贝尔斯提出的"生命形式的历史贯接"以及恩格斯等人的悲剧观的合理阐释。借用"合目的性—反目的性"这一说法，在悲剧性人格的建构中，历史现实的"反目的性"应被充分纳入主体人格目的的过程中。由于悲剧性人格所超越的历史给定性在当时还有延续性，这就造成悲剧性人格的必遭罹难，主体的"合目的性"活动被现实阻滞，人格自我实现的动机为社会的给定结构所压抑，如俄狄浦斯竭力想摆脱命运的愿望不能实现，屈原的爱国人格遭到否弃，贾宝玉与林黛玉的个性解放要求被视为大逆不道。然而，主体自我实现的超生物欲求终于是不可逆转的，它坚持自己的实现形式，顽强地要求实现自己，在它遭到"反目的性"的阻碍后，反而激起更加强烈的实现欲求。弗罗姆说："人的心灵的独特性之一便是，当他遇到一种矛盾的时候，不可能消极待之。心灵的运动以解决这种矛盾为目的。一切人的进步都归于这一事实。"② 人类心灵的这种特质在悲剧中被表现得最为充分。如果俄狄浦斯听从命运的安排，安提戈耶甘心服从国法，屈原放弃对楚国的忧患，宝玉顺从父命，悲剧精神将无以生成。

---

① 刘小枫：《个体信仰与文化理论》，四川人民出版社1997年版，第12页。
② [美] 埃里希·弗罗姆：《自为的人》，万俊人译，国际文化出版公司1988年版，第38页。

正是反目的性境遇充分激活人的深层心理潜能，主体更加执着于自我实现的目标，悲剧才完整地呈现出来。因而，从这一意义上，悲剧并不是英雄人物的专利，普通人为实现自己的人格所受到的阻滞和遭到的厄运，也是悲剧。只不过在悲剧的实现程度和悲剧精神的强弱程度上会有所差异：在崇高的英雄悲剧中，主体的人格突出地表现为一种强烈的逆进的精神，表现为不惜一切生命代价冲击旧秩序的行为，"英雄和他赖以存在的理念越崇高雄伟，事件的进行就越富悲剧性，所揭示的存在也就越根本"[①]；而普通人的悲剧则往往如阿瑟·密勒所说的，"只不过是在他认识到自己的尊严和自己向往着的合法地位面临挑战时所产生的不愿束手待毙的心情的反响而已"[②]，即使如此，也仍然体现了历史现实的"反目的性"活动在主体人格构成中的作用。"如果苦难落在一个生性懦弱的人头上，他逆来顺受地接受了苦难，那就不是真正的悲剧。只有当他表现出坚毅和斗争的时候，才有真正的悲剧，哪怕表现出的仅仅是片刻的活力、激情和灵感，使他能超越平时的自己。悲剧全在于对灾难的反抗。陷入命运罗网中的悲剧人物奋力挣扎，拼命想冲破越来越紧的罗网的包围而逃奔，即使他的努力不能成功，但在心中总有一种反抗。"[③] 因而，对于悲剧性人格来说，不仅罹难和毁灭是必然的，逆进的激情和意志也是必然的。

在中国当代小说悲剧性题材的创作中，社会历史转型的强烈刺激、传统文化心理延传变体式的影响、主流意识形态的规约及当代政治伦理、历史意识的渗透，都对悲剧意识从苏生到衰落、从乐观

---

① ［德］雅斯贝尔斯：《悲剧的超越》，亦春译，工人出版社1988年版，第79页。
② ［美］阿瑟·密勒：《悲剧与普通人》，载周靖波主编《西方剧论选》（下卷），北京广播学院出版社2003年版，第590页。
③ 斯马特语，引自朱光潜：《悲剧心理学》，安徽教育出版社1996年版，第271页。

到悲观的整体演变趋势产生了相当的影响,从而也制约着悲剧性人格的建构。然而,无论从客观的历史语境,还是从创作主体的自觉来看,从"伤痕""反思"小说起步的"新时期"小说毕竟开始着力于对当代"自我"的询唤和重建,世纪末中国社会"市场经济"的语境尽管磨蚀着"自我"的成长,但也毕竟为"自我"提供了摆脱束缚、争取自由的契机。当代个人"自我"的生长始终有着可能性的空间,同时又始终处于具体文化语境和文本现实所构造的某种夹缝之中。这对于欲图超越二元对立的悲剧性人格的建构来说,无疑构成了巨大的挑战。

第一节 "为他"的英雄

英雄主义曾是中国当代文学中一个长期占据着核心地位的主题。从"十七年"到"文化大革命",英雄典型的塑造经历了一个越来越绝对的中心化、概念化和神化的历程。"英雄性是指个体为群体而行动时所显示出的超乎寻常的能力、勇气、毅力、胆识。英雄性中主体动机是义务、责任,目的是'为他'、为群体。这种以'为他'为目的行为所显示出的超人的能力、意志和生命能量叫英雄性。"[①] 普通意义上的"英雄",涵盖着这样两层基本的涵义:其行为应显示出超乎常人的能力、意志和生命能量,其自我欲求的目标应具有一定的"为他"性、集体性。正如崇高的不一定是悲剧的一样,英雄性的也不一定是悲剧的。与英雄性对应,"崇高"也被美学家们赋予了两种基本涵义:超常感和伟大感。前者指向自然界与人的力量的极

---

① 邱紫华:《悲剧精神与民族意识》,华中师范大学出版社2000年版,第8页。

端性与超常性，它以主体和客体的分裂为前提，如康德认为，崇高的力量在于"把心灵的力量提高到超出其日常的平庸，并让我们心中一种完全不同性质的抵抗能力显露出来，它使我们有勇气能力与自然界的这种表面的万能相较量"①。后者则指向道德的高尚，如最早把"崇高"明确纳入美学范畴的郎吉弩斯就认为崇高是"伟大心灵的回声"②，"它一开始就在我们的灵魂种植有一种所向无敌的，对于一切伟大事物、一切比我们自己更神圣的事物的热爱"③；苏联美学家列·斯托洛维奇也认为"'崇高'一词本身表明的显然不仅是高耸着的东西，而且首先是令人高尚的东西"④。悲剧中的"英雄"与悲剧中的"崇高"相对应，要求主体在不可避免的灾难面前表现出超常的能量，这种能量乃是主体作为生命个体的人格与能量的显现，它强调一般意义的"英雄"的第一层涵义。需要指出的是，个体的人格与能量本身已然包含着社会意义，"与每个人的个性发展相应的是，每个人都将变得对于自己更有价值，因而对于他人也能够更有价值"⑤。在古希腊悲剧中，埃斯库罗斯笔下的悲剧英雄，如普罗米修斯，在表现出作为个体的超强的人格力量的同时，也具有"为他"性的道义崇高，但到了欧里斯庇得笔下，为了情欲而亲手杀死自己的两个孩子的悲剧英雄美狄亚的形象，显然已经不具有多少道德的崇高感（但仍具有一定的社会意义）。马克思说："我们越往

---

① [德] 康德：《判断力批判》，邓晓芒译，杨祖陶校，人民出版社 2002 年版，第 100 页。
② [罗马] 郎加纳斯：《论崇高》，载伍蠡甫等编《西方文论选》，上海译文出版社 1979 年版，第 125 页。
③ [罗马] 郎加纳斯：《论崇高》，载伍蠡甫等编《西方文论选》，上海译文出版社 1979 年版，第 129 页。
④ [苏] 列·斯托洛维奇：《审美价值的本质》，凌继尧译，中国社会科学出版社 1984 年版，第 127 页。
⑤ [英] 史蒂文·卢克斯：《个人主义》，阎克文译，江苏人民出版社 2001 年版，第 67 页。

前追溯历史，个体，从而也是进行生产的个体，就越表现为不独立，从属于一个较大的集体……"① 随着个体和个体自我意识的历史确立，近代以后的西方悲剧中，悲剧英雄行为的直接"为他"性和道德崇高感进一步地衰落了。因而，面对必然的困境时，主体表现出人格与生命能量的超常感而不是"为他"性的道德感，才是"悲剧英雄"和"崇高悲剧"的首要和基本的语义指向。在此基础上，悲剧英雄和悲剧中的崇高也常常包含着"为他"的道义崇高，两者并无矛盾，某种意义上，"为他"只是把个体人格和生命能量中包含的社会性的"有他"，由自在转为自觉。

20世纪50年代至70年代文学中，从梁生宝到高大泉的正剧英雄形象序列，"英雄"和"崇高"的所指均强调"为他"性、集体性，它根本地覆盖了英雄个人的人格精神和意志力量。"个人"作为"主体—他者"这种二元对立的现代性范畴中的一个概念，相对于"民族""国家""阶级""党""人民"，永远是相对于整体性主体的一个次要的"他者"。"英雄"作为个体表现出的超常能量只是群体力量衍生出来的一个必然结果，甚或只是群体力量的一个象征符号，"英雄"因而成为一种"非我""无我"的存在。《金光大道》中的高大泉形象，作为一个僵死空洞的"卡里斯马"的符号，预示了这一英雄传统在"新时期"必然转向衰落。

以悲剧性形式出场的"伤痕""反思"小说对此前的当代英雄传统进行了一定的反拨，"个人"由空洞的能指开始被正面地"道成肉身"，大量作为受害者的普通人的形象在中国当代小说中被首次纳入叙事的中心，王晓华、谢惠敏、叶辉、卢丹枫、李红刚、白慧、娟

---

① 《马克思恩格斯全集》第46卷（上），中共中央马克思恩格斯列宁斯大林著作编译局编译，人民出版社1980年版，第21页。

娟、严凉、吴忡义、许茂、王老大、月兰、盘青青、邢老汉、沈存妮……"新时期"小说最初向我们提供的这些被害的"个人"形象，多是弱小、被动的，以这些并不具有多少个性"自我"内涵的人物形象，来还原和强调"个人"的存在，仍然暗示着塑造悲剧英雄必然遭遇的挑战。"为他"作为英雄的给定性内涵，其所代表的整体性价值意味着一种神圣的历史本质，因而只能通向最终的胜利，这种难以逾越的思维定式仍然深刻地影响着"新时期"小说对悲剧英雄的塑造。《神圣的使命》《小镇上的将军》《惊心动魄的一幕》《大墙下的红玉兰》等小说描写了英雄主人公在斗争中的死亡，但最终仍把主人公的死亡引向必然的胜利。在"为他"的英雄范式和个体自我的人格能量之间寻求结合，几乎成为"新时期"小说唯一可能的僭越之途。张一弓发表于1980年初的中篇小说《犯人李铜钟的故事》，成功地实现了"为他"和"个人"的结合，称得上是"新时期"初期不多见的、较为成熟的英雄悲剧的作品。

《犯人李铜钟的故事》中，面临断粮的严峻形势，作为大队书记的李铜钟与公社的"带头书记"杨文秀之间产生了意见分歧：

> 李铜钟用忧郁的目光望着这一切，他觉得新上任的公社书记整天都在演戏，在给上级演戏，巴望着受到赏识和喝彩。他嘱咐李家寨的干部："李家寨都是种地户，不是戏班子，咱不要他那花架子，木头刀。"

在这里，主体的自我觉识已经开始戳破意识形态的虚饰，主动地与他所处的现实给定性发生了分裂。当争取上级帮助的最后一线希望破灭，为了拯救全村人的生命，李铜钟把自己推向绝境，走上"必然会给他带来严重后果而又不能不走的道路"。他擅动公仓，挪走粮食，在死前被国家法律命名为"勾结靠山店粮站主任，煽动不明真相的群众，抢劫国家粮食的首犯"。与一味强调忠诚的信念所表征的集体能量有所区别的是，"个人"的能量指向自我的理性反思以及行为中体现出来的逆进的精神，因而是以否定的形式呈现出来的，如弗罗姆所指出的那样，"最重要的因素是具有敢说个'不'字，敢于不服从权威的命令和公众舆论的勇气"[①]。李铜钟的这种自我牺牲的殉道精神，不仅是同杨文秀所代表的"左"倾的错误路线的主动决裂，更重要的是，他敢于把自我的反抗意志和理性认知凌驾于社会规范之上，敢于面向必然遭到否定的命运而坚持自己。

如果排除了时空因素，李铜钟的形象，着实与被马克思称为"哲学史上最高贵的圣者和殉道者"的普罗米修斯有几分相像，同样背负着崇高的使命，同样以自我的决断去对自己的行为及其注定的悲剧性后果负责，表现出自我承担的非凡勇气；李铜钟在命运冲突中的"不得不然"及其所处的两难处境，还令人想起索福克勒斯笔下同样置身国法与神谕矛盾中的安提戈耶。然而，在古希腊悲剧中，不仅悲剧主人公从自我的欲求和觉识出发，去选择和行动，而且文本对主人公行为的评判，也以人自身的生命能量为绝对尺度。悲剧英雄行为的神圣性虽然往往来自神谕，但诸神是人以自我来想象和塑造的，人以自我来评判神，决定人与神的关系，"神们只代表人作为个体所代表和实现的那种普遍的理想，为了实现这一理想，人还须拿出英雄的全副力量"[②]。人的个体自我才是神话思维中的"万物

---

① ［美］埃里希·弗罗姆：《在幻想锁链的彼岸》，张燕译，湖南人民出版社1986年版，第190页。
② ［德］黑格尔：《美学》第二卷，朱光潜译，商务印书馆1981年版，第246页。

的尺度"和衡量主体人格价值的绝对秩序。而这一绝对秩序显然是《犯人李铜钟的故事》所无法呈现的。在这一"新时期"的英雄悲剧中，李铜钟的行为过程虽然充分表现出个体自我逆进的精神力量，并具有足够的"为他"性动机，但其"英雄"身份的确立根本上仍有赖于主流意识形态的肯认。小说一开篇就对李铜钟作了这样的命名："出生在逃荒路上、十岁那年就去给财主放羊的小长工，这个土改时的民兵队长、抗美援朝的志愿兵，这个复员残废军人、李家寨大队的'瘸腿支书'。"这一与梁生宝、萧长春、高大泉等正剧英雄相似的命名，以对当代"卡里斯马"传统的继承，成为"新时期"悲剧英雄诞生的必然前提。而李铜钟死后19年被平反，作为历史的再次命名，在对英雄人格的确认中更为重要。小说结尾这样写道：

> "记住这历史的一课吧！"田振山在心底呼喊，"战胜敌人需要付出血的代价，战胜自己的谬误也往往需要付出血的代价。活着的人们啊，争取用自己较少的代价，换取较多的智慧吧！"

历史的天空不再是阴霾散尽的胜利和光明，个体的生命被记取为惨痛而沉重的代价，然而"争取用自己较少的代价，换取较多的智慧"的归结，却终止了问题，回归了历史整体的结论，削弱了悲剧原有的力量。"自我"虽开始了觉醒，但却不能成为价值评判的绝对尺度，历史的不同命名之间构成的自相矛盾、自我拆解，使英雄的"为他"性与个体人格能量实现了成功的结合。

离开了历史的判决，没有形成独立价值系统的个人自我，如何在"新时期"文学继续承担起悲剧英雄的使命呢？悉尼·胡克指出："每逢社会上和政治上发生尖锐危机，必须有所行动，并且必须赶快行动的时候，对英雄的兴趣自然就更强烈了。"① 以现实经济改革为题材的"改革文学"，表达了强烈的重建现实英雄主体的愿望，因而也必然要承接对这个"新时期"悲剧创作难题的思考：怎么处理英雄的失败和毁灭？如何在肯定群体价值的前提下颂扬失败的个人？水运宪的《祸起萧墙》可谓是"改革文学"中一个最具悲剧意味的文本。小说中，主人公傅连山在供电运行遭遇可怕事故的危急时刻，为避免更大损失而不得已采取了触犯法律的非常措施，并主动在作为证据的值班记录上签署自己的名字，使自己的毁灭悲壮地成为"对封建残余的强有力的控诉"，表现出了同李铜钟一样的自我承担的精神。应当说，傅连山这一形象在"改革文学"所塑造的英雄形象中，并不具有独特的人格魅力，乔光朴（《乔厂长上任记》）、车蓬宽（《开拓者》）、霍大道（《机电局长的一天》）、李向南（《新星》）等"改革文学"中的正剧英雄们，无一不是有着非凡的才干、强烈的责任感和意志力量的锐意改革者，只是与乔光朴们力挽狂澜的气势大相径庭，傅连山遭遇的重重阻力与困难却成为一种无法克服的障碍，使得他无法施展自己的改革抱负而节节败退、步入绝境。这里的区别其实只在于改革阻力的范围和程度。傅连山、乔光朴等英雄们的改革行为动机，与李铜钟一样，所代表的都是"绝对正义"和整体价值，改革遭遇的阻力则来自落后、保守势力为了个人或小团体的局部利益而对改革进行的阻挠和破坏。对于整体—局部的斗争来说，光明和胜利的结局自不待言，但随着阻力的范围扩大、程度加深，文本叙事结构内的由改革者及其支持者和反对势力所构成的"合目的性—反目的性"的力量对比发生了变化，没有了类似

---

① ［美］悉尼·胡克：《历史中的英雄》，王清彬等译，上海人民出版社1964年版，第9页。

《新星》中的李向南被群众高呼为"青天"的众星捧月的场面，而变得更像是孤军奋战，于是，正常的改革手段失效了。《祸起萧墙》中甚至写到令傅连山头疼的佳津地区，政治经济形势一片大好，上下团结一心地搞地区保护主义，无疑为了表现主人公将要进行的改革的举步维艰。阻力程度的变化，使整体—局部的相对关系发生了微妙的变化，英雄主人公在实际的斗争中接近于被孤立的"个人"的状态。因而，这篇小说发表后引起争议，有论者从政治观点出发，认为在《祸起萧墙》所描写的改革中，"共产党的领导干部基本没有干四化的，不是'绊脚石'就是'拦路虎''变色龙''小爬虫'，惟一的实干家还被押上了审判台。这样的描写使人对四化描写丧失信心，感到失望"①。小说的悲剧结局表达了作者和那个时期的人们对于社会改革现实的焦虑，这种焦虑在张洁的《沉重的翅膀》中已经十分尖锐，只不过郑子云还没有像傅连山一样步入绝境。没有了历史的判决，虽然英雄的人格仍一如既往地代表着绝对的"为他"和正义，然而，却无法保证现实斗争的胜利，这无疑使定位于"历史主体"的悲剧英雄的塑造举步维艰。

在《高山下的花环》（李存葆）、《西线轶事》（许怀中）、《兵车行》（唐栋）等"新时期"初期的一些军事题材的小说中，英雄的"为他"性和个体人格能量的结合得到了一种比较容易的解决。英雄人物为了边防事业奉献生命（如《高山下的花环》中的梁三喜、靳开来、雷凯华，《西线轶事》中的刘毛妹，《兵车行》中的上官星等），"死亡"当然地指向最终的胜利，自然地避免了"历史主体的失败"。创作主体可以尽力表现英雄形象的人性的完整和个性的生

---

① 刘英传：《请不要贬低党的各级领导》，《作品与争鸣》1982年第7期。

动、鲜明，以区别于"十七年"与"文化大革命"中被神化的英雄，并辅之以社会阴暗面的暴露和批判，而不必担心"出界"的危险。《高山下的花环》中，无私忠诚的梁三喜在胜利指挥战役后，为救战友而奉献了自己青春的生命，死后留下的，却是一张长长的、浸透着鲜血的欠账单；疾恶如仇、襟怀坦白的靳开来，为保证战友的生命和战争的胜利而英勇牺牲，然而却不被记功。显然，梁三喜、靳开来的死亡，不具有任何自我与现实的分裂意义，他们的英勇牺牲与小说所揭示的社会问题之间也并无因果联系。真正有悲剧意味的死亡是小说中的另一人物雷凯华的死亡，这个才华出众的"小北京"令人扼腕地死于我们自己制造的"臭弹"——然而，这仍然只是个"受害者"的死亡，而不是崇高的悲剧英雄的死亡。

比起以上几部小说，李存葆写于1984年的《山中，那十九座坟茔》表现出了更为自觉的悲剧追求。同样是英雄主义主题，这部小说写的并非英雄献身正义事业的悲壮，而写了有价值的英雄主义怎样被推上野心、权术、邪恶和愚昧构筑的祭坛，怎样被扭曲、践踏、摧残而终至无价值地毁灭，英雄的牺牲不再是历史斗争的必然代价而仅仅是无谓的毁灭。小说结尾处，在历史峰回路转、"真相大白"之后，几位幸存的人物却并没有被作者用以进行对光明的憧憬和对历史总体性的修复：彭树奎撕毁了盼望已久的提干表，递交了复员报告，带着爱人菊菊闯关东，按照"山东百姓祖祖辈辈沿袭下来的求生之路"生活；陈煜转业到地方文化馆潜心作画，把师党委派来采访其事迹的新闻干事断然拒之门外；殷超升对自己灵魂曾有的阴暗彻底悔悟，拒绝了晋升为政治处主任的任命，转业后也拒绝搞政工，"卖了十四年饭票，没出现过一分钱差错"。自我的觉识拆除了对历史的迷信，与意识形态的规定性发生了明显的分裂，正是这一点使小说对乐观的悲剧模式有所突破。在交待陈煜的无罪获释时，小说写道"抓是有理的，放是正确的"，对无情践踏个人尊严的历史的揶揄，不仅指向过去，还指向现在。然而，这种自我的觉识仍然发生在历史的判决之后。此外，小说中生命遭到毁灭的"英雄"更多的是一种对群体形象的指称，而具体到每个个体，如为保卫"宝椅"而死的刘琴琴，把"一不怕苦二不怕死"写成"一怕不苦二怕不死"的憨厚朴实的孙大壮，死于恶性事故的王世忠等人，在其生命被毁灭的过程中，仍被还原为普通的、可悲的受害者和牺牲品。最具英雄气质的郭金泰的死亡，也仍被叙事设置了"为他"的死亡：在导洞塌方之际，为抢救殷超升而死。正是这种"为他"的死亡，使人物保持了完整的英雄气质，在整体的悲剧氛围中局部地沿袭了当代正剧英雄"为他"式的崇高。这里，仍然没有个体为了捍卫自我欲求（包括"为他"的目标）而与现实的斗争以及由此遭到的失败。由于小说表现的是"无谓的毁灭"，势必要求着叙事的暴露功能的强化，作者尽管敢于指出"历史是有局限的"，但也同样面对着如何缩减和化解"毁灭"所具有的整体意味。作者在谈到《山中，那十九座坟茔》的创作时特别强调一种"分寸感"，他说："描写那个特定历史时期部队生活矛盾的复杂性和尖锐性，并把那种客观存在的阴暗和丑恶揭示出来（既不去回避，也不搞'黑幕'展览），艺术上有个分寸感问题……只要这个分寸感把握得较准确，是无损于我军的伟大形象的，相反更能揭示出这支人民军队无敌于天下的坚实性和强大感。在写《坟茔》时，我时时注意把自己的情感倾注在代表正义的社会力量方面。"① 与这种对暴露的"分寸感"要求相适

---

① 李存葆：《山中，那十九座坟茔》，昆仑出版社 1985 年版，第 209 页，"后记"。

应，小说把所有人物纳入明显的"忠"/"奸"对立的二元模式，悲剧的发生直接根源于少数坏人的阴谋和野心，人物在实际行为中处于被动受害的地位，却由于在精神层面联结着更广大的群体——人民（如小说中以龙尾村百姓的哀哭祭拜和对英雄的怀念来确证英雄的价值），也就改变了冲突双方的力量对比，间接分享了历史斗争的最后胜利，获得了"适度的分寸"。然而，把悲剧归结于"忠"/"奸"斗争，和人物在结局中表现出的自我觉识无疑构成了叙事逻辑的内在矛盾：既然恶人已得到历史的惩处，为什么还要离开部队、拒绝政治？

谌容发表于1980年的《人到中年》，在更大的程度上依赖整体—局部的相对转换来把握主体形象和暴露的"分寸感"。这篇小说没有从历史的尖锐矛盾，而是从平淡的日常生活中表现悲剧性——以日常生活作为悲剧性的领域，本身意味着"新时期"文学把个人还原为民族—国家积极因素的努力。然而，还原的结果却是陆文婷对个人自我的遗忘。小说中，当陆文婷累倒在病床上时，对自己有过这样短暂的自责：

> 我太自私了，只顾自己的业务。我有家，可是我的心思不在家里。不论我干什么家务事，缠在我脑子里的都是病人的眼睛，走到哪里，都好像有几百双眼睛跟着我。真的，我只想我的病人，我没有尽到做妻子的责任，也没有尽到做母亲的责任……

在医疗事业和家庭之间，家庭属于更私人化的一方，而在家庭和个人之间，个人属于更私人化的一方，在整体—局部的相对转换中，更私人化的一方永远处于应该退让的被动地位，因而，陆文婷有理由短暂地自责自己太自私，自责之后却更"自私"地献身事业直至把自己累垮。这种相对主义的转换循环，使陆文婷的悲剧性具有无可克服的必然性。作为一个公而忘私、任劳任怨的新时代的知识分子，陆文婷身上所谓的小资产阶级的"劣根性"已完全摒除，她对于个人生活的艰窘处境，也只是从他者化的责任意识出发而体会到的为人妻、为人母的内疚，这样的形象，正是"十七年"时期的林道静们所倾心向往的知识分子的历史主体理想，本应与林道静一样成为正剧英雄，然而，出现于20世纪80年代的陆文婷却是把身体累垮、被社会遗忘的形象，令人无法回避其中的悲剧性。这篇笔调温婉的小说问世后获得巨大反响，被当时的评论者称为"振聋发聩"的"急迫的呼喊"[①]，正是来源于这种不应有的悲剧性。这种悲剧性被当时的语境归结为中年知识分子的待遇问题，这个问题之所以需要"抢救"，乃是因为"'四化'需要大批的科技人才"[②]，而陆文婷正是个有着"公而忘私的高尚品质"[③]、"无视自己，一心只求以自己的鲜血输进祖国的身躯"的"生活的砥柱"和"事业的骨干"[④]。作者本人也认为自己"的确在小说中提出知识分子问题，希望引起社会关心"[⑤]，希望"能够有更多的人，特别是作领导工作的人，更多地了解当代的中年知识分子。这对于'四化'，不会是没有好处的"[⑥]。对个人作为社会群体的工具价值的强调意味着陆文婷越无视自己、遗忘自我，才越有资格被解决待遇问题，然而，陆文婷的悲

---

① ③　丹晨：《一个平凡的新人形象》，《光明日报》1980年3月26日。
②　　朱寨：《留给读者的思考》，《文学评论》1980年第3期。
④　　梅朵：《我热爱这颗星》，《上海文学》1980年第6期。
⑤　　参见马立诚：《静悄悄的星》，《中国青年报》1980年7月26日。
⑥　　谌容：《写在〈人到中年〉放映时》，《大众电影》1983年第2期。

剧性却正是因为她所献身的东西在把她抛弃和遗忘。为了说明这是一个社会问题，而不是个人对于社会的抗议，作者强调陆文婷作为当代知识分子之普通一员的群体意义："陆文婷不是高大形象，她是一个极平凡的人。我觉得我们的生活正是由这些平凡的人在推动。正是千千万万这样的星星，组成了我们祖国灿烂的夜空。"① 她又对陆文婷从死亡线上被抢救过来的小说结局作出这样的解释："陆文婷是不应该死的，人民需要她。"② 陆文婷"无我"的"自我"形象，只有从"他者"的参照中来发现和界定，有着同样精湛业务能力却因不堪承受生活压力而选择出国的姜亚芬夫妇，正是这样一个不可或缺的"他者"的形象。于是，陆文婷的"自我"形象清晰浮现出来：绝对的"为他"，同时也绝对被动地陷入"社会问题"。无论是强调陆文婷的"普通"，还是表现她的"无我"，都着意抹平悲剧性中含有的分裂意味。

事实上，陆文婷式遗忘"自我"的英雄在"新时期"的小说中有相当代表性。罗群、金东水、钟亦成、何荆夫等有着坎坷命运和悲剧性经历的"历史主体"式英雄，多具有这种"自忘"的精神特征。这种"自忘"在不同的小说中，还被演化为不同的具体形式，如曹千里（《杂色》）对自我的贬低和嘲弄，章永麟从"食""色"上寻求满足后的忏悔与自虐，秦书田（《芙蓉镇》）把苦难转化成游戏的自娱自乐……这一切都使主体在面对灾难和困境时遗忘自我，获得心理平衡，从而接受而不是抗拒命运，丧失说"不"的能力。这种"自忘"的英雄几乎成为"新时期"文学塑造悲剧性英雄的惯性思维。梁晓声的《这是一片神奇的土地》《今夜有暴风雪》等"知

---

① 参见马立诚：《静悄悄的星》，《中国青年报》1980 年 7 月 26 日。
② 谌容：《从陆文婷到蒋筑英》，《光明日报》1983 年 2 月 3 日。

青英雄主义"的小说对这种自忘式的英雄理路进行了进一步的发挥。

《这是一片神奇的土地》《今夜有暴风雪》精心地安排了最富英雄气质的人物的死亡,如《这是一片神奇的土地》中的李晓燕、"摩尔人"、妹妹,《今夜有暴风雪》中的刘迈克、裴晓芸。为了能在被历史判定为"必定是一场以'失败'告终的运动""一场荒谬的运动"之中,抽绎出"知青英雄主义"精神,以证明他们是"极其热忱的一代,真诚的一代,富有牺牲精神、开创精神和责任感的一代,可歌可泣的一代"①,而不是一代可悲的"受害者",于是,代价越沉重,就越能表现英雄人物的献身精神,生命、青春、热情都成为这种要求个体无条件献身的理想主义的工具。作者力图按照"十七年""为他"性的正剧英雄理路设置死亡:《今夜有暴风雪》中刘迈克为保卫库房的献身,《这是一片神奇的土地》中"摩尔人"雪野与狼的搏斗,而裴晓芸被冻僵的站姿也成为被讴歌的英雄精神的象征,这个刘琴琴(《山中,那十九座坟茔》)、卢丹枫的翻版人物,在此实现了从"受害者"到"英雄"的跃迁。然而,死亡又必然带来感伤,尤其是最亲近和最完美的人的毁灭,小说不得不拼命抑制感伤,渲染着死而无怨无悔的豪情。强迫性的压抑和渲染,使作者对人物的人格结构和认知呈现得极为矛盾。小说中,"我"对副指导员李晓燕扎根边疆的誓言不以为然,虽然她的确以实际行动实践着自己的誓言并得到了组织的认可,吸引"我"的却是她无意间泄露出的天性美,李晓燕对自我的掩饰令"我"很反感,认为她是一个"虚伪"的人。后来,李晓燕为"我"的私自回家的大胆辩护以及她在保护"我"妹妹时对"我"野蛮行为的诅咒,使"我"看到了她天性中的

---

① 梁晓声:《我加了一块砖》,《中篇小说选刊》1984年第2期。

纯洁与善良，并深深地爱上了她。"我"对李晓燕的认同，恰恰是由于其身上不能被革命理想主义所涵盖的，甚至是与之相抵牾的因子。尽管作者的动机是把李晓燕作为一个为了理想而献身的英雄来赞颂和讴歌的，然而文本中"我"对李晓燕的认知，却尽可以使读者得出这样的观点：一个在特殊年代中为了政治的激情而不得不牺牲真实自我的知识青年形象，在她献出自己生命之前，她早已为那个膨胀的政治热情献出了灵魂，尽管她是不得已，甚至是不自知的。这个坚定地实践着自己理想与诺言的垦荒者在生命最后一刻，用"忘忧果"点破了深藏于她内心深处的虚弱与疲惫，从而颠覆了她此前的英雄主义的激情与坚强，虽然她临死还力图保持视死如归的英雄本色。这一点点的真实的"李晓燕"湮没在强大的"副指导员"之中，然而却足以暴露出文本的内在矛盾。主要人物接踵而至的死亡之后，文本中的"我"却带着"垦荒者的胜利"感，来到这些死去的垦荒者的墓前凭吊："我们经历的北大荒的大烟泡，经历了开垦这块神奇土地的无比艰辛和喜悦，从此，离开也罢，留下也罢，无论任何艰难困苦，都决不会在我们心上引起畏惧，都休想叫我们屈服……啊，北大荒！"小说中的"我"强迫性地压制和忘却作为个人的自我，而确立一种从革命理想主义理念出发的自我镜像。将外在于"我"的观念意识作为自己存在的意义与价值的同时，也就是将本来由他人所投射给"我"的外在的他者，设立为内在于"自我"的对象化他者——一个每时每刻都在凝视着自己存在的"自我"。"我"之所以要设立这样一个自我的镜像，并非像小说直接表露的那样，是一种心甘情愿的为理想的献身，而是想把自己谋划为这样一个理想的、属于自己的他者的存在，这样他人之看就成了"我"自己的看，"我"由此摆脱"被看"的命运，而成了"看"的理想的主体。由此，讲述故事的"自我"与"理想主义"的同一化谋划就昭然若揭了。然而，文本中压抑不住的感伤，却使英雄神话的运演出现裂隙，小说的悲剧性在作者的动机之外渗漏开去。

郑义《老井》（1985年）中的孙旺泉形象，使这种抑制个人自我的英雄人格又演绎出新的形态。小说中，孙旺泉作为英雄的形象是借助以打井精神为主的家族神话构造的：孙家始祖和村民的神话显示了家族神话与"井"的神话的同一；偷龙、绑龙的祈雨神话意在点明寻找水源或打井乃孙家的家族精神，必须代代相传，因此孙旺泉想要出走意味着软弱的逃避，他的妥协恰恰意味着家族精神获得新传承；小龙再生的神话中，有关英雄祖先的回忆与孙旺泉本人的梦的叠合表明旺泉乃小龙再生，家族精神由此完成交接；扳倒"井"的神话则暗示着孙旺泉的科学打井精神与家族精神达成同一，以家族打井精神为依托方能实现现代化。这样的"英雄"是被其家族身世所先天决定的，英雄形象的主体意义只在于摒弃和割舍个人自我中一切与这种先天规定性不符的因子。然而，在文本中，即使这种排除个性自我的主体性，在孙旺泉身上也并没有体现出来。每当孙旺泉想和赵巧英一起走出老井村，是以万水爷为代表的家族权力一次次降服了旺泉的个人爱情追求，逼迫他与赵巧英断绝关系而与段喜凤结婚，留在村里领头打井，万水爷才是使这个英雄神话得以承接的主体。在20世纪的中国文学中，"新人"总是和传统家长之间发生激烈冲突，曹禺的《雷雨》、巴金的《家》是如此；《青春之歌》里的林道静，同恶霸地主父亲林伯唐实行"最彻底的决裂"；《创业史》里的梁生宝，公然无视养父梁三老汉的父亲权威……孙旺泉对传统家长万水爷的服膺与顺从，使家族血缘亲情的幽灵再度弥漫开来。20世纪80年代以来，公共化的阶级感情开始逐渐失势，亲情、友情、爱情等更为个体化的人伦情感，在人道主义的旗帜下全面获得了表达的合法性。然而，这种始终停留于伦理原则与道德规范的人道主义诉求，无法取代"阶级情感"成为新的信仰神话，于是，家族血缘亲情以其贯通个体与群体的优势，使传统文化的"家国同构""家国统喻"在以《老井》为代表的"寻根"小说中再度复活，家族情代替阶级情成为安置自我的基石。然而，"新时期"的这一家族神话毕竟又是作为现代化的方案设计的，因而它无法取消和否定个人对于爱情和自由的追求，作为"小龙再生"的孙旺泉始终也没有放弃对恋爱自由和城市生活的渴慕，尽管家族神话的自我基石使他只能抑制这种渴慕。个人自我的诉求在一点点地积聚着，然而，真正立足于个人立场的信仰和理性价值系统却又始终是缺位的，于是，孙旺泉这个家族神话缔造的当代自我的英雄形象，不可避免地需要以削弱甚至出让主体性为其人格基础。在孙旺泉与赵巧英的爱情关系中，赵巧英永远是主动的一方，她与旺泉重修旧好，屡次策动旺泉出走甚至私奔，大胆藐视和对抗以万水爷为代表的家族权力。一部《老井》写出了孙旺泉如何被万水爷和赵巧英争相摆布的故事。孙旺泉的自我欲求由此被分裂为相互对立的两种力量，彼此都以拆解对方为自身存在的必要前提，两者都不乏存在的合理性，又都缺乏独立存在的充足理由。L. T. 霍布豪斯说："自我是由包括他所特有的感情、情绪和感觉成分的一串串个人的记忆和期望合起来构成的一个连续统一体，这种连续性不能把截然不同的各个自我结合成为一个统一体，不管他们多么相似，或者目标多么一致，都不行。"[①] 生长于有深厚根基的家族神话怀抱中，孙旺泉若离

---

① [英] L. T. 霍布豪斯：《形而上学的国家论》，汪淑钧译，商务印书馆1996年版，第45页。

开这一脐带就难以成人,所以无法剪断它,而作为一个受到20世纪80年代开放氛围熏染的农村青年,他又无法不向往新的现代生活方式。郑义在谈到《老井》的创作时说:"提笔之先,我自然是偏爱赵巧英的。不料写来写去,对孙旺泉竟生出许多连自己亦感意外的敬意。诚然他有许多局限,但现实的大厦毕竟靠孙旺泉们支撑。若无一代接一代找水的英雄,历史之河便遗失了平缓的河道,无从流动,更无从积蓄起落着,在时代的断裂处令人惊异地飞跃直下。"① 在认同的转换中,孙旺泉与赵巧英的爱情破灭所蕴含的悲剧性,与其说来自打井的家族神话的规定,不如说来自孙旺泉本人对家族精神的自觉皈依。小说的结尾,在巧英跳上拖拉机离开孙旺泉的一瞬,小说写道:

孙旺泉意识到自己永远失去了巧巧,永远失去了爱情。他撕心裂肺地狂喊一声,蓄集已久的孤独、苦痛、彷徨、压抑像血,像岩浆一样喷发出来!但他咬紧牙关,并未喊出声来。他只是感觉自己在心里狂喊一声。于是,种种令人无法忍受的痛苦,便在他五脏六腑中熬煎,冲撞,真正的撕心裂肺!

然而,随着拖拉机一消失,孙旺泉的撕心裂肺的痛苦忽然不见,代之而起的却是一种由外及内的无比的安宁与祥和:

深蓝浅黛的山的浪,拍击着晨曦,从朝阳喷薄欲出的天边

---

① 郑义:《太行牧歌》,《中篇小说选刊》1985年第4期。

奔涌而来。他蓦然感到，土地的气息，羊粪味，山菊花、羊蒿子馥郁的药香，无边的群山，都一起温情脉脉地拥抱着他……

价值认同立场的急遽转换导致了情感的不连贯，仅仅因为巧英淡出视线，痛苦便消失得无影无踪，孙旺泉人格的被动性又一次显露出来。巧英的身影将消失之际，"小得宛若一只瓢虫"的拖拉机的影子与"千万重大山"的对比中，"群体"以绝对优势击败了"个人"。孙旺泉也只能在他左右为难、无所适从、行动延宕之际，完成他的"英雄"自我。

由于悲剧性最终指向的是个体的人，悲剧性的产生就容易被认为是集体压抑甚至牺牲个体的结果，这是"新时期"小说悲剧精神贫弱的一个重要原因。对悲剧性人物的塑造，为了抵消集体压抑个体的性质，总是不得不刻意加强主体人格的"为他"性、集体性，然而悲剧性的命运和结局又使得这种对"为他"的强调更加突显"历史主体的失败"的尴尬含义，于是，叙事需要通过各种策略转移和抹平主体与现实给定性的分裂意味。一方面，历史判决的自我解构、正剧化"为他"的崇高牺牲、被动的受难或受害、自我的压抑与遗忘、行为的被动与延宕……这些被用来塑造悲剧性英雄主体的叙事策略，无一不是与个体为捍卫自我的主体性和超常生命能量相抵牾的，叙事对悲剧性主体"英雄"身份的指认仍依赖于个人自我之外的绝对"为他"的群体动机和历史的命名。"新时期"小说悲剧创作的艰难步履反映的也正是个人自我的生长在具体历史语境中的受阻。但另一方面，"自我"的个体化诉求又随着时代的语境不可避免地扩张和膨胀着，这使主动忘却和压抑自我的悲剧性英雄，越来越不能适应"新时期"文学对个体人格的建构要求，主体所维护的群体性价值和被毁灭的个体价值之间的认同矛盾，也使悲剧性文本的叙事陷入不可克服的矛盾。比较而言，"新时期"小说中出现的一些正剧英雄，如张承志《北方的河》、邓刚《迷人的海》等作品中的主人公，由于不存在悲剧性所设定的群体——个体的冲突而能"轻装上阵"，表现出更多独立自主的品格，也更能代表"新时期"的当代自我的孕育水平。而压抑自我的悲剧性英雄延续至"寻根小说"，已然在宣告着他行将终结的命运。

在20世纪80年代晚期以后的小说创作中，"英雄"渐渐消隐，充斥于悲剧性题材的小说文本中的，是大量的"反英雄"的人物形象。意识形态中心话语丧失意义整合功能之后，各色各类的"反英雄"形象在某种意义上，是对"英雄"的缺失所留下的空白的填充，揭示的正是个人主体自我认知中的价值紊乱和现实迷茫。如果说"为他"的悲剧性"英雄"们始终难以正视的是自我与现实给定性的分裂，从极端个体情结或者纯粹生物欲求出发的"反英雄"们难以获得的则是社会价值的指认；同时，与"英雄"由于"为他"而被卷入悲剧性的无辜与被动相反，"反英雄"们往往以自我的原欲和恶行加剧着自己的毁灭。从"为他"的完美与崇高，到"反英雄"的委琐与偏执，在二元对立的审美定式中，当代小说的悲剧性人格的建构展露出疲惫与低迷。

第二节 "个性"与"宿命"之间

无论是"为他"的英雄，还是被动的受害者，主体的性格对于悲剧性的酿成一般都不直接承担责任。莱辛认为，在悲剧中，"一切与性格无关的东西，作家都可以置之不顾。对于作家来说，只有性格是神圣的"①；别尔嘉耶夫也说："悲剧永远与个性有关，与个性的觉醒有关，与个性的挣扎有关。"② 性格在悲剧中的地位的突显，意味着人不再是盲目的命运所随意摆弄的玩偶，而是更自由的人，因而对于自己的行动和激情也负有更大的责任，性格与个人自我的确立必然地联系在一起。"自我"并不是一个固定的实体概念，而是一个随着人类文明的发展不断进行调节和规定的理论框架，作为西方19世纪以来的现代文化思想基石的个人主义自我，是一种狭义的自我，它突出人与人之间的差异和个性。史蒂文·卢克斯在总结个人主义自我时引用施莱格尔的话："只有人的个性才是人的根本的和不朽的因素。对这种个性的形成和发展的崇拜，就是一种神圣的自我主义。"③ 与个人主义自我逐步确立的历史过程相对应，个性在西方悲剧发展史上的地位也经历了一个逐渐被强化的过程。在古希腊悲剧中，"人物性格在欧里斯庇得的剧作中越来越重要"④，莎士比亚悲剧则直接被人称为"性格悲剧"。奥赛罗的忌妒、麦克白的野心、罗密欧和朱丽叶的坚贞、李尔王的痴顽……"这些人物遭到毁灭，正是由于他们坚定顽强，始终忠实于自己和自己的目的。他们并没有伦理的辩护理由，只是服从自己个性的必然性，盲目地被外在环境卷到行动中去，就凭自己的意志力坚持到底，即使他们迫于需要，不得不和旁人对立斗争，也还是把所做的事情坚持到底。"⑤ 对个性的强调，同样也并不意味着悲剧人物的自我欲求停留于极端的片面性，如别林斯基指出的："奥赛罗是一个典型，是这些人嫉妒

---

① ［德］莱辛：《汉堡剧评》，张黎译，上海译文出版社1981年版，第125页。
② ［俄］别尔嘉耶夫：《论人的使命》，张百春译，学林出版社2000年版，第75页。
③ ［英］史蒂文·卢克斯：《个人主义》，阎克文译，江苏人民出版社2001年版，第64页。
④ 朱光潜：《悲剧心理学》，安徽教育出版社1996年版，第138页。
⑤ ［德］黑格尔：《美学》第三卷（下册），朱光潜译，商务印书馆1997年版，第326页。

人的整个范畴、整个类、整个部分的代表。"① 悲剧对个性的展现乃是悲剧深入探究"人"的普遍内涵和种种可能性的必然方式，正如施莱尔马赫所说："人性应该以各种特殊的方式，在整个时空中展示自身。人性所孕育的一切，都应该是从人性自身的深处形成的、具有个性的东西。"②

个体自我意识的先天不足，使"新时期"小说尽管也熔铸着对于主体的"个性"的思考，但作为"个性悲剧"总是不那么纯粹，往往同时也强化着非个性因素作用的结果。如《西望茅草地》中，张种田的悲剧就突显出其个性色彩，只不过在这一"动机与效果悖反"的悲剧中，张种田的悲剧主要是特定的社会历史对个人的"异化"的结果，而抛除了这些被错误的历史扭曲的成分，张种田仍不失为一个完美高大的当代"卡里斯马"形象：赤胆忠心、无私无畏、吃苦耐劳、坚忍不拔。这样，悲剧性的根源仍被归结为社会历史，张种田仍是一个可悲又可怜的受害者。然而作者的思考并没有滞留于此，小说进一步触及张种田身上所代表的中国农民的狭隘性、保守性、愚昧性和封建性，在中国现代化转型中落伍的必然，又意味着张种田身上反映出当代"卡里斯马"质素本身就包孕着悲剧的必然性，作者表达了他的困惑："他的忠诚和无私，他的理想和气魄，是不是还值得我们依恋呢？我说不清楚。"③ 也正是这种"说不清楚"的迷途，丰富了这一悲剧人物形象的意蕴。张种田的"典型环境中的典型性格"所突显的社会历史作用和"类"的标本意义，也

---

① ［俄］别林斯基：《别林斯基选集》第 2 卷，上海文艺出版社 1963 年版，第 25 页。
② 引自 ［英］史蒂文·卢克斯：《个人主义》，阎克文译，江苏人民出版社 2001 年版，第 64 页。
③ 韩少功：《留给"茅草地"的思索》，载杨同生、毛巧玲主编《新时期获奖小说创作经验谈》，湖南人民出版社 1985 年版，第 234 页。

是"新时期"出现的一些带有"个性悲剧"色彩的小说的特征。

在路遥的《人生》(1982 年)中,高加林的形象是被作为一个在"人生的岔道口"上"走错了路的"①青年奋斗者来描写的。作为"城乡交叉地带"的一个带有强烈时代特征的农村知识青年,高加林不满于农村的落后现实,不满于父辈固守土地的生活方式,力图改变自身的生存环境。作者以自己的人生经验和艺术敏感捕捉到了以中国城乡二元对立的社会结构和制度为悲剧冲突切入点的美学价值。叙事对于高加林的自我欲求和"黄土地"象征的传统道德力量的双重肯认,无疑是这个"个性悲剧"得以被构设的前提。高加林之所以要靠个人奋斗改变自己的农民命运,当然是因为他出身贫穷卑贱和低微无靠。但要实现这个梦想,在中国城乡二元对立的社会结构中,他别无选择,只有冲进城里,从"乡下人"变成"公家人"。但在那个城乡壁垒森严、制度严格限制的情况下,他这微不足道的愿望也是无法实现的。然而问题还在于,高加林并没有自觉意识到这是不合理的社会制度本身造成的,对这种城乡对立的合理性并没有提出质疑。他只是凭一己之合理愿望与现实社会制度造成了不可避免的冲突,从其被摧残的结局来看,他在不自觉的状态中触到的个人愿望与社会制度的巨大冲突,使他的愿望超出了给定的现实。因而,高加林表面是在主动地冲破既定生活秩序,追求自我实现,然而在他时而登上峰顶、时而跌入谷底的命运的"岔道口",他在事实上所做的却只是接受现实的安排,处于绝对的被动地位。当高加林被别人以不择手段的方式剥夺了那个唯一走出农村的机会时,

---

① 作者引用了作家柳青的话作为小说的题记,原文如下:"人生的道路虽然漫长,但紧要处常常只有几步,特别是当人年轻的时候。没有一个人的生活道路是笔直的,没有岔道的。有些岔道口,譬如政治上的岔道口,事业上的岔道口,个人生活上的岔道口,你走错一步,可以影响人生的一个时期,也可以影响一生。"

他站在了弱者和受道义保护的一面,这时候,他虽然是无助而愤懑的,但却是受道义支持的;可当他同样接受了违背社会正义的方式,取得进入城市的际遇时,他却似乎心安理得,并为能得到在城市里施展才华的机会而沾沾自喜。这时,他虽然是"胜利者",而实际上却受到社会制度和道德伦理的双重谴责。在他的意识深处,他显然已经潜在地承认了这种不正当手段的合理性,这是他之所以能够"心安理得""好好干"的原因。所以,当他再次被别人假借社会法律制度之手行报私仇之实而将他驱逐出城市人的行列并由城返乡时,他也潜在地承认了这种不正当手段的合理性。因而,他也仍像往常那样,从行为上仍然无力无理去抗争。尽管他开始体认到社会制度的存在像一把双刃剑,但他绝没有想到要用现实行为自觉抵制这种违规操作,也正如在最后他也绝没有想到自觉地去抵抗、揭露那种以私心为公心,借以把他驱逐出城的貌似合理的行为。于是我们看到,一方面高加林为进城市,违背了法律制度,他也明知这是违规行为,但他又寻找到了合理性:为什么有才能的农村人就不能到更适合他的地方发挥才干,更大程度地实现人生价值呢?这里他潜在地认同了"权大于法";而另一方面,当高加林被清退时,对方仍然是不择手段,并冠冕堂皇地指责他违反了法律制度,这时,他尽管也承认自己的违规行为,而别人却是从不道德的目的出发,借用法律制度之手置他于死地,这时他又认同了"法大于权"。小说的结尾,刘巧珍与姐姐一起找村长高明楼为高加林说情,让他去当民办教师,预示着高加林将再次被权力"拯救"。

史蒂文·卢克斯认为,真正的"个人"应当具有"自主"的观念,"根据这一观念,个人的思想和行为属于自己,并不受制于他所不能控制的力量或原因。特别是,如果一个人对于他所承受的压力和规范能够进行自觉的批判性评价，能够通过独立的和理性的反思形成自己的目标并作出实际的决定，那么，一个人（在社会意义上）就是自主的"①。高加林显然是缺乏这种自主的。作为中国当代社会一个底层的农民知识分子，高加林的自我欲求主要不是为了自己的才能最大限度得到发挥，个体人生价值得到最大实现。他没有意识到作为一个首先要冲破这个社会体制的个人奋斗者，应从整个社会体制的角度对城乡二元对立的社会结构进行质疑和批判，因而也就谈不上什么更明确的宏大抱负和目的。他的欲求也不过是期望能跳出"农门"，成为当时社会体制下的"干部知识分子"，或至少是"工人知识分子"，获取和城里人一样的文化环境、生活待遇、成功机会等。雅斯贝尔斯说："人对于自己生活于其中的时代的批判，与人的自我意识一同发生。"② 当高加林尚未从历史和社会尚不具备现实土壤的基础上滋生出冲破或改变这不合理社会制度的自觉要求时，他已被特定社会制度的游戏规则本身驱逐出了这个"冒险家"的乐园。如果说高加林的形象容易令人想到司汤达《红与黑》中的于连·索黑尔，作为"个人"的自主和自觉也是他们最大的不同。《红与黑》中，在19世纪西方近现代资产阶级处于上升时期资本原始积累的血腥残暴的历史舞台上，于连·索黑尔是作为一个新兴中产市民阶层暴发户的代言人登场的。渴望建功立业的欲求和不择手段的方式使他的社会行为更多地具有了一种清醒而又彻底的个人奋斗精神。他的不择手段建立在他对现实的洞察和认知的基础上，因而又包含着对物欲的批判、对金钱关系的否定和对心灵自由的追求。在于连·索黑尔看来，真正的乐趣在于他作为一个绝对的个人主义者

---

① ［英］史蒂文·卢克斯:《个人主义》，阎克文译，江苏人民出版社2001年版，第49页。
② ［德］雅斯贝尔斯:《时代的精神状况》，王德峰译，上海译文出版社1997年版，第3—4页。

在彻底独立的意义上去做个性化的事。当父亲让他到市长家去当家庭教师时，他的回答是"我不愿当奴仆"，"要我和奴仆一桌吃饭，我宁肯死掉"。生死对他并不重要，最重要的是他是否已经以自己彻底的个人奋斗精神显示了自己的个体人格力量："世界上最孤独的人也是世界上最有力量的人。"当他发现自己的奋斗之梦被牢牢封死时，他清醒地意识到了自己的悲剧下场，对他来说，个人奋斗理想的破灭比死更让他难以忍受，因而，他并不因此坐以待毙、束手就擒，而在无意义的生和有意义的死之间，选择了后者。出于报复心理，他惩罚了在他看来的"叛卖者"——昔日的情人德瑞那市长夫人，他也并不因此而后悔。于是有了于连在法庭上的慷慨陈词，在临刑前的拒绝忏悔，在他死后情人为真爱而殉情的感人至深的悲剧场面。从此不难看出，于连的悲剧主要表现为法与理的冲突，情不过是他不择手段的一种表现而已。《人生》中，作者也深刻展示了法与权、历史与道德的二律背反。高加林的命运之所以令人同情，就是因为从历史主义眼光看，他的自我欲求及行为虽不具正当性，但却与这社会制度实现人尽其才的基本宗旨是一致的；而从维护法律制度的神圣性、权威性看，高加林因而受到惩罚当然是应该的，但却与社会制度的结构功能本应为保证个体价值实现最大化原则等方面又是相互悖谬的。作者以高加林的悲剧性遭际让人们对这种建立在城乡二元对立基础上的城乡分割政策产生了质疑和批判。但是，作者缺乏对权力和社会制度等层面的不合理性的更加透彻的理性思考，缺乏一种强有力的质疑与批判精神，对个人奋斗者的奋斗目标也缺乏一种历史性深邃眼光。这导致高加林的悲剧主要表现为法与情的冲突，理则是似乎缺失错位又无所不在的道德法庭。《红与黑》的悲剧冲突显然更具深刻的社会批判意义，感情的渲染则适时地加重了这种悲剧氛围;《人生》的悲剧冲突则更具暧昧的模糊不清的道德伦理上的价值批判,而理的空缺错位却又有无所不在的笼罩性,使这场悲剧显得有些变幻无常。也正因价值批判上的模糊与变幻,小说结尾,只好以德顺老汉一番"黄土地"的道德训诫来抚慰和安置这个一心放飞理想的自我奋斗者:

> 高加林一下子扑倒在德顺爷爷的脚下,两只手紧紧抓着两把黄土,沉痛地呻吟着,喊叫了一声:
> "我的亲人哪……"

某种意义上,《人生》与《老井》构成了某种互文性:同样的黄土地背景,同样的两难选择,两篇小说共同演绎着传统和现代夹缝中当代个人"自我"的受阻。高加林选择了个人的奋斗,离弃了"根",最终却被退回原地,失去爱情,成为一个"走错了路"的"个性悲剧"的主人公;孙旺泉选择了"根",割舍了爱情和个人的梦想,完成他一出生就被注定的宿命,不无悲壮地成就一个"小龙再生"的"英雄"神话。选择的意向不同,但结局却都是对"根"的回归。"总的说来,就其维系了过去、现在与将来的连续性并连接了信任与惯例性的社会实践而言,传统提供了本体性安全的基本方式。"[1] 个性是一个向外扩展的概念,它强调了人的自由精神;"根"则是一个规约性的概念,它强调贯通着过去和现在乃至未来的文化秩序,同时也强调了个人只是作为这个文化秩序之一环而存在。如果说现代性带来的是本体性安全感的丧失,那么,与传统的联系无

---

[1] [英]安东尼·吉登斯:《现代性的后果》,田禾译,译林出版社2000年版,第92页。

疑为"当代自我"提供了具有本体性的安全系数。从《人生》到《老井》已然表明，这种本体性的安全对于"当代自我"的建构，乃是以更大程度上的理性批判能力以及个人的主体性的丧失为代价的。

不同于高加林的时代"新人"形象，王兆军《拂晓前的葬礼》（1984年）中的田家祥，则俨然又是一个张种田式的"末路英雄"形象。这个旧时代曾经叱咤风云的农民英雄，在新时代的变革面前却被推上历史潮流的绊脚石的悲剧地位，他之所以注定要被历史淘汰，同样是因为他无法克服和摆脱自身根深蒂固的传统意识和农民性。人类历史实践的悲剧性就在于，当新的生命力的合理要求最初不得不以个体生命自我欲求的表达形式出现时，往往受到由旧的生产方式支撑着的旧的社会生活方式的摧残和压抑，而旧制度的"历史的悲剧性"又在于，旧制度把历史灾难具体施予孤独的个人，因而，悲剧性冲突往往以个体人格的毁灭和遭到摧残为中心，揭示的却是一定历史时期人类实践逆难而进所遭遇的不可避免的阻滞，表现为新与旧两种社会势力的冲突和决斗。马克思因而指出："当旧制度还是有史以来就存在的世界权力，自由反而是个别人偶然产生的思想的时候，换句话说，当旧制度本身还相信而且也应当相信自己的合理性的时候，它的历史是悲剧性的。"[①] 如果说《人生》中的高加林就是一个在传统社会偶然产生了自由思想的"个别人"，田家祥便是一个还相信自身合理性的旧制度的代表（田家祥在《人生》中的对应的角色，正是被高加林所蔑视但事实上又用权力改变和决定着高加林命运的"大能人"村长高明楼的形象），这两个人物互文性地传达出随着中国社会现实变革对传统生活方式和价值观念的冲击

---

① 《〈黑格尔法哲学批判〉导言》，载《马克思恩格斯全集》第1卷，中共中央马克思恩格斯列宁斯大林著作编译局编译，人民出版社1956年版，第456页。

的深入,"新""旧"两代人所必然经历的失败和痛苦。田家祥的个性之所以比高加林呈现得要片面、极端、主动、鲜明,更具进攻性——他的悲剧表面看来也几乎完全是他自己的主观因素所决定的,乃是因为他的"个性"所代表的是几千年中国农民的"伟大"与"渺小"。因而,在事实上,田家祥的悲剧命运比高加林的自我奋斗更少可能性而更具先定性,这一悲剧人物的立场、价值标准和行为方式是固定不变的,被作者要把他塑造为庞大的"类"的代表的叙事动机所牢牢控制。俄国文艺理论家巴赫金把这样的主人公称为"古典型主人公",古典型主人公性格的形成与其说是在客观环境中的自我成长,不如说是命运(或者说是作者)预设的结果,突出的个性不过是命运的化身:"……实际上他只是在实现他的命运的必然性,亦即实现他的存在的确定性、他的面貌的确定性……命运就是个性……对行为—思想的解释也不是从它的客观理论内涵的角度出发,而是从人物的个性这个角度出发,说明它是符合这一确定人格存在的性格,由这一人格存在所先决的;一切可能的行为也都是这样由个性所先决和物的确定个性——命运所先决的。"① "命运不是主人公的自为之我,而是主人公的存在,是主人公的现实形象、主人公的既成面貌……主人公所做的一切,在艺术上都不是以他的道德的、自由的意志为动机:他这样行事,因为他是这样的……从古典型主人公的世界观方面来说,作者是武断的。他的认识和伦理立场是无可争议的,或更确切些说,是根本无须讨论的。"② 事实上,"新时期"的悲剧性作品所描写的主人公的个性特征,几乎都在不同

---

① [俄]巴赫金:《巴赫金论文选》,佟景韩译,中国社会科学出版社1996年版,第508—509页。
② [俄]巴赫金:《巴赫金论文选》,佟景韩译,中国社会科学出版社1996年版,第510页。

程度上带有这种古典型主人公的特征。只不过相对于处于"偶然"地位的时代"新人",有着千年沉淀的传统人物的"个性"在叙述中往往被更加突显其明确的类群的规定性和标本意义。

作者把田家祥形象的"典型性"推向极致,显然期望通过这一形象表达对中国农民的历史和现实问题的反思。比之于一些"伤痕""反思"小说,《拂晓前的葬礼》对于历史的反思开始更注重"人",描写了个人在历史蜕变中的挣扎与痛苦。值得注意的是,这一反思并不是由田家祥的命运直接演绎的,而是由作为田家祥以前的恋人的"我"来完成的。"我"之所以从感情上抛弃田家祥,乃是因为"我要的是本质,我不能保留历史所抛弃的,人民抛弃的东西,我要走向新的生活"。总体化的反思立场在此表露无遗。小说尽管写了田家祥由于不甘心失败的命运而进行的困兽犹斗式的挣扎,但这一过程中的沉重和痛苦却同样是在别人的讲述中,由已成为旁观者的"我"来体悟和表达的,失败后的田家祥在叙事中已然成为一个被讲述的客体,被历史否弃而失去了实际出场的机会。文学反思历史和文化批判并不仅仅是为了揭示历史主义的真理,而是关切人自身的问题和出路,尽管它可能是一个"梦醒了无路可走"的问题。这篇小说的结尾,安排了一个仪式化的象征性"葬礼","我""面向拂晓前的东方",凭吊过去、向往未来,但对田家祥的命运和出路的关切,却淡出了"我"的意识,而仅仅剩下盖棺定论式的评价和结论。对"个人"的缺乏关切,使作者尽管貌似辩证地概括出了田家祥身上并存的"伟大"与"渺小",但其单一的历史理性的立场却使其批判缺乏某种张力,而趋于二元的割裂:在田家祥身上,革命要求和个人复仇心理,当家作主的欲望和个人权力的迷恋,自始至终都是交织在一起的统一物,作者却倾向于把田家祥的性格按照其历史成败的标准区分"伟大"与"渺小",从而肯定前者否定后者,完成其反思和批判,然而,这种批判所达致的结论是空洞的。田家祥的"进取"中并非都是"伟大",他的"衰颓"也不仅仅因为他的"渺小",比如他进取的最初动机是想"混成个人"来复仇,他带领村人实现的"翻身",也根本上是以个人权力为目标的。这样的批判中所突显的仍然是"个人"的工具地位,对于"个人"和农业文明的深入的理性反思,却在明晰的判断和"我"的泛滥的、抒情的裹挟缠绕中逃逸。

王蒙发表于 1986 年的《活动变人形》,以新/旧、中/西文化夹缝中的知识分子形象,表达了另一种对历史的反思和对传统的批判。主人公倪吾诚的"个性"被作为文化的产物加以叙述。作为一个从西洋留学回来的现代知识分子,他渴望摆脱传统文化,但对于传统的反抗却使他成为一个"多余人",失去了两种文化中优秀的一面,尽剩糟粕。从作者的创作动机来看,小说所描写的倪吾诚以及几个主要女性人物静珍、静宜、姜赵氏的悲剧,表达的主要是对传统文化的批判,人的个性本身就是传统文化这一大酱缸浸染的结果。然而,文本中所揭示的倪吾诚的形象,又并不完全是文化的产物,他的悲剧的独特性在很大程度上还来自他反传统的方式——他自身的主观原因。与鲁迅以自我否定作为反传统的基本前提相比,倪吾诚对于传统有着同样的深恶痛绝,但他完全没有意识到自身与传统的联系,而选择了这样的"革命"立场:"我以为对待地主的斗争,怎么残酷都不过分。"当他听说农民斗地主采用的反人道手段时,兴奋地说,"对待有些个地主婆娘,就欠用这种办法收拾","中国这个国家,不这样就翻不过一个个来"。不难想象,倪吾诚的革命会造成怎样的结果,二元对立的思维模式使他实际上把对方当作等待教化的子民，而把自己看作真理的代表者。他对待周围人的居高临下的强制性启蒙，使他遭到了所有人的强烈抵制，他对传统的反抗与救世幻想正是因为他的这种不自知而显得荒唐可笑。

小说对倪吾诚的批判尖刻而犀利，倪吾诚的个性与命运显得既明晰确定，却又矛盾重重。明晰和矛盾都根源于文本的叙述所凭借的倪藻的视点。倪藻这个小说中唯一的正面主人公在病态的家庭生活中产生的改变旧世界的革命信念，成为小说反思传统的"审父"精神的支撑。作者说"《活动变人形》是我的切肤经验"，是"写得最痛苦的作品"①，倪藻的形象显然有着作者自己的身影。倪藻在八岁的时候就已经产生了"必须改变这一切了，是到了非改变不可的时候了"这模糊而又坚决的思想，几乎必然使倪藻日后倾向和投身于革命，因为只有革命才能作出彻底铲除旧社会、创建一个全新社会的允诺。然而，小说的描写使我们并不能看到倪藻的革命与倪吾诚的革命有什么不同：

> 生活已经糜烂到了这种程度，痛苦到了这种程度，完全不同的人，就是那些食利者剥削者的残渣余孽，那些不甘心一切照旧、坐待死亡的生活在历史夹缝了的畸零人，也真心企盼着暴风雨，祝愿着断层地震、天塌地陷、火山爆发、江水倒流。这个世界非翻它一个滚不行了。

同样出于对家庭成员的怨恨而激起的要砸烂、毁坏一切的极端化的情绪，同样的二元对立的思维逻辑，倪藻忽略和忘却的也是自

---

① 《王蒙、王干对话录》，漓江出版社 1992 年版，第 229 页。

身与传统的精神联系。倪藻因而在父亲倪吾诚与姨母静珍、母亲静宜等人的悲剧中,获得了一种旁观的总结者的身份,丝毫没有触及残酷、病态的家庭生活对他人格与心理结构可能产生的负面作用。二元对立的思维逻辑的支配,使小说对人物的形象描写多采用连环铺张的嘲讽揶揄笔法,人物的个性流露出漫画化、喜剧化倾向。在倪吾诚与妻子静宜等三个女人的家庭冲突,倪吾诚与赵尚同、史福冈等人的观念分歧中,作者为了批判和反思作为主人公的倪吾诚,总是陷入扬此抑彼的模式,自觉不自觉地赞同以至美化倪吾诚对立面的思想和观点,同时放大了倪吾诚的弱点。叙事让倪吾诚对中西文化的对比永远停留于浅尝辄止,把倪吾诚对西方文明的追求几乎完全推向了物质享受的层面。司汤达在《拉辛与莎士比亚》中写道,"要描写处在社会关系中人物性格形成的过程"①,以此作为批判现实主义的创作原则。《活动变人形》中,少年时代的倪吾诚即迷恋梁启超、章太炎的文章,反对缠足,反对地主的寄生行为,为思考人生意义而辗转反侧,因预感到革命浪潮而毅然戒绝母亲诱使的鸦片瘾,这样的一个人留学欧洲之后倘使仅仅学会了刷牙、洗澡、喝牛奶以及欣赏女人的大腿,史福冈关于"欧洲文明已然崩溃了"的论断和对中国文化理想的赞美就显得颇为正确,这又与小说的批判传统的意旨相矛盾。同样,静宜对倪吾诚的控诉在小说的叙述中也总是显得合情合理,但由于静宜代表的也是传统的道德信念和原则,小说为彰显反传统主题,不得不在这个人物的其他方面做文章,不惜把人物的某些行为推向极端,甚至对其人格进行嘲笑。静珍的形象由于避免了与倪吾诚的直接论战,较少受这种扬此抑彼模式的干

---

① [法]司汤达:《拉辛与莎士比亚》,王道乾译,上海译文出版社1979年版,第103页。

扰,但这一接近于张爱玲笔下的曹七巧式的悲剧人物,在《活动变人形》中得到的尽是作者的讽刺和嘲笑。静宜、静珍、姜赵氏在总体上应是让人同情的悲剧人物,而不应是喜剧人物,因为她们不仅是传统的维护者,更是传统社会的受害者,她们的异己思想本质上并不是她们自己选择的结果,而是传统社会强加给她们的。然而,作者对她们的叙述正如对倪吾诚的叙述,看不到丝毫同情与悲悯,对比张爱玲笔下曹七巧临终将手镯套过整条胳膊的细节来看,静珍死于新疆、姜赵氏在"文化大革命"期间被逼喝洗脚水等细节也被叙说得太过冷酷、无动于衷。《活动变人形》呈示了二元对立的思维逻辑和价值立场对悲剧品质的破坏,无论是倪吾诚还是倪藻,都缺乏对自我的理性反思,明晰的一元化价值判断和失控的批判激情中湮没的仍然是文学的理性精神。

无论是高加林、张种田、田家祥,还是倪吾诚,这些身份、性格大相径庭的悲剧性人物形象的"个性",都主要是被作为环境、时代、历史或文化的产物加以叙述的。如果说他们带有鲜明的"个性",那么这里说的鲜明的"个性"乃是相对于他们所属的"类"的其他成员而言。如把他们都视为"个人",那么这些表面看来截然不同的人物,却表现出某种相似性:他们既缺乏对自我理性的反思和自省,缺乏对自己处境的清醒的认知和了悟,也缺乏对他们所处的环境和现实的质疑和批判(除了倪吾诚滑稽剧式的、不彻底的"启蒙"与"批判"),而这一切都与他们的人生悲剧的成因相关。也是因此,高加林在自己被别人顶替了工作时认同"法大于权",在自己采取不正当手段和被人施以假公济私的报复时却又认同"权大于法"。田家祥在掌权之前要求"平等",争取"翻身";在掌权之后,压制言论,玩弄权术。倪吾诚坚决地要反传统,然而却毫不知耻地汲取着传统的野蛮,以脱裤子、耍无赖的方式吓退女人们的进攻,他对西方文明的汲取则除了物质享乐,就是丢弃责任感的冷漠与自私。他们都自觉不自觉地以现实功利原则作为自己的行动标准,无论是外在的法律和道义,还是自身的人格和尊严,都随之转化为相对的价值。这一切当然都与创作主体的意识有关。创作主体们专心致志地描述着人物的失败并为之哀婉或痛惜,然而却并不认真去反思人物失败的原因,也缺乏对社会现实和主体的个人目标的深邃思考。因而,高加林的失败被归于"忘了根",田家祥和倪吾诚在被历史抛弃的同时也被作者抛弃,成为一个价值客体。创作者的意识中,作为悲剧意识基础的神话思维与理性精神显然发生了某种失衡。

恩斯特·卡西尔认为,自我意识是从神话的同一感与生命感中逐步发展而来的一种结果。在神话意识中,与"我"对立的并非作为外在物的"它",而是作为我的同类的"你"或"他","这种'你'或'他'构成了自我发现和规定自身所必需的真正对立面。在此,个体情感和自我意识不是处于发展过程的开端,而是处于它的终点。在我们可以追溯到的、这种发展的最久远的阶段上,我们发现自我感与一定的神话—宗教群体感直接融为一体。只有当自我把自身认作某群体的一员,懂得自己与其他人组成家庭、部落、社会组织之统一体时,他才感受和认识到自身。只有处身于和通过这样的社会组织,他才拥有自身。……神话不只是伴随这个过程,而是参与和制约这个过程,构成这个过程最重要和最活跃的主题之一"[①]。由于神话的凝聚和整合,"我"和"你"的关系,个体与群体的联结才确定下来,因而,"神话出于混沌却并非为了混沌。恰恰

[①] [德]恩斯特·卡西尔:《神话思维》,黄龙保、周振选译,中国社会科学出版社1992年版,第195—196页。

相反，它是人渴望打开自己思维混沌的最早的钥匙，是人在蒙昧世界摘取的精神的'禁果'"①。在卡西尔看来，整个人类的理性世界观都萌发于神话意识形态，或者说是神话自身发展的一个必然结果。古希腊悲剧诞生之际，古希腊神话与哲学尚处于夹缠胶着的状态，一方面是哲学与神话的斩不断的血缘关系，另一方面是哲学世界观的逐步确立导致的对诗的排挤和攻击。古希腊悲剧也正是古希腊神话与哲学这种对立关系的一种结果。尼采因而指出："没有神话，一切文化都会丧失其健康的天然创造力。惟有一种用神话调整的视野，才把全部文化运动规束为统一体。"② 在西方近代哲学中，笛卡尔和康德时代的"我思"之"我"确实包孕着"人性＋神性"的内在一致。纯粹的"我思"以主体与客体的区分与对立以及作为认识主体的"自我"的确立作为其基本前提，但并不回答这种区分是如何获得的，主体的自我意识最初是如何建立起来的。正是因为有了"神性"的根基，笛卡尔才能从"我思"中找到确证自我，进而确证世界的依据和自信，确立了主体性哲学的基础。在此理论背景下观照高加林、田家祥、倪吾诚这三个人物，他们的"个性"自我都主要相对于恩斯特·卡西尔所说的同类中的"你"或"他"而存在，如他们都有着明确的个人努力目标：高加林为"跳出农门"的个人奋斗，田家祥为"当家做主"的权力崇拜，倪吾诚虚妄的"启蒙"与"批判"。"神话首先从有目的活动的直觉开始"③，在这些小说中，"有目的活动"也被作者用来作为表现主体个性的主要手段，但在确立了这个"自我"之后，主体的"我思"之"思"——对自我和

---

① 邓启耀等：《中国神话的思维结构》，重庆出版社1992年版，第3页。
② [德]尼采：《悲剧的诞生》，周国平译，北岳文艺出版社2004年版，第92页。
③ [德]恩斯特·卡西尔：《神话思维》，黄龙保、周振选译，中国社会科学出版社1992年版，第55页。

现实的反思却不同程度地停顿、中断了。而小说文本向我们呈现的是，其中人物不具备这样的反思能力，作者也同样没有进行这样的思考。

进入20世纪以来，"自我"的地位岌岌可危。弗洛伊德使"我"受控于昏昧的本能，只知满足眼前的快乐；胡塞尔的先验现象学则悬置了"我"，只剩下"思"，宛若一个无头苍蝇，"我"既不是物质实体，也不是精神实体，而仅仅是意识的某种功能；列维-斯特劳斯则声称结构主义就是要把人从"自然界的统治者"和"意义的惟一合法的指定者"① 的宝座上拉下来；而以拉康为首的后精神分析学则认为，所谓"自我""主体"不过是历史、文化以语言的方式——拉康说的"隐喻"（metaphor）和"换喻"（metonymy）的法则——植入人意识中的错觉或幻觉，是"想象性的构成"，是"直觉主义心理学的呕吐物"。② 与此相应，作为认识和表现人类"自我"认知的古典方式的悲剧必然地衰落了。"新小说派"代表人物娜塔丽·萨洛特指出，20世纪当代小说的"主要人物是一个无名无姓的'我'，他既没有鲜明的轮廓，又难以形容，无从捉摸，形迹隐蔽。这个'我'篡夺领导小说主人公的位置，占据了重要的席位。这个人物既重要又不重要，他是一切，但又什么也不是；他往往只不过是作者本人的反映。这位主人公周围的人物，由于失去了独立存在的地位，或者成为这至高无上的'我'的附属品，或者只是一些幻觉、梦境、噩梦、幻想、反照、模态等"③。西方"后人道主义认识论"以及西

---

① 引自杜声锋：《拉康结构主义精神分析学》，台北远流出版社1988年版，第147页。
② 引自［苏］尼·格·波波娃：《法国的后弗洛伊德主义》，李亚卿译，东方出版社1988年版，第142页。
③ ［法］娜塔丽·萨洛特：《怀疑的时代》，载吕同六主编《20世纪世界小说理论经典》（上卷），华夏出版社1995年版，第503页。

方后现代主义艺术，成为 20 世纪 80 年代中后期的"先锋小说"的精神起点。在余华、残雪等人的小说中，不难窥见娜塔丽·萨洛特指出的缺乏轮廓的"我"的影子。无论是背靠时代精神的社会化的大写的"自我"，还是返归、钩沉、激活民族历史和文化传统，依赖传统文化和民族精神确立的文化"自我"，抑或是在个体与社会群体的二元对立中建构的个体"自我"，统统成为"先锋小说"和"新写实小说"的"解魅"（disenchantment）的对象。"一旦文化理想中人的理想（观念）遭到怀疑和重新认识，发生人的信念的解体和失落，整个文化没有不出现全面危机的。这种危机表现为该文化过去确立的人生意义、价值信念、历史文化价值、精神追求以及心理平衡相继会发生危机。因为文化的这些向面，都是直接或间接地从该文化的人的理想中汲取价值和意义的。"[①] 当代文学既有的神话模式全部失效了，然而这并不意味着文学的理性精神的扩张。解构者们和大众一起分享着"解魅"带来的自由，与此同时，又拒绝站在时代精神中心地带进行"关怀叙事"，他们以自己的写作促成着文学和启蒙话语、人文精神的分离。20 世纪 90 年代以后，日常生活又作为一种新型的意识形态动摇着关于"自我"意识的根基，如蔡翔指出的："日常生活对主体性的侵蚀或者修正，意味着事实—价值的日渐分离，理想与激情悄然远逝，个人在事实的困窘中，不得不收起自我的浪漫想象，主体性玫瑰般的精神性笑容以及它的偏执与狂妄在此受到日常生活的无情嘲虐。"[②] 文学的人文话语正在成为被离弃的对象。余华说："性格关心的是人的外表而并非内心，而且经常粗暴地干涉作家试图进一步深入人的复杂层面的努力。因此我更关心

---

① 殷鼎：《中国文化和解释意识的双重危机》，《知识分子》1987 年第 3 期。
② 蔡翔：《日常生活的诗情消解》，学林出版社 1994 年版，第 83 页。

的是人物的欲望，欲望比性格更能代表一个人的存在价值。"① 在这里，"性格"被视为"外表"，也即受某种环境和身份所规定的"类"的特性，因而被视为追求本质的障碍，余华所要追求的乃是更大的"类"（人类）。于是，"我思"变成了"我要"，还没来得及清晰确立的"我思"之"思"几乎被连根拔出了。然而，这种对"存在"的强调只能使人物变得模糊、可疑，原欲和某种极端偏执的情结成为"先锋小说"和"新历史小说"塑造人物的概念和模式。

在"解魅"的同时，也仍然有作家试图进行"个性"与"命运"的探索，王安忆便是其中比较出色的一位。在《命运交响曲》里，王安忆借主人公的日记表达了这样的命运观：

> 我觉得人的命运是由两种力量促成的：一种是外在的、客观的，是个人几乎无法掌握和难以回避的力量；一种是自己的性格和意志，也就是自己灵魂里的力量。人们的命运之所以不同，后一种力量起着很大的作用。

王安忆的独特性在于，她并没有把主体与客体、个性与环境、命运与抗争对立起来，而把它们描述为一种"合力"的关系。这种主客观统一的命运观事实上是包容性很大的矛盾体，它可以从人生的成功中得出与命运抗争的伟大，也可从失败者中感叹认同命运的无奈。王安忆的创作表明，她感兴趣的更多是后者。杰拉德·霍夫曼指出："按照形而上学的观念，（悲剧）这个概念标志着有罪与无罪，自由

---

① 余华：《虚伪的作品》，载《余华作品集》第 2 卷，中国社会科学出版社 1995 年版，第 287 页。

与必然，有意义与无意义之间的不可取消的矛盾，它以同这些矛盾的斗争来衡量生命的意义和人的尊严。悲剧因素从整体上、根本上、绝对意义上提出了这一重大问题。"① 王安忆的命运观事实上意味着对"有罪与无罪，自由与必然，有意义与无意义"之间的相对、混融和调和，只不过对立的两者间仍竭力保持着依稀的界限——这便是王安忆比之于很多 20 世纪 90 年代作家所具有的建构性了，与此同时，王安忆的命运观也呈现出 20 世纪 90 年代作家共同的宿命色彩。比起对于命运的"反抗"，王安忆承认自己"更侧重于对命运的认同"②，在她笔下，人物总是显现为孤独、渺小的个体，又总是以其个性和意志促成着自己的必然失败，这是她的小说所揭示的人的根本困境。如《神圣祭坛》中被有力的意志催迫着却缺少行动能力的精神痛苦的贩卖者项五一、《歌星日本来》中为达目的不择手段、在观众的嘘声和倒彩中死不认输、整日把自己关在房间里借酒浇愁的山口琼、《叔叔的故事》中坚持把游戏当作生命信仰根基、最终不能逃脱命运惩罚的叔叔、《妙妙》中有着独特的审美追求、耻于归顺小镇主流的妙妙……这些人物，绝少具备能做出一番丰功伟绩的理想的英雄形象，然而其人格特征又往往带着些许"反抗的孤独英雄"的色彩。也是因为作者对于命运的认同，虽然人物在现实的挫折面前，往往表现出对自我欲求的执着，然而，发出的却不是"反抗者"的强音，没有产生崇高的美感，而更多的是一种无奈与悲哀。王安忆从来不在小说中设计任何理想主义的图示，对确定性的事物始终持有保留。失去了"从哪里来，到哪里去"的身份归属的个人"自

---

① ［美］杰拉德·霍夫曼：《后现代美国小说中的荒诞因素及其还原形式》，载［荷］佛克马、伯斯顿编《走向后现代主义》，王宁等译，北京大学出版社 1991 年版，第 218 页。
② 王安忆、斯特凡亚、秦立德：《从现实人生的体验到叙述策略的转型——一份关于王安忆十年小说创作的访谈录》，《当代作家评论》1991 年第 6 期。

我",只好在自己偶然的抉择、瞬间的转念,抑或茫然的追求、徒然的挣扎中走向冥冥之中已注定的失败结局。

应当说,王安忆的悲剧意识最可贵的地方便在于她的怀疑精神和理性批判色彩。《叔叔的故事》中,作者表达了自觉的"对一个时代的总结与检讨的企图"①,试图从"叔叔"的悲剧中,对一个时代进行清理,思考一代知识分子的命运。"叔叔"把历史理解为纯粹的被伤害史,理解为他的"自我"之外的异物,妄图通过抛弃和遗忘来进行超越。隐藏在"叔叔"华丽外衣下的自私、怯懦、虚弱、丑陋的肉身,成为20世纪80年代结束后才能完整展示出来的"灵与肉"的故事的另一个版本。对"叔叔"灵魂的洞穿,使讲故事的"我"与"叔叔"一起滑向虚无的边缘。然而,作者在拆除叔叔的神话时,绝不像先锋作家那样轻松痛快,而充满了悲悯、感伤和无奈,这种情绪因素的介入对作品的悲剧品格的保留无疑是关键的。作者努力抑制虚无,虽将这种怀疑和清理同时指向"我"和"我们",但保留"我们"的故事,以此表达通过怀疑重建"自我"的努力而又留下回旋的余地。《我爱比尔》中,作者同样没有以"抗争命运"来认同和美化阿三的灵魂,冷静地揭示了阿三性爱幻想的一厢情愿的、自欺的性质。阿三执拗地怀着对异国性爱的幻想,在经历几段失败的情感之后堕为暗娼,从一个单纯、自信的少女走向全面的溃败和人格的沦丧。阿三对西方文化的理解是片面而浅薄的,试图摆脱本民族、依附于西方注定了她的漂泊无根的生存状态以及悲剧性的命运。但就是这样偏执的幻梦,阿三仍深信自己是在追求情感和梦想,与那些同样穿梭于酒店大堂之间做着皮肉生意的女人不一样。也正

---

① 王安忆:《近日创作谈》,《中国现当代文学研究》1992年第10期。

是这种对自身合理性的"相信",使人物获得了作者的同情和悲悯。

然而,对理性的片面强调也使一些悲剧人物的人格显得苍白、单薄,缺乏生命的灵动感和丰盈感,沦为作者进行其关于"个性"与"命运"如何展开"合力"的逻辑推演的工具。在谈到"三恋"的创作时,王安忆说:"爱情究竟包含多少对对方的爱呢?我很茫然。"① 这种怀疑思想的指引,使她的表现性爱的小说也只是为了表现"性爱的物质力量"或者探究存在于人物命运中的"漏斗型的因果结构"②。于是,情节中出示的"激情"与"灵魂",失去了作为精神和美的意义,我们看到《荒山之恋》中的男女主人公几乎是在糊里糊涂状态中一起殉情,《小城之恋》中的男女主人公则纯然是懵懂、无知的动物式本能冲动,其个性、人格在作者对于"物质化力量"的强调中变得暧昧不明。当目的成为不确定的、可疑的,叙述的动机就只能止于过程。王安忆曾经这样表达过对于宿命论的见解:"马尔克斯对中国小说最坏的影响就是那种宿命的观念,《百年孤独》中第一句话就强调了宿命的理由。现在有很多小说在故事情节出现转折时,往往就来一句,这是命运的安排,好像有了命运这个最大的理由,其他理由都可以不要了,其实人物命运的转折,小说情节的转折,是需要小说家苦心经营的,大的转折都是小的转折积累的……"③ 显然,王安忆是从技术和叙事学角度反对宿命论的。丝丝入扣地展示"大的转折"如何由"小的转折"积累而成,描写人物怎样由不同的起点一步步抵达宿命的过程,表现主观与客观的力量是怎样在互相促发中推动着人物走向终点,成为王安忆的根本兴趣所在,

---

① 陈思和、王安忆:《两个 69 届初中生的即兴对话》,《上海文学》1988 年第 3 期。
② 王安忆、斯特凡亚、秦立德:《从现实人生的体验到叙述策略的转型——一份关于王安忆十年小说创作的访谈录》,《当代作家评论》1991 年第 6 期。
③ 王雪瑛、王安忆:《关于文坛和王安忆近期创作的对话》,《文汇报》2000 年 8 月 21 日。

也使王安忆对人本身和存在的悲剧性的关怀，越来越发展为对理性的逻辑力量以及叙事技术的推崇。《米尼》中，米尼在偶然邂逅阿康之后，生活就一点点地滑离正常的人生轨道，终至跌入罪恶世界，而米尼之所以能够被阿康所吸引，又是她的特定成长经历决定的。《长恨歌》中，故事一开始，十六岁的王琦瑶在片厂看到的第一幕，便预言了故事的结局，作者因而可以专注于过程的铺陈和推理，不必再继续逼问终极——这多少表现了作者对于价值虚无的无奈。王安忆自20世纪80年代末期以来，多次强调文学写作要多搞些机械论、实证论的工作，虽然对于整个文学界有合理性和必要性，但是于她自己却有矫枉过正之嫌，她的小说在结构的严谨缜密与血肉丰满的存在关怀之间，逐渐加深着一种深刻的裂痕，其根本原因，仍和精神资源的贫乏有关。尽管在小说的物质逻辑层面，王安忆能够层层推进，超越了对宿命了悟式的、一次性完成的简陋思维，但是她的精神思考和价值体系却仍是一个单线条的、缺乏纵深与精微层次以及某种深刻悖论的存在，因此呈现出与其强大的逻辑性不相称的精神的简陋。小说的悲剧意识及其作为艺术的本质说到底还是精神格局的外化，"逻辑推动力"等物质形式只是精神格局的产物之一而已，如果不扩展精神的广度与深度，而耽迷于过程的推理和物质形式的运营，不能不说是因小失大。

马尔库塞在其著作《单向度的人》中认为，艺术的使命在于达到"艺术的异化"，"马克思的异化概念表明了在资本主义社会中人同自身、同自己劳动的关系。与马克思的概念相对照，艺术的异化是对异化了的存在的自觉超越"[①]。这种艺术的异化一直"维持和保存着矛盾——即对分化的世界、失败的可能性、未实现的希望和背

[①] ［美］马尔库塞：《单向度的人》，张峰译，重庆出版社1988年版，第51页。

叛的前提的痛苦意识。它们是一种理性的认识力量，揭示着在现实中被压抑和排斥的人与自然的向度。它们的真理性在于被唤起的幻想中，在于坚持创造一个留心并废除恐怖——由认识来支配——的世界。这就是杰作之谜；它是坚持到底的悲剧，即悲剧的结束——它的不可能的解决办法。要使人的爱和恨活跃起来，就要使那种意味着失败、顺从和死亡的东西活跃起来"①。在王安忆的悲剧意识中，也能看到那种接近于"艺术的异化"的东西——心灵乌托邦的构筑与栖居。《乌托邦诗篇》中，作者发出诗意的祈祷："我只知道，在一个人的心里，应当怀有一个对世界的愿望，是对世界的愿望……我心里充满了古典式的激情，我毫不觉得这是落伍，毫不为这难为情，我晓得这世界无论变到哪里去，人心总是古典的。"王安忆在《乌托邦诗篇》中意外地出示了一种诗意的理想情境，尽管这理想如此模糊而漂移，而在其他作品中，王安忆将超越的欲望直接诉诸令人不满的现实。相对于完美而永恒的理想真实而言，现实永远是不真实的、片面的、腐朽的存在，王安忆表达着她的虽不尽有力但却是清醒的批判。然而，王安忆的悲剧意识又是不彻底的，她终究难耐现实的围困带给她的焦灼，对现实残缺性的认识转化为"个性"与"宿命"的"过程"设计，以此化解她的焦灼。那份关于存在的焦虑，那种属于"艺术的异化"的成分，在她滔滔不绝而又隐讳躲闪的倾诉中被消解了，于不经意间，实现了对现实的遵从和回归。

"新生代"作家毕飞宇的《青衣》，是近年来出现的一部较引人注目的悲剧作品。毕飞宇在谈到《青衣》的创作时说："人身上最迷人的东西有两样，一，性格，二，命运。它们深不可测。它们构成

---

① [美]马尔库塞：《单向度的人》，张峰译，重庆出版社1988年版，第51页。

了现实与虚拟的双重世界。筱燕秋身上最让我着迷的东西正是这两样。"① 女主人公筱燕秋有着嫦娥般古典怨妇的气质，浑身"弥漫着一股先天的悲剧性"，为了饰演嫦娥的理想，她不惜自虐，出卖肉体与尊严，她的忌妒、狭隘、恣肆、贪婪以及自我中心，无不源于她对自己的艺术梦想的狂热和痴迷。然而她最终还是失去了登台演出的机会，于是，她穿着单薄的戏装，于风雪之夜在剧场外忘情地边唱边舞，完全不顾自己的鲜血正滴落在雪地上。布拉德雷在谈到莎士比亚悲剧中的人物时说："几乎在所有这些主人公身上我们都看到一种显著的片面性，一种对某一特殊方面的癖性，一种在某些环境下对于朝向这个方向靠近的力量的抵抗完全无能为力，一种使整个存在跟一种兴趣、目标、热情或癖性等同起来的致命倾向。"② 筱燕秋的形象，也向我们呈示了一种"显著的片面性"，这使她的人格不乏"恶"的成分，但与苏童《米》中的五龙等人物体现在生存层面的"恶"不同，筱燕秋身上的否定性品格源自她超越世俗的、纯粹的艺术梦想，因而具有了"艺术异化"的审美意味。筱燕秋的形象与欧里斯庇得笔下的美狄亚、《呼啸山庄》中的凯瑟琳和希刺克厉夫、曹禺笔下的繁漪颇有几分相像，带有几分"恶魔性"（the daimonic）气质。作为西方文化的产物，"恶魔性"③ 有着鲜明的个性主义的胎

---

① 毕飞宇：《〈青衣〉问答》，《小说月报》2000 年第 7 期。
② 布拉德雷：《莎士比亚悲剧的实质》，载古典文艺理论译丛编辑委员会编《古典文艺理论译丛》（三），人民文学出版社 1962 年版，第 48 页。
③ the daimonic 起源于古希腊，在西方文学创作中有悠久的传统。陈思和曾对 the daimonic 有着较为系统的研究，本书对这一概念的借用参照了陈思和的研究。恶魔性指"一种与当时希腊国家所承认的诸神相对立的神灵，从正统的观点来看，也可以称之为'魔'"，"它以某种神秘的方式接近人，指示人的行为，也就是所谓的'魔鬼附体'"，"它对于当时的国家意识形态与社会秩序具有某种破坏性"，"被附体者对这种力量的服从高于一切，甚至于生命，因为他在这种对既成秩序的破坏中感受到一种未来新世界的创造"。参见陈思和：《试论阎连科的〈坚硬如水〉中的恶魔性因素》，《当代作家评论》2002 年第 4 期。

记，文学创作中的"恶魔性"人物往往有着极端偏执的个性倾向、超人的激情和意志，敢于为了某种自我追求以"恶"的手段与现实秩序对抗，其所蕴含的审美意趣应合了"悲剧英雄"对超常精神能量的要求。在古希腊悲剧中，从具有鲜明政治倾向的埃斯库罗斯到迷恋理性哲学的欧里斯庇得，当人物所显示的超强的生命能量越来越丧失"为他"性，而呈现出更为明晰的个人主义色彩的时候，"恶魔性"便应运而生。近代以来的西方悲剧作品中，也不乏这样的"恶魔性"人物，如司汤达笔下无信仰的现代个人主义者于连，梅里美笔下"为了一天的自由，宁肯烧毁一座城市"的卡门。20世纪90年代以后的中国当代小说中，多的是偏执性的"恶"和本能层面的"恶"，具有审美超越性的"恶魔性"人物并不多见，在此意义上，毕飞宇的《青衣》提供了一个较为成功的悲剧人格的范例。然而，比之美狄亚、凯瑟琳、卡门、繁漪，筱燕秋的形象显然缺乏个性层次上的丰满感，并且由于人物身份比较容易构设悲剧审美情境（如李碧华《霸王别姬》中的程蝶衣形象），也容易令人产生似曾相识的审美重复感。苏珊·朗格认为："悲剧命运就是悲剧人物的全部可能性的实现。在戏剧的发展过程中，人的可能性的实现逐步展示出来，而终于落得一场空。"[①] 应当说，筱燕秋的形象并没有展示出她的个性的"全部可能性"。为了表现筱燕秋的偏执的"奔月"梦想，叙事把筱燕秋的"本我"抽象为一个苍白、单薄的"冰美人"，人物的执拗情结更像是创作者的观念预设，而非发自人物本心和人性深处的某种激情的火焰。筱燕秋的"奔月"梦想事实上是一种个体化的宗教，这是人物在公共性神话衰退之后得以奏出生命强音的原因，然

---

① ［美］苏珊·朗格：《情感与形式》，刘大基、傅志强、周发祥译，中国社会科学出版社1986年版，第23页。

而，正如本雅明所说:"写一部小说的意思就是通过表现人的生活把深广不可量度的带向极致。小说在生活的丰富性中,通过表现这种丰富性,去证明人生深刻的困惑。"① 《青衣》事实上触及了"超越"/"异化"这一人类自我认知的两难困境,却由于对审美情境的过分沉湎而缺乏对"异化"的认知和反思,这隐隐昭示着"个体化时代"对悲剧创作的更为严峻的挑战。

在世纪之交的小说创作领域,出现了一些反映底层人物苦难的悲剧作品,如鬼子的《被雨淋湿的河》《上午打瞌睡的女孩》《瓦城上空的麦田》、尤凤伟的《泥鳅》、熊正良的《谁在为我们祝福?》、毕飞宇的"玉米"系列、东西的《耳光响亮》、荆歌的《计帜英的青春年华》等。这些小说试图强行超越绝对价值解体的现实语境,尝试着重新建立个人和社会的链接,以确立"个人"自我,寻求为个体"自我"立法的普遍价值立场。

鬼子是"新生代"作家里始终执着于社会批判的一位。《被雨淋湿的河》中,主人公晓雷由于无法认同父亲陈村的生存方式,无法与他自身的生存境域相融汇,带着孤独的少年理想开始了自我价值的艰难追寻。当他发现混乱无序的世界完全背离了自己的理想时,便自觉地进行种种反抗:先是以侠义精神临辱不屈,成为"又一个不跪的打工仔";接着以恶制恶,失手打死了不义的老板;后又为当地教师的工资被克扣而组织全县教师游行示威,揭露当权者的阴谋。然而,由强大的权力操纵的、受利益驱使的社会拥有任何个人都无法抗衡的网络,晓雷在落入法网前即被人不动声色地暗害了。晓雷的形象令人想起狄更斯、德莱塞笔下的人物,"悲剧之产生主要正在

---

① [德]瓦尔特·本雅明:《本雅明文选》,陈永国、马海良编,中国社会科学出版社1999年版,第295页。

于个人和社会力量抗争中的无能为力"①。然而，仅仅靠"正义"并不能扫平社会的不公，晓雷的悲剧命运在很大程度上又是他以自以为是的唐·吉诃德方式对抗庞大的现实风车的必然结果。作者没有回避在今天这个异常复杂的社会，"正义"本身的多元性，晓雷所做的一切都是以正义为立场的，但他却碰到了另一种正义——法律；晓雷斥骂给老板下跪的怀孕女工，却又是"人格"与最基本的生存保障之间的矛盾。作者无力在这些互相矛盾的基本价值之间进行选择，只有把困境展示给读者。小说中，与晓雷的必然失败的反抗不同，晓雷的妹妹试图以迎合方式达到自己的生存理想，最后做了"二奶"，沦为反价值系统的支持者和牺牲者；父亲陈村想以老实人的角色求得生活的平静，但结局却是拿不到工资，报销不了医疗费。作者对普通人生活际遇的悲悯，由于无法发现任何合理的、可实施的拯救法则，最终化为一种无能为力的宿命表达。

鬼子发表于1999年的《上午打瞌睡的女孩》讲述了一个贫困家庭的不幸生活。下岗的母亲为家人偷了一小块脏肉，灾难由此接踵而至：先是父亲由于和母亲的口角而离家出走，在寻找父亲的过程中女儿被诱奸，接着是母亲服毒自杀。从题材来看，这篇小说应当是典型的批判现实主义的悲剧作品，它尖锐地暴露了底层民众的生活困境，以及人在这种困境中的无望和无助，小说对苦难的书写，也以写实的方式把它推向极致。然而，小说情节的推展，始终依赖的却是一种由个性导致的偶然的逻辑。如果说这场悲剧最初的契机——母亲偷肉的原因是贫困，是社会向个人允诺的失败，接下来的一连串苦难事件则渐渐远离了传统现实主义的本质化批判。父亲

---

① 朱光潜：《悲剧心理学》，安徽教育出版社1996年版，第147页。

的出走直接导致了家庭的不幸，然而在母女两人苦苦哀告的情况下父亲的执意出走，与其说是出于对母亲行为出卖了人格尊严的愤怒，不如说是因为他的偏执顽固的个性，到了后来，又发展成为亲情责任感的尽失，而这些都与社会的公平与正义没有什么本质上的联系。父亲走得越来越远，再不回头，而母亲却始终执拗地以找到父亲作为母女俩的全部生活目标，甚至不惜牺牲女儿的学业，母亲的偏执个性又直接导致了女儿的苦难。于是，失去了本质的社会批判，最终却演绎为一场"个性悲剧"。

熊正良的《谁在为我们祝福？》（2000年）同样讲述一个贫困家庭的生活悲剧。一个下岗的母亲徐梅，费尽周折地想要拯救做妓女的女儿，最终在精神接近崩溃之际失手杀死了引诱女儿的皮条客。这似乎又是一个社会悲剧的题材，然而，问题是，做妓女却是女儿刘金娣自觉自愿的选择，而并非生活所迫。她毫无痛苦感，躲避着母亲的找寻，甚至给家里寄来一张印着一只象征着"自由和飞翔"的鸟的图案的明信片，表现出追求幸福理想般的洒脱和自信。后现代欲望的狂欢使作为社会抽象理念的道德观与个人自我抉择的道德意义在此发生了分裂。母亲的苦难的真实性和绝对性有赖于女儿的悲惨遭遇，然而，女儿的苦难却向着不同的审美趣味转移。社会现实的情形令作者似乎无法判定女儿的痛苦具有真实性和绝对性，也无法回避女儿的自我抉择、"脱贫致富"的要求中包含的合理性与平等观。抽象的、绝对的社会道德批判，在中国当下的现实和具体的个人遭遇中变得异常复杂。小说中，全家人渐渐都厌倦和反对母亲的找寻，认为她是自讨苦吃，作者也不得不把徐梅的悲剧责任推给"个性"与"宿命"："没有谁安排这一切，如果有，安排者就是我们自己。"价值冲突的困境瓦解了社会批判动机，徐梅的命运变成了个人的偏执性格导致的悲剧。徐梅作为一个绝对主义者的痛苦，却被作者以相对主义的方式加以叙述，这种分裂归根结底是道德批判的绝对本质产生歧义的结果。雅斯贝尔斯指出："以相对的真理来代替绝对，本身就是悲剧的堕落，就是悲剧知识的赝品。"①《谁在为我们祝福？》令我们清晰地看到了"悲剧的堕落"成为中国当代文学的事实。

尤凤伟的《泥鳅》中，作者试图以道德律令作为其绝对价值立场进行社会批判。在国瑞、蔡毅江、陶凤、寇岚、小齐这些来自乡村社会的打工者与都市人之间的对立冲突中，清晰地呈现出道德的两极状态：善良/自私、淳朴/贪欲、诚实/欺诈……至于小说设置的少数带着道德良知的都市人艾阳、常容容，则被归并入前者。于是，悲剧冲突的双方带着明确的价值标签，人性的优劣一目了然，这使作者对人性痼疾的揭示点到即止，往往稍有触及便借助大量的温情话语迅速地覆盖了其中隐藏着的文化沉疴，从而无力进行有力的追问。为了批判社会，主人公国瑞被作者赋予种种"弱者"的性格——自卑怯懦、软弱动摇、随波逐流、盲目乐观，然而，却又始终带着"无辜"的道德面具。如小说中，当国瑞得知寇岚为了营救他而主动卖身时，没有对社会的不合理提出任何质疑，甚至也没有产生丝毫愤懑的情绪，而只是在对寇岚的感激之余暗自遗憾女友陶凤不肯为自己作出这样的牺牲。叙事以无处不在的道德温情湮没了对人性的深层反思和批判，将国瑞等人的悲剧简单地归咎于欲望社会的不道德，最终也只好仍以"命运"作为底层人物无望人生的宿命注解。

---

① ［德］雅斯贝尔斯：《悲剧的超越》，亦春译，工人出版社1988年版，第114页。

东西的《耳光响亮》回避了当下的时代背景,选取了20世纪70年代末到80年代中期这一集体疗伤的历史时期,似乎也是为了让苦难具有某种绝对性和实在性。小说试图通过牛氏三姐弟带着深刻历史烙印的扭曲人格和悲剧命运,表现历史劫难对人的持久和潜在的伤害,这在某种程度上延续了《晚霞消失的时候》《波动》的思考。然而,小说呈现的大量人物的乖张与癫狂的行为细节,却很难说是历史创伤记忆注塑的结果。作者一面隐约召唤着温情、爱、牺牲和诗性理想的回归以求救赎;另一面却又压抑不住审美冲动,试图突破绝对性、必然性的逻辑和道德判断来展现人物的灵魂,必然地导致了价值立场的模糊与紊乱。叙事大量运用了反讽,文本中充满了荒诞意味的场景,人物的苦难和惨痛的生存体验,在与意义的连接上出现了游离与空白,小说对于悲剧性的反省与追问的主题因而变得飘忽不定。那些乖张、带有荒谬性质的细节以及对于人物心理暂时失衡过程中的诙谐表述,与其说表达了存在的关怀,不如说体现了作者对审美快感的追逐。

戈德曼指出:"对于悲剧意识来说,真正的价值是全体性的同义语,反之,一切折中的尝试都和极度的衰退是一致的。"① 以上这些作品中,作家试图超越具体历史语境的努力是显而易见的,然而以相对秩序或单一的道德价值立场来推演悲剧,却很难谈得上对于这个时代的文学究竟有多少建构意义,如德国哲学家奥伊肯所说:"我们寻找确定性,却堕入了极度的混乱。我们追求单纯的生活,却发现它是支离破碎、自相矛盾的。"② 笔者认为,当代中国的"个人",

---

① [法]吕西安·戈德曼:《隐蔽的上帝》,蔡鸿滨译,百花文艺出版社1998年版,第75页。
② [德]鲁道夫·奥伊肯:《生活的意义和价值》,万以译,上海译文出版社1997年版,第45页。

需要的不仅是重建信仰，还需重建理性，在尚未完成的现代性课题面前，只有走出群体主义的笼罩，在现代人文主义的立场上重建信仰，才能阻止它重新滑向乌托邦实践，才能在清醒的反思和批判中承认缺陷、直面虚无，从而战胜和超越它。米兰·昆德拉说："在一个外界的规定性已经变得过于沉重从而使人的内在动力已经无济于事的世界里，人的可能性是什么？"① 在这里，必须追问的是，对于中国当代小说的创作来说，悲剧接下来的可能性是什么？批判所赖以启动和持续的正面理想，它可能是什么？

---

① ［捷］米兰·昆德拉：《小说的艺术》，孟湄译，生活·读书·新知三联书店1992年版，第24页。

第四章　发现与置换：生命话语中的悲剧意识

　　悲剧的中心是人，通过生命的苦难与毁灭，反思人的生命的本质，追问生命的更高的可能性。通过生命的否定形式来实现对生命的肯定，构成了悲剧的基本悖反，这种对于生命的反思意识，是人类特有的意识，因而从某种意义上可以说，悲剧意识概括的是人类对生命本质的认识。尼采在分析古希腊悲剧时指出，"在欧里斯庇得之前，酒神一直是悲剧主角"，"希腊舞台上一切著名角色普罗米修斯、俄狄浦斯等，都只是这位最初主角酒神的面具。在所有这些面具下藏着一个神，这就是这些著名角色之所以具有往往如此惊人的、典型的'理想性'的主要原因"①，而作为悲剧起源的酒神狄俄尼索斯正是"无穷无尽的神秘的生命力的化身"②。进入20世纪，面对着信仰的断裂，"生命"重新成为现代哲学与艺术的中心理念。西美尔认为，每一个时代的思想都围绕着一个中心展开，这一中心理念支配着时代的所有问题的解答，如果说近代晚期的中心理念是自我，那么现代的中心理念就是生命，"生命既是自我，同时又超越自我，而且两者协调一致"③。在西美尔看来，"生命"作为现代的思想问

---

① [德]尼采：《悲剧的诞生》，周国平译，北岳文艺出版社2004年版，第38页。
② [英]吉尔伯特·默雷：《古希腊文学史》，上海译文出版社1988年版，第19页。
③ [德]西美尔：《生命直观》，刁承俊译，生活·读书·新知三联书店2003年版，第18页。

题解答的基础，只有触及"生命"概念，思想方为现代性的①。叔本华和尼采作为现代生命哲学的两个重要奠基者，同样提出了现代个人的生命意义问题："生命的意义是什么？它纯粹作为生命的价值是什么？""只有这第一个问题解决了，才能对知识和道德、自我和理性、艺术和上帝、幸福和痛苦进行探索。它的答案决定一切。它是惟一能够提供意义和尺度、肯定或否定的原初事实。"② 尼采之后的西方现代悲剧向着生命本体意识的回归，一方面表现出现代文化由极端个体主义导致的意义危机的深化，另一方面又表现出现代文化在对理性的反抗中挣扎着维系悲剧意识的努力，这似乎表明了"人类精神史的历程，是要唤醒流淌在人类血液中的原初记忆而达到完整人的复归"③。

由于"生命"的丰富内涵，"生命的悲剧意识"既不应仅仅理解为尼采所说的酒神精神的张扬，也不可泛化为一个无边的概念，大致说来，包含这样两种基本的内涵：一是由作为生命个体的"自我"与"本我"、"理性"与"感性"之间的悲剧性冲突来把握生命，如柯列根所说："我们如果要打开悲剧艺术之门，真正的钥匙就是必须承认一切悲剧在于人类的冲突，而且是从人性的基本分裂中产生出来。"④ 一是由死亡、灾难等危及人的生存和类的延续的极限处境来反观到的人的生命，也即与"死亡"相对照的对存在的领悟、对生之意义的寻求以及对反抗命运的生命力的激扬，吕西安·戈德曼指

---

① ［德］西美尔：《现代人与宗教》，曹卫东等译，中国人民大学出版社 2003 年版，第 15 页。
② 引自［德］西美尔：《现代人与宗教》，曹卫东等译，中国人民大学出版社 2003 年版，第 29 页。
③ 王岳川：《艺术本体论》，上海三联书店 1994 年版，第 72 页。
④ Robert W. Corrigan, Tragedy and the Tragedy Spirit, *Tragedy*, Edited by Robert W. Corrigan, published in 1981 by Harper & Row, New York, p.11.

出:"对于悲剧来说,死亡——这种自在的限制——是与一切悲剧的事变密切联系在一起的始终内在的实在。"正是每个个体都必须面对死亡的事实使悲剧意识成为"具体的本质的实现"①。"生命的悲剧意识"比之于广义的悲剧意识,强调人处于极限生存困境中的生命张力,前一种含意指向个体生命形式显现的人本体的极限困境,后一种含意凸现的则是危及人生存的极限处境。在悲剧创作实践中,两者常常是彼此胶着、相容共生的,只不过在具体的作品中往往有所侧重。

对于"新时期"以后始终处于急剧历史变革中的中国当代小说来说,由于凝固的文本与思想结构的蜕变,必然渴望一种动力去冲决僵死的规范,而生命意识所包含的浪漫激情与自由精神,使它天然地契合了时代的启示和现实变革的需要。"新时期"文学在改革开放之初产生的巨大轰动效应,很大程度上就在于它把发现和书写被意识形态遮蔽和遗忘的个体生命,当作进入主流意识形态的重要入口,并试图通过对个体感性生命的重新叙述和话语转换,建构新的价值观与文化秩序。在生命意识的躁动和宣泄中,当代小说表达的人生的悲剧性也开始带有愈来愈显明的生命色彩。

第一节 肉身的发现:"角落"、工具化与"准乌托邦"

古希腊德尔斐神庙上有一句神圣的箴言:"认识你自己!"卢梭认为这句话"比伦理学家们的一切巨著都更为重要,更为深奥"②。

---

① [法]吕西安·戈德曼:《隐蔽的上帝》,蔡鸿滨译,百花文艺出版社1998年版,第78页。
② [法]卢梭:《论人类不平等的起源和基础》,李常山译,商务印书馆1979年版,第62页。

对于刚刚经历过"文化大革命"的中国当代文学而言,寻找自我、建构合理的现代人性成为最迫切而又刻不容缓的使命。在对民族悲剧的历史成因的控诉和追问中,"现代个人"开始从驯顺懦弱、卑怯麻木的心理惯性和道德束缚中解脱出来,去感受人性本身所蕴涵的爱恨情仇的生命振荡,个体生命的感性欲望和本能冲动渐渐敞开。"禁欲不可能造就强大、自负和勇于行动的人,更不能造就天才的思想家和大无畏的开拓者及改革者。通常情况下,它只能造就一些善良的弱者,他们日后终会淹没在俗众里。"① 感性生命的解放是自我实现和个体独立的最基本的前提,文艺复兴和"五四"新文学都是从这里起步,对感性生命的询唤为"新时期"文学重返"五四"启蒙文学立场打开了历史的闸门。

生命的悲剧意识所指向的人性的二元冲突,以个人自我的充分觉醒为其存在的必然前提。在感性生命的凸显中,"新时期"文学对性爱题材的书写以其对极"左"政治和封建伦理道德的挑战,首先奏响了自我觉醒和人性释放的尖锐号角。叶蔚林《蓝蓝的木兰溪》中的赵双环、古华《爬满青藤的木屋》中的盘青青,都在本能欲望苏醒之后,主动冲决专制主义对人性的禁锢与压抑,义无反顾地去追求爱情和个人的幸福。雨煤的《啊,人……》则更为大胆地正面描写了农家出身的地主小妾肖淑兰和少爷罗顺昌之间的一段超阶级、悖伦理的爱情:"只要我喜欢,你喜欢,那就由不得旁人了!"性爱在这里,是以自然欲望形式显现的个人的尊严感和自主性,因而在这些小说中,极"左"政治被视为与封建宗法势力、伦理道德一样的摧残和压抑"个人"的罪魁祸首。在"压抑/被压抑""摧残/被摧

---

① [奥]弗洛伊德:《性爱与文明》,滕守尧译,安徽文艺出版社1987年版,第275页。

残"这种力量对比不均衡的冲突结构中，个人如何实现反压抑、反摧残的诉求？在《蓝蓝的木兰溪》和《爬满青藤的木屋》中，由于故事发生于"文化大革命"尚未终结之时，两位女主人公皆在走投无路的情况下与相爱的人一起出逃或失踪，结局所暗示的光明以及故事的传奇性显然削弱了对于"压抑"的批判。《啊，人……》的时间跨度则从1949年前一直持续到"文化大革命"后，个人在被压抑中渐渐失去了反抗愿望，当肖淑兰和罗顺昌终于在粉碎"四人帮"后获得了相爱的合法性，可是经过几十年压制和奴役的他们却由于害怕而不知所措、犹豫不决。这几篇小说基本上都没有触及"反压抑"的实现，张弦的《被爱情遗忘的角落》则从更为敏感的欲望本能的角度触及了这一问题。

《被爱情遗忘的角落》（1980年）可谓是"新时期"之初从欲望本能层面切入对历史悲剧思考的经典文本。小说通过母女两代人的三种不同的爱情和婚姻状况，揭示精神荒芜和物质匮乏对人的压抑和褫夺。叙事的重心是"文化大革命"的特定历史时代里，由原始的本能冲击"传统的礼教、违法的危险以及少女的羞耻心"的悲剧性后果：偷食禁果的男女主人公沈存妮和小豹子分别以自杀和被判刑告终。尽管叙事明确地肯定了本能欲望的合理性，但沈存妮和小豹子（这一"命名"与被囚的命运，流露出作者对爱欲冲动的动物本能定位）的性行为本身，在叙事中并不具有赵双环、盘青青以及肖淑兰那样的主动反抗"压抑"的意义，而主要是被作为"压抑"造成的悲剧性结果以及精神荒芜的"症候"加以表现的。沈存妮和小豹子的性爱关系，由于缺乏高于动物本能的精神因素而没有构成自觉的反抗，他们的悲剧结局事实上提出了一个以"爱情"为统摄的精神问题。这一精神问题不仅指涉着两位当事人的精神缺席，还指涉了特定时代的人们对自然欲望的扭曲理解，因而才在沈荒妹心上留下难以愈合的伤痕。"反压抑"的叙事诉求也正是在这一精神问题上体现出来的。然而在作品的结尾，作者找到了解放压抑的武器，是"让农民富裕起来的文件"。作者在构思《被爱情遗忘的角落》时，曾经"苦恼于看不到他们的出路，就在这时，三中全会的公报发表了"，作者感到："太对了！吃不饱肚子什么都是空的呵！我心里豁然开朗，找到了这个'角落''被爱情遗忘'的根源，我含着悲酸的泪也含着光明的憧憬动笔了。"① 在这里，爱欲的实现以温饱欲的满足为前提，而温饱欲的满足则完全仰赖政治的变革，于是，存妮和小豹子关于爱情和欲望的悲剧故事，成为歌颂解决温饱问题的基本国策的宏大叙事，"反压抑"最终被转换为对现实的肯定。欲望的"角落"被发现了，但被"爱情"遗忘的这个"角落"被"政治"发现之后，爱情是否有望"出场"却仍是一个悬而未决的问题。乌托邦的政治前景对"角落"的中心化整合，显然有效地转移了问题的重心并抹平了问题。

　　主流意识形态话语对欲望话语的这种转移和抹平，似乎印证了福柯在《性史》中谈到的有关性的政治策略。福柯认为，谈论和反抗压抑（尤其是性压抑）与启蒙理性、追求真理和自由解放之间，存在着天然联系："我们迫切地要从压抑的角度来谈论性的焦灼背后，无疑有一种支柱，那便是我们有这样的机会能无拘无束地出口反对现存的种种权力，说出真理，语言极乐，将启蒙、解放与多重的快感联系在一起，创出一种新的话语，将求知的热情、改变法规

---

① 张弦：《惨淡经营——谈我的两个短篇的创作》，载杨同生、毛巧玲主编《新时期获奖小说创作经验谈》，湖南人民出版社1985年版，第240页。

的决心和对现实欢乐的欲望紧密结合起来。"① 在福柯看来，谈论性压抑作为有关性的政治策略的一部分，它与启蒙和关于自由与解放的新的权力话语之间，同样存在着肯定与否定并存的对立统一关系：启蒙话语在谈论压抑和叙述欲望的同时，也掩盖并制造着压抑；当人们被鼓励谈论压抑，并且自以为已经获得自由与解放的时候，他们却被权力更牢固地控制起来，受到更深的压抑，而且对更深的压抑习以为常、熟视无睹。这凸显了欲望、压抑以及解放的承诺在具体历史情境中的复杂性及其背后深藏的权力关系。对中国当代小说来说，"角落"的发现，即感性生命和自然欲望的诉求在中心话语的整合下，获得了话语表达的合法性，它作为个人自我确立的前提，在"新时期"小说的启蒙叙事中自然而然地被进一步凸显。对于个人与现实的悲剧性冲突来说，"个人"借自然感性诉求获得存在的地盘，悲剧叙事因而才成为可能，然而，当个人的生命诉求始终能够被主流意识形态话语所整合，叙事就不可能在理性层面真正完成个人"自我"和现实的分裂，个人的"反压抑"诉求也因而只能转化为希冀现实赐予"幸福承诺"的乌托邦的过程。福柯认为启蒙与解放的新的乌托邦"只不过是神学的一个变种"②，因而反对"压抑假说"把启蒙视为对压抑的解放。但对于中国当代"新时期"这些小说来说，福柯的权力分析虽揭示了问题，福柯的观点却不宜用来解决问题。尽管这些"新时期"小说"反压抑"话语也极其鲜明地凸显了现实权力对"反压抑"话语的控制，但由于现代化的、个人化的思维方式始终未能确立，反压抑的启蒙话语尚未突破旧有的压抑

---

① [法] 福柯:《性史》，张廷琛等译，上海科学技术文献出版社 1989 年版，第 8 页。
② 李银河:《福柯与性》，山东人民出版社 2001 年版，第 77 页。

机制，个人的尊严和生命的价值也并未被允诺为绝对价值，"反压抑"话语所受的权力控制表明的就不是启蒙的不必要，而是启蒙的不彻底。悲剧所肯定的人的尊严和生命的价值，以及对人和生命的更高的可能性的追求，也应当是文学的永恒追求，只有在此基础上，谈论压抑、反抗等问题才有其根本意义。只有当"反压抑"的启蒙话语本身成为个人所面对的根本的压抑时，才接近于福柯反思的领域。正如弗罗姆所说："人只有体验过孤独并且结束了自己以及世界的异化阶段之后，在完成真正的人的诞生之后，才能达到新的和谐。这种新的和谐的前提是，全面发展人的理性，直到理性不再妨碍人直接直观地把握本质。"①

自然欲望是个人自我的确立的前提，但不是个体自我的全部，当个人不能通过理性的自我反思达到真实而完整的内在自我的重建，自然欲望的描写完全可能导向个体生命意识的反面，非但不能构成本质化的价值尺度，反而被自觉不自觉地施以工具化的利用。张贤亮的《男人的一半是女人》（1985年）表面上似乎也延续了"反压抑"的主题。小说中出现了大量的性描写和性话语，自然本能不仅作为个人存在的合理要求，且对于章永麟的自我拯救与自我超越起了决定性的作用。表面看来，小说叙述了高度压抑的政治环境对人的生理机能和精神状态的毁灭性打击，揭示了"政治压抑与生理压抑的同构共生现象"②。然而，章永麟自我拯救与自我认同的结果，却转向对自然欲望的否弃，曾经"生动得无可名状"的黄香久在他眼里也变得"肉感而又愚蠢"，自然本能的满足不过是他修复被压抑

---

① ［美］弗罗姆等：《禅宗与精神分析》，洪修平译，辽宁教育出版社1988年版，第121—122页。
② 陈晓明：《无边的挑战》，时代文艺出版社1993年版，第164页。

的"自我",以回归"政治"和"群体"的工具。缺乏必要的反叛性与反思能力,章永麟的人格自我表现出一种循环式的"认同智慧":被"政治"和"群体"贬抑和否弃,就退回本能欲求的认同。对章永麟来说,性其实并不具有任何独立的自我认同意义,他的性能力的恢复被叙事解释为一次抢救集体财产的结果,他在获得原来否弃他的群体力量对他的肯定之后,方恢复了本能,而性能力的恢复又导致社会超越欲求("政治")的恢复。在中国传统文化中,作为儒家文化理想的"仁"追求的就是"二人关系",具体反映在"国""家"两个层面上,就是对君臣、夫妇关系的追求[①]。士人追求君臣关系而不得,就生出关于"国"的悲情,于是退回夫妇关系的追求,被政治抛弃时,夫妇关系成为诗意人生的寄托;当士人重新鼓起入世之心、社会政治暗示了某种希望时,夫妇关系往往又被视为庸俗化的现实人生形态而被批评扬弃。章永麟的"性"与"政治"自然有着超出传统的"家""国"的现代认同意义,但与传统文化心理却又有着惊人的契合。在章永麟被"革命"遗弃时,散发着地母般光辉的马缨花(《绿化树》)以其劳动大众身份充当着"人民"的精神意义,为章永麟提供给养和安慰,章永麟向马缨花求婚,与其说是出于爱情,不如说是为了向着更高的精神境界超越的一种方式;在章永麟被革命浪潮所召唤时,黄香久以其世俗、庸常、毫无精神追求的日常情态沦为被贬抑的"个人"。但无论是马缨花还是黄香久,章永麟对她们的离弃却是注定的。对时代的反叛能力和通向灵魂的内省被阉割,使这两篇小说所描写的主人公章永麟的受难,通过自然本能的转换功能而消弭了自我与社会政治现实的分裂感,而被弃

[①] 张法:《中国文化与悲剧意识》,中国人民大学出版社1989年版,第25—26页。

的马缨花、黄香久，原本就是一个帮助章永麟实现主体想象的"他者"，更无法生成情/理的悲剧冲突结构。

　　从《绿化树》到《男人的一半是女人》已然表明，自然本能的单维呈现，并不能生成作为价值主体的"个人"自我，从而不能使"生命"成为本体化的价值尺度，不仅如此，本能话语的膨胀由于有效转移和偷换了个体的痛感，反而可能导致对理性反思的阻滞，这进而又导致二元对立思维的大行其道。在章永麟视为灵魂寄托的《资本论》和他借以自我拯救的本能欲求之间，存在着明显的对立，叙事对两者的对立，先是抹平——总要解决了基本的生存需求才能看《资本论》（而马缨花、黄香久之所以喜欢他并为他提供食、色，也主要是因为他有文化），继而否弃后者，使后者沦为工具。因而章永麟对马缨花随时徘徊在两种对立的情感之间：他饥寒落魄时对马缨花感激涕零；一旦食、色的本能欲求得到满足，就会为马缨花用"美国饭店"的方式养活自己而倍感受辱。同样，在《男人的一半是女人》中，章永麟先是自卑怯懦、丧失性能力，而一旦恢复，就对黄香久生出嫌弃和怨恨。在精神分析理论中，"想象性认同"是主体生成的第一步，然而在包括《绿化树》在内的相当多的"新时期"小说文本中，这却是中国主体唯一的一步，是跨出去的同时便注定要遭到挫败的一步。在"政治"与"本能"构成的二元关系格局中的当代主体，由于"政治"并非个人所能掌控，一旦失势，就转向"本能"寻求平衡，但"政治"一旦不存在，"自我"沉入虚无之境就在所难免。这样的"想象性认同"给主体带来的是空前的困境，对于"镜中之我"，他既不能不看，又不能真看——每一次真的认同都旋即自动破灭，他非但没有得到，反而一次次丧失了确定"那就是我"的机会。作者后来的"习惯死亡"，通过女人的怀抱"向自己证明我还活着",仿佛从一个具有过父亲权威的主体,退化到孩提式的初次感到阉割威胁的阶段,而他的经验理性无法提供任何抵御。《男人的一半是女人》《绿化树》这表面上的"灵与肉"的故事,却恰恰因缺乏了"个人"的灵与肉的冲突,而升华不出悲剧情境。

郑义的《远村》(1983年)把《被爱情遗忘的角落》等小说中的"反压抑"主题真正向前推进了一步。《远村》的基本故事情节是杨万牛与叶叶在匮乏、不自由的年代里"拉边套"① 的爱情悲剧,在讲述这个凄楚哀婉的爱情故事的同时,小说的叙事自始至终充溢着对生命的咏叹和赞美,"反压抑"的意向正是通过对人和自然生灵两种截然不同的生命状态的对比表现出来。在杨万牛和叶叶所经受的压抑、矛盾和痛苦的映照下,非"人"的黑虎成为自由生命的象征——不仅是主人公"理想自我"的投射,而且是民族形象的隐喻。对自然欲望的追求及其所蕴含的蓬勃的生命力,在这里已不仅仅是等待被发现、被承认的"角落",而是民族和个人所共同追求的理想,因而带有乌托邦的性质,然而,却只能称之为"准乌托邦"。自托马斯·莫尔以来的"乌托邦"学说各有侧重,但"乌托邦"的概念却始终包含着"对现实的不满"和"对完满生存的幻想"。作为此岸的理想建构,"乌托邦"具有"非现实"的幻想性,如别尔嘉耶夫所说:"为了和谐的根本不可能实现和只是一种幻想,是乌托邦的主要和无可争辩的特征。人生活在支离破碎的世界之中并幻想这作为整体的世界。"② 托马斯·莫尔也因此而在《乌托邦》的结尾说:"我愿意承认,乌托邦社会中固然有许多事情也是我们希望能够在我

---

① "拉边套":晋中农村风俗,指情人公开或半公开地加入情妇的家庭,与其丈夫一起维持全家的生活。
② [俄]别尔嘉耶夫:《精神王国与恺撒王国》,安念启、周靖波译,浙江人民出版社2000年版,第113页。

们各邦实现的,但我们却不能期待。"① 与此同时,"乌托邦"还具有"反现实"性,如恩斯特·卡西尔指出的:"乌托邦的伟大使命就在于,它为可能性开拓了地盘以反对对当前现实事态的消极默认。"② 曼海姆在《意识形态与乌托邦》中则指出,"历史上任何一个时期虽然都包含着一些超越现存秩序的观念,但是,这些观念并没有作为乌托邦而发挥作用;毋宁说,只要它们都可以'有机地'、和谐地与其时代所特有的世界观结合成为一体(也就是说,他们并不提出革命的可能性),它们就都是有关这个生存阶段的适当的意识形态",因而,"我们不应当认为所有与直接存在的情境不相称,所有超越直接情境的(从这种意义上说,所有'背离现实'的)心灵状态,都是乌托邦状态。我们认为,只有那些具有超越现实的取向的心态才是乌托邦心态,而当这些乌托邦心态贯彻到行为举止之中的时候,它们就会或者部分,或者全部地破坏当时处于主导地位的事物的秩序"③。对于悲剧创作而言,乌托邦的"非现实"性与悲剧的虚构性和理想性有着亲和,更重要的是,它的"反现实"性也与悲剧的批判眼光相一致。在小说《远村》的结尾,"政策变了",生命的"春天"也就来了。一方面,随着"文化大革命"的结束,"不自由"成为历史,在大段"春回人间"的自然歌咏中,杨万牛带着叶叶为自己留下的名为"狗狗"的儿子,感到"他从来没有像现在这样想活","生活中有一种像春天一样充满生命力的召唤",而杨万牛的侄子番成子也终于摆脱了"拉边套"的命运,与转英子终成眷

---

① [苏]考茨基:《莫尔及其乌托邦》,关其侗译,生活·读书·新知三联书店 1963 年版,第 67 页。
② [德]恩斯特·卡西尔:《人论》,甘阳译,上海译文出版社 2003 年版,第 96 页。
③ [德]卡尔·曼海姆:《意识形态与乌托邦》,黎鸣、李书崇译,商务印书馆 2000 年版,第 229 页。

属,现实和理想至此熔于一炉,自由的生命宛然已成为现实的馈赠。另一方面,杨万牛(也是作者)把对自由生存和完美自我的想象投射到黑虎身上,便得以在自身不自由、不幸福的生活里体验到自由和奔放、强健和欢乐,这种神话巫术式的交感互渗,部分地抵消了理想和现实的落差,杨万牛正是靠着这种想象接受了"拉边套"的苦涩现实。叙事极少正面剖析和追问杨万牛和叶叶的爱情悲剧中包含的理想与现实、道德与情感的悲剧性冲突,而只用大量笔墨表现杨万牛的苦涩、感伤的情绪,不断地让杨万牛回忆与叶叶热恋的情景,用昔日的甜蜜反衬今天的苦涩。作者无意去翻检人生悲剧的深刻底蕴,也不去反思杨万牛的真实生存处境,而只是一味地咀嚼着痛苦,玩味着对这悲剧的预感,一种因为无法摆脱厄运便干脆放弃努力的软弱,甚而从这软弱中进而体会到一种生命的坚忍,一种不自觉的心理安慰和满足。杨万牛应对生命的压抑处境的全部心理和行为机制,概括起来,一为"盼"(他给女儿即取名为"盼盼"),一为"忍"。如果说"忍"表达了一种被动的自我与现实的分裂,那么"盼"又把自我与这种现实同一化,两者一起凸显出个人主体的被动性。西美尔强调"自由",首先就是个体的行为能充分表达自己:"假如灵魂并非在通往自己的道路上找到了拯救,而只是灵魂在寻求拯救,那么这种拯救就不是灵魂的拯救。"[①] 《远村》中,杨万牛对"自由"盼而终得之,自由的生命理想不过是现实给予的结果,是政治乌托邦的派生之物;"忍"则在主体的实际行为层面消解了自由理想的反现实性。因而,文本中所构设的这种自由理想,无论在"反现实"还是"非现实"的意义上都是不完整的,这种能够与现实

---

① [德]西美尔:《现代人与宗教》,曹卫东等译,中国人民大学出版社2003年版,第139页。

相融合的生命的"准乌托邦",尽管使个人的情感、想象和独特的生命故事从公共性伤痛中凸现而出,然而,却同样抑制着成为"个人"的理性反思。

某种意义上,表现个体的"灵"与"肉"、"自我"与"本我"冲突的生命的悲剧意识,是衡量个人自我意识是否生成、是否孕育成熟的最严格的标准,它使悲剧暴露的困境聚焦于个体"自我"内部的分裂,不仅要求个体生命成为绝对的价值尺度,还要求着"自我"与"本我"、"灵"与"肉"的相对平衡所导致的张力,这样的悲剧冲突所表现的正是人的"灵魂的深"。"悲剧性的世界图景总是包含着挣扎的迹象"①,这挣扎不仅来自人对外在现实的反抗,更来自人的内心,所以伟大的悲剧作品往往都流贯着生命的悲剧意识。西美尔把"生命"定义为"个体的统一体","这统一体在整体方面远远超过我们肉体本身"②,生命表象体现为具体的肌体(肉身)与灵魂的相互作用。在此基础上,西美尔提出"位格"的概念。"生命"的概念就意味着"位格"本身的生成,"位格"不是某种实体,而是"一个事件""所有要素之间相互影响之形式符号的事件",是"肉身肌体的形式通过延伸到灵魂此在而得到的提高和完善"。③ 西美尔所说的"位格"的意义,就在于揭示出生命是由肉身向灵魂延伸的动态过程。在这一动态过程中,低级生存阶段的生命体只是高一级生存阶段的生命体的片断:肌体是肉身的一个片断,肉身也不过是"位格"的一个片断。反过来,对于低级生存阶段的生命体来说,高一级生存阶段的生命体是其生命演化的形式:肉身是肌体的

---

① [德]雅斯贝尔斯:《悲剧的超越》,亦春译,工人出版社1988年版,第38页。
② [德]西美尔:《现代人与宗教》,曹卫东等译,中国人民大学出版社2003年版,第64页。
③ [德]西美尔:《现代人与宗教》,曹卫东等译,中国人民大学出版社2003年版,第62页。

统一体形式,"位格"是肉身的形式①。按照西美尔的说法,无论是欲望"角落"的发现,还是生命的"准乌托邦"呈现,抑或工具化的书写,"新时期"初期这几篇在生命欲望话语的表达上较有代表性的小说,生成的不过是"生命"的一个片断,还未从"肉身"这一形式中延伸出自我生命的"位格"。倘若个体自我的"灵魂"始终未能因"肉身"的觉醒而真正从现实中分裂出来,"反压抑"的可能性还将是什么?

第二节 迈向"位格"的肉身

莫言的《红高粱家族》(1986年)也许可以称得上是当代小说对于原始生命力的极致演绎。这篇被视为"寻根文学"最后的代表作②的小说,对于当代小说的悲剧意识来说,同样有着某种分界线的意义。于"无边无际的高粱红成汪洋的血海"之中的"我爷爷""我奶奶"的敢爱敢恨、恣肆狂放,以空前的冲击力令人感受到了升腾于其间的生命力的强劲。生命力在此终于上升为一种凌驾于一切伦理道德和现实秩序之上的绝对尺度,无论是生命力的破坏性还是生产性,莫言基本上都是以一种肯定的态度来表现的,这使他的"反压抑"的范围不仅指向当代政治文化,而且指向一切褫夺、锈蚀生命力的腐朽文明,对于生命力和生命感觉的张扬以及对文明的批判成为莫言小说的一个核心主题。

在《红高粱家族》中,野生的"红高粱"是祖辈充满蓬勃野性

---

① 刘小枫:《西美尔论现代人与宗教》,载[德]西美尔《现代人与宗教》,曹卫东等译,中国人民大学出版社2003年版,"编者导言",第16—17页。
② 陈晓明:《陈晓明小说时评》,河南大学出版社2002年版,第132页。

的旺盛生命力的象征，而劣质、孱弱的"杂种高粱"则是"满脑子机械僵硬的现代理性思维"，并有着一具"被肮脏的都市生活臭水浸泡得每个毛孔都散发着扑鼻恶臭的肉体"的"不肖子孙"的隐喻。崇尚原始生命力的立场使莫言不假思索地把批判的矛头指向"理性"和"现代文明"，与此相对的是重构一个既往时代的乌托邦的冲动。神学家保罗·蒂里希将乌托邦分为两种——"向后看的乌托邦"和"向前看的乌托邦"①，莫言所要向我们展示的，无疑是一种"向后看的乌托邦"。"追求黄金时代的乌托邦都表现出一种三段式运动：原始的现实化，即本质的现实化；堕落而疏离这种原始的现实化，即现在的状态；作为一种期望的复归，在其中已经堕落而疏离原始状态的事物将得到恢复。这种三段式运动的一个显著特征就是，使用这一象征手段的人都意识到（几乎毫无例外），在他们的时代，在他们本人生活的时代，已达到了堕落的最低点。而乌托邦的产生，恰恰是这最后一个阶段。"②《红高粱》中的叙述人"我"之所以要讲这个故事，在于"我"清醒地认识到，自己家族在爷爷和奶奶时候是显赫的，但从父亲开始就出现了"种的退化"，"我"要通过这个故事来"召唤"家族祖先的英灵。以现代文明和理性作为靶子、只"回顾"而非"前瞻"式的乌托邦，决定了祖辈的辉煌只能作为已经故去的往昔不再复归，这使小说的叙事在重现辉煌的背后必然伴随着深切的焦虑乃至悲哀。某种意义上，莫言一次次地把笔触伸向历史，挖掘极致的生命力和生命感觉，也是在期望着对现实焦虑的缓解，然而，这也几乎注定了化解焦虑的无望。极度的张扬背后总是联结着极度的衰败——尽管叙事总是有意无意地竭力压抑后者，

---

① ［德］保罗·蒂里希：《政治期望》，徐钧尧译，四川人民出版社1998年版，第171页。
② 段炼：《黄金时代》，《博览群书》2003年第4期。

这在后来的《檀香刑》中发展到极致①。

《红高粱》中，作者的目的显然不是抒发颓败的悲剧性感受，与此相反，小说文本所竭力奏响的是发生在"过去"的辉煌乐章。《红高粱》所展现给我们的，是杀人越货的土匪和精忠报国的英雄驰骋纵横的世界，是没有理性约束也没有道德修饰的充满情欲和暴力的世界，潜藏着的强悍的本能与欲望在这里"迸然炸裂"，"蔑视人间法规的不羁心灵"在这里尽情地挥洒和宣泄。尼采说："肯定生命，哪怕是在最异样最艰难的问题上；生命意志在其最高类型的牺牲中，为自身的不可穷竭而欢欣鼓舞——我称这为酒神精神，我把这看作通往悲剧诗人心理的桥梁，不是为了摆脱恐惧和怜悯，不是为了通过猛烈的宣泄而从一种危险的激情中净化自己（亚里士多德如此误解）；而是为了超越恐惧和怜悯，为了成为生命之永恒喜悦本身——这种喜悦在自身中也包含着毁灭的喜悦。"②被尼采视为悲剧的灵魂的酒神精神，在莫言的《红高粱》中得到了无比明晰的显现。《红高粱》中的"我奶奶"戴凤莲临死前有段精彩的生命叩问：

> 天，什么叫贞节？什么叫正道？什么是善良？什么是邪恶？你一直没有告诉过我，我只有按着我自己的想法去办，我爱幸福，我爱力量，我爱美，我的身体是我的，我为自己做主，我不怕罪，不怕罚，我不怕进你的十八层地狱。我该做的都做了。该干的都干了，我什么都不怕。

---

① 《檀香刑》中的两位主要人物刽子手赵甲和猫腔艺人孙丙，前者是行将终结的中国封建政治文化孕育的变态人性，后者代表了民间的原始浑朴、自由自在、激情重义的生命形式，然而却被前者施以极刑，从而宣告了这一生命形态的终结，人物身份与命运的设置本身就弥漫着历史的颓败气息和浓重的悲剧性意蕴。
② [德] 尼采:《偶像的黄昏》，周国平译，光明日报出版社 1996 年版，第 101 页。

这种超越了"恐惧和怜悯"的看待死亡的生命姿态，洋溢着尼采所谓的"生命之永恒喜悦"，其立足于自然生命立场上对于传统伦理的蔑视，也与尼采的"重估一切价值"相吻合。生命力的立场，使戴凤莲这段关于生命意志的剖白流露出一种极端个体化的倾向——然而，这种个体化又裹挟着内在的矛盾。尼采从叔本华那里继承了"生命意志是世界的本质"和"个体化原理是现象的形式"的观点，但是不同于叔本华把悲剧看作由否定"个体化原理"进而对整个生命意志的否定，尼采把悲剧看作通过否定"个体化原理"进而对整个生命的肯定。在尼采看来，悲剧之所以给人以"个体毁灭时的快感"，是因为它"表现了那似乎隐藏在个体化原理背后的万能的意志，那在现象彼岸的历万劫而长存的永生"①，是"个人的解体及其同太初存在的合为一体"②，因而，"不管现象如何变化，属于事物之基础的生命始终是坚不可摧和充满欢乐的"③。尼采用古希腊酒神狄俄尼索斯的形象，来命名的就是这种个人解体而同世界本体的生命意志合为一体的陶醉情境，称之为酒神境界："纵使有恐惧和怜悯之情，我们仍是幸运的生者，不是作为个体，而是众生一体，我们与它的生殖欢乐紧密相连。"④从表象上看，这也正是莫言笔下"我爷爷""我奶奶"们所展露出的生命境界。

　　追问个人的生的意义的问题，就无法回避个人与某种超越个人的整体之间的统一，小我与大我、有限与无限的统一，即尼采说的"个人注定变成某种超个人的东西——悲剧如此要求"⑤。悲剧要求着个人与整体的统一，也即对纯粹、绝对的个人和整体立场的穿越。

---

①④　[德] 尼采：《悲剧的诞生》，周国平译，北岳文艺出版社 2004 年版，第 66 页。
②　[德] 尼采：《悲剧的诞生》，周国平译，北岳文艺出版社 2004 年版，第 31 页。
③　[德] 尼采：《悲剧的诞生》，周国平译，北岳文艺出版社 2004 年版，第 27 页。
⑤　[德] 尼采：《悲剧的诞生》，周国平译，北岳文艺出版社 2004 年版，第 123 页。

尼采因而用宇宙生命来作为悲剧中的"整体",赋予个人的生存以意义,要求个人站在绝对的宇宙生命的立场上来感受永恒生成的快乐,其中包含毁灭掉的有限个体的快乐。尼采提出的这种似乎高蹈玄虚的生命境界,事实上就是要用个人生命本身的力量去战胜生命的痛苦,把战胜痛苦的过程中感受到的生命的欢乐作为生命本体的欢乐。如果站在另一个角度上,也可以说这是对个体原则的扩张,因为这样的个人在与苦难的抗争中,唯其以自己的心灵和超强的意志去体验宇宙生命的永恒召唤,没有上帝的指引,也没有社会理念的支撑。在此理论背景下反观莫言的小说,《红高粱》中的余占鳌、戴凤莲的个体生命力逻辑的背后,赋予其行为以意义的"整体"是什么?

余占鳌、戴凤莲们所表现出的酒神精神和生命强力当然只能是中国式的,作为其精神的构成,不仅有作家从民间文化和草莽文化中发掘出的鲜活的生命力量,更有因个人与作为"整体"的民族相统一而获得的力量,可谓是传统与现代的奇异组合。余占鳌、戴凤莲们生命的蛮野、欲望的粗粝以及行为的无所顾忌,尽管大大僭越了文明的成规和传统的文化历史观念,然而其生存方式和行为却基本上都能被宏大叙事的"正义"框架所整合。他们不仅是英勇抗日的民族英雄,他们的野合也具有追求自主婚姻的个性解放意义。当豆官告诉余占鳌他的手下人对戴凤莲的性猥亵话语时,余占鳌尚记得提醒儿子"枪子儿先向日本人打"。小说中另一个人物余大牙,同样有着高粱地里的蛮野与粗粝,然而缺乏民族正义事业的铺垫,他的恣肆情欲结果只能被叙述为"强奸民女",被叙述者"我"认为"死有余辜"。作为"高粱地的种子",叙事安排他在被余占鳌枪决时表现出"英雄气概",而这种英雄气概却仍然源于他在临死时大唱的抗日歌曲。正是民族正义这一"整体",为个人的生命力提供了根本的意义支撑,奏出了生命力的强音,然而,这里潜藏着的危险就是,一旦脱离"民族"这一意义框架的直接规定,"个人"是否还能创造出尼采所谓的充满"生命本体欢乐"的人生?当代学者刘小枫把现代叙事的发展历程分为两类:"人民伦理的大叙事"和"自由伦理的个体叙事"(以下分别简称为"大叙事"和"个体叙事")。前者"看起来围绕个人命运,实际上让民族、国家、历史目的变得比个人生命更为重要",而后者则是一种"个体生命的叹息或想象,是某一个人活过的生命印痕或经历的人生变故",因此"自由的叙事伦理学更激发个人的伦理感觉,它讲的都是绝然个人的生命故事,深入独特个人的生命奇想和深度情感"[①]。借用这一说法,就《红高粱》中余占鳌为了得到戴凤莲而残杀单家父子的举动而言,如把它纳入"大叙事"来考察,可以解释为是出于向单家夺权的目的,余占鳌作为"被压迫阶级"而反抗"压迫阶级"的行动,具有某种历史的"正义"意义。但如果从"个体叙事"来考量余占鳌的行为,为了与戴凤莲结合而暗杀其公公和麻风病人丈夫,作为个人难道会没有任何道德上的内疚或恐惧?(这不免令人想到曹禺《原野》中仇虎的复仇。)张扬自己的生命就非得要以残杀无辜的同时又是毫无攻击与自我保护能力的麻风病人为代价吗?从戴凤莲的角度看,她默许余占鳌暗杀自己的公公和丈夫时竟然没有任何良心不安,直到她临死前也没有任何道德的反省。我们从小说中所能得出的作为"个体叙事"的生命逻辑,只能是一种生物学范畴的弱肉强食,一种抽取了道德理性的、无所顾忌的自我生命的膨胀和扩张。这样,"个体叙事"的逻辑陷入悖论:对生命力的不加分析和节制的全盘肯定和崇拜,导

---

① 刘小枫:《沉重的肉身》,华夏出版社2004年版,第6—7页。

致了一种残酷的反生命和反人道的逻辑。西美尔认为，个体生命的"自由"，一方面表现为个体的行为能够充分地表达自己；另一方面，也表现为个体在社会现实中的生存自律①，即个体"对其行为负责的自由"②。《红高粱》中，当野蛮和暴行在叙事中也被赋予肯定性的指向，"我"向祖先英魂发出的召唤，就既有对自由生命力的呼吁，也有对反自由和反生命力的呼吁。感性的"生命力"并没有确立起个体为本体的意义系统，而"肉身"在扩张中已然实现了它的僭越，取代"灵魂"占据了生命的"位格"。

然而形式的僭越终究还是无法真正完成意义的整合。没有尼采那种个体生命本位的起点，余占鳌们的本能、原欲化的生命力也便难以真正抵达尼采所谓的"超人"的"强力意志"。在尼采看来，世界和人生本身是无意义的，意义是人赋予的，是人为了生存替自己编造的谎言："……只有一个世界，这个世界虚伪、残酷、矛盾、有诱惑力、无意义……这样一个世界是真实的世界。为了战胜这样的现实和这样的'真理'，也就是说，为了生存，我们需要谎言……为了生存而需要谎言，这本身是人生的一个可怕复可疑的特征。"③ 尼采的酒神精神正是基于这样一种对"无意义"的认知的基础上，倡导个体以超人的意志赋予自己以意义的"谎言"。尼采预告了20世纪西方理性传统的失落和崩溃，而莫言则愈来愈陷入价值立场的模糊与混乱——这既是"大叙事"被解魅后继续无条件张扬生命力的前提，也是不断递增的结果。而将"肉身"本身精神化、绝对化，必然助长作者本来就擅长的官能、感觉的描写，理性于无处不在的

---

① ［德］西美尔：《现代人与宗教》，曹卫东等译，中国人民大学出版社2003年版，第34页。
② ［德］西美尔：《现代人与宗教》，曹卫东等译，中国人民大学出版社2003年版，第112页。
③ ［德］尼采：《偶像的黄昏》，周国平译，光明日报出版社1996年版，第231页。

包抄堵截之中更趋隐遁。在《红蝗》中，莫言庄严地宣布："饥馑和瘟疫使人类无情，人吃人，人即非人，人非人，社会也就是非人的社会，人吃人，社会也就是吃人的社会。"这种"反压抑"的表述流露出对"五四"新文学批判传统的有意识继承，然而，在小说文本的叙事中，作者似乎舍不得放过任何一个可以进行感官放纵和本能描写的机会。那对手足上生着蹼膜的、近亲通奸的青年男女被家族活活烧死的情景，被写得壮观美丽、辉煌无比，令人完全看不到叙事人所持的价值立场，对反人道的暴虐的批判，抑或对传统伦理道德的抨击，似乎都成为读者的一厢情愿。在《檀香刑》中，刽子手赵甲对于刑罚的痴迷与孙丙对于猫腔的痴迷失去了本质的区别，作者的注意力一如既往地只在张扬和渲染存在于其中的极致化的官能感觉。莫言又强调自己的写作是真正的"民间写作"——拆除了启蒙与批判的"作为老百姓的写作"，而非"为老百姓的写作"。① 他说，"酷刑的设立，是统治阶级为了震慑老百姓，但事实上，老百姓却把这个当成了自己的狂欢节。酷刑实际上成了老百姓的隆重戏剧。执行者和受刑者都是这个独特舞台上的演员"，并不无得意地说："我之所以能够如此精细地描写酷刑，就因为我把这个当成戏来写。"价值分界线的消弭，使美/丑、善/恶消融的"狂欢化"不仅成为小说的叙事风格，甚而成为小说的核心主题。从对生命力的张扬到感官放纵甚至暴力狂欢，莫言小说的生命叙事越来越深刻地陷入生命力的悖论。

《丰乳肥臀》中，莫言表达了对缺乏价值系统支撑的生命力崇拜的某种反思，然而这种反思却是以完全相同的生命力逻辑进行的。

---

① 莫言:《文学创作的民间资源》，《当代作家评论》2002 年第 1 期。

历史、民族、抗日的框架已无法挽回"父亲"神话的退位，母亲靠"借种"生下八个女儿之后，与洋人交媾方生下一个"一辈子吊在女人奶头上的窝囊废"的男孩司马金童。在"大叙事"的意义体系变得支离破碎之后，个体的生命意志和生命力尽显出它的盲目与混乱，只剩下生殖和"活着"的本能，而这种意义反过来又只能徒然加深着无父的焦虑。莫言深切体会到了"所有的生命力都源自盲目"①的叔本华式悲哀，在《爆炸》中，莫言写道："悲剧是世界的基本形式，你、我、他都是悲剧中的人物。"《红高粱》中那一片鲜红到了《红蝗》中变为"暗红"。《丰乳肥臀》中，被作者用以进行平衡和缓解焦虑的司马库，宛然又是一个余占鳌式的人物。余占鳌、余大牙、司马库的形象，作为生命力的象征符号，几乎不存在什么作为"个人"的个性特征，从生命力、官能、感觉出发的"蛮野""贪婪""迷狂"构成了莫言大部分小说主人公的"个性"特征；女性人物如戴凤莲、孙眉娘（《檀香刑》）、上官鲁氏（《丰乳肥臀》）以及她的女儿们，也不过是母性加欲望的符号。个性自我的沦落，才更为彻底地印证着作家张扬生命力愿望的最终落空。

莫言的小说可被视为中国当代小说"反压抑"的生命话语从"大叙事"到"个体叙事"蜕变的经典版本。事实上，原欲、本能化的人格在20世纪80年代中后期之后的当代小说中渐渐成为一种普遍的倾向。这尽管使当代小说所表现的悲剧性普遍地带有更多的生命本体色彩，然而，对原欲、本能的片面强调再次阻断了由人性的自我分裂所可能生成的精神深度和悲剧张力。

洪峰的《生命之流》以一种更为彻底的气魄表演了肉身的"位

---

① ［德］雅斯贝尔斯：《悲剧的超越》，亦春译，工人出版社1988年版，第67页。

格"化。深山老林中的猎人打猎是为了延续生命，有了女人同女人做爱也是延续生命，一切道德伦理纯然多余。猎人老哥由于"不中用"，为了得到后代，以使生命能够延续，宁可让自己的女人同另一个猎人睡觉。残存的伦理道德情感使两个猎人断了交，然而却因此丧了命，所幸的是他们还有孩子，不管是谁的，不管他漂泊到哪里，都将使这生命之流继续延续下去。在这里，人伦道德成了生命的障碍，在与狼虫虎豹的争夺中，"生命的延续"就是活着的理由。作者如此"自白"："当洪峰把自己降低到动物的水平线上的时候，他开始意识到其实这老大的一个世界原来只生存着两个人，一个男人和一个女人。当他知道自己是个男人的时候，他终于明白他所做的一切都是为了那个女人。他以为他终于发现了活在世上的理由。"① 做作和夸张的宣言，所试图掩盖的是内在的贫乏。在《生命之流》和《生命之览》中，洪峰都以严肃的姿态讨论生命和文化的问题。在他看来，由于生命（一个男人和一个女人）比文化更本源，因而，为了延续生命，文化就成了多余，成了有害之物。其崇尚原始的生命冲动所具有的反理性意味与莫言如出一辙，然而，灵魂"位格"的缺失，出示的不只是理性的荒芜，更是生命本身的荒芜。

在刘恒的《伏羲伏羲》《狗日的粮食》，王安忆的《小城之恋》等小说中，人物生命的全部内容就是靠本能的欲望在维持，本能的冲动是情节的基本推动和人物行为的全部动机，时代和社会的背景被淡化，最原始的生命状态被赤裸裸地剥露出来。这几篇作品中，仍然存在着一种"反压抑"的主题，试图把人的生存同政治—伦理的背景剥离开来，然而，不同于莫言、洪峰的"反压抑"，刘恒、王

---

① 洪峰：《洪峰自白》，《文学自由谈》1988年第3期。

安忆们显然并不以为解除了压抑，就可以使人生命勃发，相反，倒可能使人陷入更深的困境，如刘恒认为自己的这类作品"主要还是写'性'本身给人造成的困境"①。这些小说的全部情节也都竭力消解肯定/否定的二元对立，以此来表现人的本性和生命本身的自然能量，然而，正如马斯洛在论述人的生存动机时所说的："显然，使人处于极度的、长期的饥或渴之下，只能把更高的动机弄得含糊不清，由此得出的有关人的能量和人的本性方面的观点是片面的。"②

余华的《活着》则向我们展现了另一种本能状态的生命：自我保存。弗洛伊德认为，在人的性本能之外，还有一种自我保存的本能，这个本能是一种社会本能，它所遵循的原则是现实原则。"自我保存的本能和一切隶属于自我的本能，都较易控制，很早就接受必要性的支配，而且使其本身的发展适应现实的旨意。"③ 对于《活着》中的福贵们来说，"活着"即活着本身，没有英雄与悲壮，没有意义与目标，没有反抗与绝望，甚至没有保障与希望，生命只是在无可抗拒又无可奈何的现实中坚忍地维持着生存："生生死死，非物非我，皆命也。……自然者默之成之，平之宁之，将之迎之。"④ 福贵正是以其一生中对于大量死亡的感受与领悟，达到了对生与死的乐天安命，认为自己的死亡有一种随时与亲人赴约的亲切感和乐得其所的归属感。福贵的超脱、坦然、平静与自足的生命态度，确令人感受到了一种由活着的艰辛和无穷的忍耐生发出的"屈辱的高贵"，《远村》中杨万牛的"忍"和"盼"，到了福贵这里，政治乌托

---

① 马原编：《中国作家梦——当代文坛精英访谈录》，长江文艺出版社1996年版，第536页。
② ［美］马斯洛：《人的动机理论》，载林方主编《人的潜能和价值》，华夏出版社1987年版，第163页。
③ ［奥］弗洛伊德：《精神分析引论》，高觉敷译，商务印书馆1984年版，第284页。
④ 《列子·力命篇》，载国学整理社编《诸子集成》，中华书局1986年版，第71页。

邦的破产终于使"忍"成为生命唯一的本质。《活着》的结尾，以母亲对儿女、土地对黑夜的召唤来比喻死亡的来临之于福贵，雅斯贝尔斯认为："几乎在世界的每个角落，我们都会发现把一位母亲般的女神当作生命或死亡的引入者这样一种神话观念；她孕育并培养一切，她爱抚并使其成熟——但也将一切都收回她的子宫之内，毫不怜惜地杀戮，以无数的灾难来摧毁它们。但是这样的命运形象还不是悲剧知识，它们只不过描述了人类所确信的'回到归宿'这样一种对死亡的认识。这一认识基本上对历史毫无觉知。"[①]《活着》以母亲和土地来比喻死亡，正如《丰乳肥臀》以母亲和土地来比喻生命，民间"母亲"所提供的原始的生命意义，充当了当代这些最具影响力的作家通向"终极"的思想武库，帮他们抵御和消除现实带给内心的焦虑。然而，无法回避的现代转型必然与文学中的"个人"劈面相迎，民间的原始生命观真的能孕育出属于中国当代文学的"个人"吗？雅斯贝尔斯指出，如果不存在悲剧观念这种"形而上学地固定看人类苦难的方式"，那么人类所剩下的将"只有痛苦、苦恼、不幸、无奈和失败"的体验[②]。对于中国当代写作来说，这种体验的积累势必又反过来推动缺乏足够心理承受能力的作家回归民间"母亲"，放弃批判和反思。雅斯贝尔斯认为："人只有在具有这种悲剧知识后，才算真正地觉醒。因为这样一来，他就要带着一种新的焦虑不安来面对他所有终极的限制，这一情境驱使他超越这些限制。他无法容忍任何意见四平八稳的事物，因为没有一件平稳的事物会使他感到满足。悲剧知识乃是不仅发生于外部活动，而且发

---

① [德]雅斯贝尔斯：《悲剧的超越》，亦春译，工人出版社1988年版，第12页。
② [德]雅斯贝尔斯：《悲剧知识》，载刘小枫主编《人类困境中的审美精神》，东方出版中心1994年版，第474页。

生在人类心灵深处的历史运动的最初形态。"① 马尔库塞则立足于艺术的整体立场指出:"不管是否被仪式化,艺术都包含着否定的合理性。在其先进的立场上,它是拒绝—抗议现实的东西。"② 也正是在这一点上,凸显出悲剧意识对于当代文学的意义。

在"先锋小说"以及"新历史小说"中,还是能够看到雅斯贝尔斯所说的悲剧洞察力的局部呈现的,然而,与此相应的是,却很少能看到生命个体的理性与欲望搏斗的痕迹,欲望和本能总是轻而易举地冲决原本脆弱不堪的理性的防线,将"自我"还原为本能的"恶"。"对我们的存在最恰当的解释莫过于:人生只是某些失误和罪孽的苦果,为此我们正在遭受报应。"③ 叔本华所描述的悲剧图景被世纪末的中国当代小说一遍遍地反复演绎。在苏童的《米》中,五龙曾在末日般的煎熬中受尽凌辱和伤害,而外部世界的一切阴暗和冷酷,又都内化为他基于自卫和复仇愿望的爆发欲和毁灭欲。这种强烈的复仇欲望使他能够忍辱负重、百折不挠,又使他心狠手辣、疯狂暴虐。"意志愈是激烈,则意志自相矛盾的现象愈是明显触目,而痛苦也愈大。如果有一个世界和现有的这世界相比,是激烈得无法相比的生命意志之显现,那么这一世界就会相应地产出更多的痛苦,就会是一个(人间)地狱。"④ 当五龙终于因仇恨而取得"成功",成为米店老板和帮会头目,他的各种畸变的本能和破坏欲望也就同时找到了爆发的契机,他不可抑制地把变本加厉的施虐方式投向自身之外的所有人,以此补偿曾经受虐的凌辱,甚至连妻子和情

---

① [德]雅斯贝尔斯:《悲剧的超越》,亦春译,工人出版社1988年版,第12页。
② [美]马尔库塞:《单向度的人》,张峰译,重庆出版社1988年版,第54页。
③ [德]叔本华:《叔本华论说文集》,范进、柯锦华等译,商务印书馆1999年版,第426页。
④ [德]叔本华:《作为意志和表象的世界》,石崇白译,商务印书馆1982年版,第542页。

人也成为他复仇发泄的对象，破坏和复仇构成了他生命的全部内容。作者试图揭示这个苦难世界的精神逻辑，然而，五龙确实是这个苦难世界的备受摧残、伤痕累累的受难者，对于一个受难的伤残者的复仇愿望，究竟有多少理由给予他道德的指摘？如果剥夺他复仇的权利，这个苦难的世界如何能使他得到心灵的抚慰？对人自造的困境的"暴露"一旦和"批判"发生断裂，作者便无可避免地陷入困惑，如叶兆言在《挽歌》中所写的："这世界本身就是一场治不好的病。"

事实上，当卑琐的欲望不是作为人性暴虐和丑恶的一种根源，而是作为人性的根本乃至全部，悲观主义的宿命论就成为唯一可能的结论。叔本华以其悲观主义的悲剧理念，认为悲剧揭示生命意志的个体化原理，最终导向屈从和退让[①]，对于中国当代的小说家来说，"宿命"正是这样一种用来摆脱困惑和焦虑的退让之所。悲剧的必然性根基意味着悲剧和宿命论之间的密切联系，如朱光潜指出的，悲剧表现的无非是"宿命的两面观"[②]，在某种意义上，一个关怀人类命运的作家甚至无法从根本上回避宿命论。然而问题在于，当一个个由欲望与宿命的联姻构架出来的苦难世界纷纷进驻文本，当"宿命"不再具有任何"发现"的性质而成为一种先入为主的概念预设，关于罪恶和生命的苦难叙事里究竟包含了多少真正的痛苦和怀疑？

第三节 抗争的悖论

在"欲望＋宿命"的堕落图景之外，也有一些作品希望通过对

[①] [德]叔本华:《作为意志和表象的世界》，石崇白译，商务印书馆1982年版，第350—351页。
[②] 朱光潜:《悲剧心理学》，安徽教育出版社1996年版，第273页。

抗争意志的表达，追求和探寻生命之"灵"。

"以笔为旗"的张承志在世纪末的喧嚣中一如既往地专注于崇高的"灵"的塑像。《心灵史》中，神圣的信仰正是在与俗世价值的对峙中被确立起来的。叙事所承担的神圣信仰的见证功能，通过对主人公神圣追求以及主人公精神上的超越、升华历程的描绘，来展现神圣信仰的巨大威力和无量功德，小说中的价值话语因而呈现出仪式化和重复性。一套套不变的宗教仪式，一代代传承的"口唤"，一个个同样面孔的宗教殉道者；千篇一律无休无止的被迫害、被屠杀、被流放、被监禁和被施以酷刑，血流成河，"拱北"（圣徒墓）林立……从中看不到真正属于个性的、鲜活的人物形象，也"看不到心灵本身的发展史。……哲合忍耶的教义和精神在两百年间基本上没有变化"，而"教义本身是如此简单，它用'万物非主''唯有真主'两句话即可概括无遗"①。神圣价值诉求最终指向的是姿态，因而已经无须论证，只留下结论性的表达，它既是逻辑的起点，也是其终点——"灵"与"肉"的冲突以另一种方式被克服了。"在某些信仰一开始就把生命引向拯救之路的情况下，解脱就可能逾越了悲剧过程的冥想。那么，随着人类超越到精神世界和上帝——这一切背景的背景——面前，悲剧可以说从一开始就被克服了。"② 对于张承志而言，崇高姿态本身已然逾越了信仰的内涵，使他逾越了悲剧过程中的问询、质疑与茫然，主体在与"世俗"和"庸众"的对峙中确立了自我神圣价值的叙事合法性，对商品世界的愤世嫉俗的拒斥、对"媚俗"的痛恨、对"清洁的精神"的标举，无不显示着张承志的这一倾向。罗洛·梅在《爱与意志》一书中论及当代人的

---

① 邓晓芒：《灵魂之旅》，湖北人民出版社1998年版，第57页。
② ［德］雅斯贝尔斯：《悲剧的超越》，亦春译，工人出版社1988年版，第28页。

"意识危机"时认为，虽然"抗议也具有一定的建设性，因为它从反面坚持了某种类似意志的东西——尽管我并不清楚我赞成什么，但我却知道我反对什么……但如果意志始终停留在抗议上，它就始终不得不依赖于它所抗议的东西"①。仅仅靠背叛和否定无法得到自我价值的确立，因为单纯的背叛仍然是对所背叛对象的依附，就如同穷人对于商品化价值和金钱的蔑视，与富人的骄矜钱财之举，具有类似的心理逻辑。康德在《纯粹理性批判》中讨论"先验辩证论"时曾精辟地指出，理性追求无条件或绝对的东西，注定要失败并导致二律背反，诸如上帝、人的自由、永恒这些统一体，都只能是信仰的对象，人应当谨守信仰与理性的边界，跨越边界只能造成知识的不可靠，理想主义最为关键的精神根基，应当是对人性的尊重。把苦行禁欲本身视作崇高圣洁的价值取向，不惜放弃历史发展以实现道德重建的精神理路，使张承志的理想主义并没有走出群体、伦理和教化的笼罩。尽管他深怀着救世冲动，然而其道德理想主义的抗争立场却回避了如何拯救个体的精神危机的现代性任务，它不是引导个人走出虚无的困境，而是切断了生命成长为个人"自我"的路途。

当然，对乌托邦指导下的实践保持警惕，决不意味着将乌托邦思维方式本身弃若敝屣。在愈来愈呈现出"单向度"的现代工业化社会中，理想主义者的否定性姿态及其所提供的乌托邦尝试，试图提供另一种不同于历史理性和工具理性的价值标准，这使他们的创作与精神世界保持了某种独特性，给当代文学提供了一种颇为难得的崇高的审美风貌与精神空间。然而"期望创造艺术真品的艺术家

---

① [美]罗洛·梅:《爱与意志》，冯川译，国际文化出版公司1987年版，第208页。

必须认识到民族的真实首先是它的现实。他必须继续前行，直至找到未来知识出现的地方"①。民族以及人类文明的前途和个人主体的建构都必须、也只能"向前看"。保持清醒的理性批判精神和自我内省意识，而不是停留于强迫性的对思维与心理定势的坚持，不仅是理想主义者，也是文化的悲剧意识是否能够真正实现超越的关键。

与张承志反抗世俗欲望的崇高姿态不同，史铁生的小说执着于反抗绝望的生命过程。作为"轮椅上的思想者"，史铁生在他的创作中始终不懈地思索着三个问题："第一个是要不要去死？第二个是为什么活？第三个，我干吗要活？"② 坚执地寻求个体生命的意义，成为史铁生的悲剧意识的核心。史铁生的生命感悟体现为一种哲理式的静思，与莫言小说中的酒神精神与感官狂欢恰好形成了鲜明对比；此外，无论莫言对生命力的释放，还是张承志对哲合忍耶精神的追随，始终未脱离群体的框架，而史铁生的生命意识则纯然属于个体的寓言。这在他的死亡观中体现得最为明显。死亡是他的作品中一个常见的母题，但他并不像莫言和余华那样热衷于表现死亡的过程，而常常一笔带过，如《插队的故事》中那位女知青的死。史铁生思考的，是死和生的对照中显示的意义。他强烈地反对英雄主义的死亡观，不主张用"坚强"这类与荣誉和英雄有关的形容词束缚个体的心灵。在史铁生看来，历史和个体生命既有相辅相成的一面，更有对立的一面，在以历史伦理评判一切人事的年代里，个体生存状态与心灵状况被遮蔽或扭曲，个体往往除了献身历史价值之外，便不再有属于自己的意义世界，史铁生让死亡给生命以退路，卸下沉

---

① ［法］弗朗兹·法侬：《论民族文化》，载罗钢、刘象愚主编《后殖民主义文化理论》，陈永国等译，中国社会科学出版社1999年版，第284页。
② 史铁生：《别人》，长江文艺出版社1997年版，第271页。

重的"英雄主义"包袱，正是为了真实地表现属于个人的世界，其背后的力量来源正是对个体生命的关怀。

在突显个体立场的基础上，史铁生执着于对生之意义的求索。与余华、洪峰的"为活着本身而活着"的虚无立场不同，史铁生坚持认为个体生命需要"意义"和信念的支撑。在张承志那里，理性批判只用来暴露缺乏神圣信仰的世俗欲望的可鄙可怜，但并不用来论证信仰的对象，不提供这种信仰对象高于其他对象的充足理由，从而在叙事中完成其超越姿态。史铁生则清醒地揭示出了信仰本身以及超越姿态的虚幻性，但这位理性反思者却又于虚无之中维护着信仰的必要性。《命若琴弦》中的老瞎子用五十年的时间弹断一千根琴弦之后，发现支撑他信念的重见光明的药方，竟然只是一页白纸，信念轰然倒塌，但绝望之余，领悟了虚幻信仰的意义，正是为了支撑原本虚无的人生，他将这谎言继续传递下去，振奋起小艺人的生命的琴弦。在这里，"意义"即"过程"，"信仰"与"过程"的关系发生互换。史铁生所揭示的信仰的虚无内核，显然正是张承志所力图回避的。然而对信仰本身的怀疑，已然成为当代的普遍语境，因而这篇小说的深意并不在此，而在于老瞎子独自领受虚无的侵袭，怀着深沉的爱来为他人提供生命支柱的行为。西班牙哲学家、作家乌纳穆诺的小说《殉道者圣·伊曼纽》探讨了同样的主题。主人公圣·伊曼纽，在小村庄里作为"最坚定的信仰者"，为村民的生存提供着信心。在叙事过程中，小说揭示了伊曼纽内心的虚无和痛苦，但他明白自己生存的意义就在于将虚无一人独自担当起来，使众人生活在信仰所带来的希望之中，尽管这一切都是建立在空幻的基础之上。与史铁生小说中的传递谎言来支撑信念的盲艺人一样，伊曼纽为他人承受着生存的虚无，而不同之处在于，老瞎子直到临死前才发现虚无的可怕存在，而伊曼纽的一生，都在主动为人们遮蔽着令人绝望的真相，只身撑起虚无的天空。乌纳穆诺在其哲学著作《生命的悲剧意识》中认为："信仰在本质上是一件意志——而不是理智——的问题；信仰就是愿意相信；而且信仰上帝也就是希望能真有一个上帝。"① 因而真正的信仰意味着"我愿意相信"②，而非"我相信"。两者的区别在于，前者兼有清醒的、怀疑的痛苦和对信仰的坚定维护，而后者仅有信仰所带来的欢乐感和神圣感。如果说伊曼纽显然属于前者，张承志笔下的信仰者则属于后者，史铁生笔下的老瞎子，则正在成为前者的路途之中，自觉地担当着虚无而为他人传递着希望和光明的伊曼纽形象，不难令人想到鲁迅。早在"五四"时代，鲁迅已清醒地指出，现代主体的神圣职责乃是"自己背着因袭的重担，肩住了黑暗的闸门，放他们到宽阔光明的地方去"③。在他忧愤而深广的现实批判的背后，正是一种博大而温爱的人间情怀。尼采认为，现代悲剧文化"战胜了隐藏在逻辑本质中、作为现代文化之根基的乐观主义"，"以坚定的目光凝视世界的完整图景，以亲切的爱意努力把世界的永恒痛苦当作自己的痛苦来把握"④，其中的深意也概莫于此。背负着全人类的罪恶，去认识人无可避免的毁灭与挫败的原因，这意味着真正的现代悲剧，既不是超然地旁观罪恶、审美地把玩苦难，也不是以神圣信仰的姿态傲视"庸众"，而必须在直面虚无之中维护信仰，独自担当生命的价值重负，并怀着深沉的爱为他人求索和提供意义。史铁生的思考，重新

---

① ［西］乌纳穆诺：《生命的悲剧意识》，上海文学杂志社 1986 年版，第 63 页。
② ［西］乌纳穆诺：《生命的悲剧意识》，上海文学杂志社 1986 年版，第 69 页。
③ 鲁迅：《坟·我们现在怎样做父亲》，载《鲁迅全集》（第一卷），人民文学出版社 1981 年版，第 130 页。
④ ［德］尼采：《悲剧的诞生》，周国平译，北岳文艺出版社 2004 年版，第 73 页。

接通了被民族历史的"救亡图存"和现代性语境所中断的对"有意义的个体"的思考。

然而,对于史铁生来说,困难的问题在于,他一方面意识到了继续保持"信仰"谎言的必要性,并肯定了它对于人生的积极意义;但另一方面,他的叙事活动本身却以理性穿透和揭示了它。这种穿透和揭示一经发生,如何再像故事中的老瞎子那样延宕和回避真相的显现?并且,在当代语境中,对于充满虚幻性的真相之回避究竟能否实现?詹姆逊认为,人类生活最终的伦理目的就是乌托邦,即意义与生活的再次不可分割,但不是抽象的思维而是具体的叙事本身,才是一切乌托邦活动的检验场。因而,伟大的小说家与自己的叙事对乌托邦问题提供一种具体的、形象的展示,而乌托邦哲学家则只是提供一场苍白而抽象的梦、一种虚幻的愿望满足。① 作为一个最富有哲学家气质的作家,史铁生越来越倾向于以哲理思辨与寓言化风格来创作小说,理性精神使他能够直面信仰之虚无,然而即使他真的能以哲思重新建构起一种关于"过程"的信仰乌托邦,也难免会是"一场苍白而抽象的梦"。在《务虚笔记》中我们几乎看到史铁生此前所有思辨的重现,如处理女教师O的死亡时,作者让每个人物都跳出来从不同角度作一番论辩,不免有卖弄诡辩术之嫌。单纯依赖哲理对生命予以审察和反思,如果不导向悲观、绝望,就往往导致诡辩。缺乏血肉丰满的人物形象的质感以及人物在命运实现过程中内心的撕裂和痛苦的情感,"抗争"所表现的就不再是作为活生生的"人"的生命能量,而显现为一种关于"过程"的哲学。在"形而上与形而下的结合"中进行的"存在的探险",才是悲剧对

---

① [美]詹姆逊:《马克思主义与形式》,李自修译,百花洲文艺出版社1995年版,第147页。

于生命的问询，也是小说作为艺术的要求，而这对于包括史铁生在内的所有中国当代小说家来说，无疑都是一种严峻的挑战。

不同于张承志对峙俗世的神圣信仰姿态和史铁生反抗虚无的个体生命哲学，阎连科的《日光流年》出示了另一种范式的生命的抗争。阎连科的小说一向以"苦难感和悲剧感在当下的文学创作格局中独树一帜"[①]，《日光流年》（1998年）更堪称是中国当代小说中悲剧意识呈现得最为充分而自觉的作品。与张承志和史铁生的小说文本所表达的更为个性化的生命抗争相比，《日光流年》所讲述的耙耧山脉深处的三姓村里几代人前仆后继地同命运抗争的故事，无疑带有更鲜明的民族文化心理的烙印，在给人以悲剧精神的冲击和震撼的同时，几乎也是不可避免地暴露出内在的悖论和危机。在此意义上，《日光流年》完全可以被视作一个从极限的生存困境出发的民族悲剧意识的经典范本，其对于生命的悲剧意识由于民族文化心理和悲剧精神的同构尤其值得关注。

在《日光流年》的自序里，阎连科明白地表达了这样的"寻根"意图：

> 我不是要说终极的什么话儿，而是想寻找人生原初的意义。一座房子住得太久了，会忘了它的根基到底埋有多深，埋在哪儿，现代都市的生活，房主甚至连房子的根基是什么样儿的都不用关心。还有一个人的行程，你总是在路上走啊走的，行程远了，连最初的起点是在哪一山水之间都已忘了，连走啊走的目的都给忘了。而这些，原本是应该知道的，应该记住的。我

---

① 孟繁华：《重新发现的乡村历史——世纪初长篇小说中乡村文化的多重性》，《文艺研究》2004年第4期。

> 写《日光流年》，不是为了告诉人们这些，而是为了帮助我自己寻找这些。在人世之间，我们离社会很近，但离家太远，离土地太远。我们已经出行了这么多年，把不该忘的都给忘了……我必须写这么一本书，必须帮助我自己找到一些人初的原生意义……

寻找"原初的意义"，是为了对"迷失"的现代生命进行拯救，它意味着作者必须使自己寻求到的生命内容与现代生命方式相比，显现出某种优越性。在小说文本向我们敞开的乡土中国的生存世界中，鲁迅笔下愚昧麻木的阿Q、闰土、祥林嫂以及20世纪80年代韩少功笔下丑陋不堪的丙崽不见了，取而代之的是有着惊人的生命力和生命意志、带领人们反抗命运的悲剧英雄司马蓝、蓝四十、蓝百岁、司马笑笑、杜桑。不仅如此，小说还向我们呈示了一种群体意识的自觉，三姓村的全体村民，都是这个以命运为敌的生命乌托邦的积极参与者，都在延续生存和"活过40岁"的集体追求中表现出了忘我的牺牲精神。阎连科此前的一些作品，如《两程故里》《瑶沟人的梦》《耙耧山脉》《乡间故事》，在对乡土社会权力网络与农民自身弱点的批判中，可以清晰地看到对鲁迅开创的国民性批判主题的继承，到了《日光流年》却转向了对乡土生命内在意蕴的寻根和认同。而从某种意义上说，阎连科的《日光流年》所带给我们的独特的悲剧震撼，正是建立在这种有意识的批判——认同的转向的基础上。那么，作者是如何实现这种转向的？

在小说中，作者为三姓村人树起一个共同的生存目标："让村人活过40岁。"这一集体性的生存意志，同时也是三姓村人生生不已、代代相传的理想，从根本上克服了叔本华所指出的生命意志由于个体化原理导致的盲目与混乱。在这一共同生命意志面前，一切普世化的道德标准都失去了意义：蓝百岁为了让其他村的村民来支援翻地，把自己女儿的身体作为礼物送给卢主任；司马蓝为了修渠，跪求恋人蓝四十带着自己的女儿去城里卖淫；司马蓝的妻子杜竹翠甚至对蓝四十说道："想通了当肉王是咱女人的福。"在这里，作为三姓村人的绝对价值尺度，生命和生命力的含意由于"群体的"限定而悄悄发生了转换，作者显然必须要在文本中给出足够的理由，使三姓村人"活过40岁"的绝对道德尺度，避开现代理性精神的批判目光而获得足够的合理性。

　　强劲的悲剧精神意味着"命运"和"生命力"、"暴露"与"弥合"的张力，《日光流年》也是如此。阅读这篇小说，往往令人在为三姓村人反抗命运的生命意志动容的同时，不能不为三姓村人所置身的惨烈的生存苦难所惊心。在三姓村的世界中，人与自然的主题完全压倒了人与人的主题，当贫穷、闭塞、落后造成的苦难成为一种不可抗争的命运，每个人从一出生，除了平等地面对它就别无选择。但如果仅是由自然条件的贫穷、落后、闭塞造成的苦难，仍无法避免其暂时性，它可能因为某种偶然或者外来的因素而改变，也可能因为人们习惯了在一个较低水平的平衡后而重新产生利益分化。一旦改变了，或利益分化了，就不能不面对不同利益和生命需求之间的尖锐对立，原先抗争命运的共同意志就面临着被瓦解的危险。所以，作家的策略是，索性又为三姓村找到了使人"活不过40岁"的"喉堵症"，这一自古至今人人有份的苦难形式，是一种无法改变的命运，它以最本质的差异把三姓村人同外部世界的人区别开来。小说对困境的暴露，也因而得以伸展到工业社会带给三姓村的负面麻烦，如环境的污染、性交易。尽管三姓村始终没有申请到加入工业社会的编制,但是,却迅速地成为后工业社会的受害者,这就是现代世界为三姓村作出的定位,作者的批判也只有在这一冲突的层面才有所附着。苦难的彻底命运化,要求着人们只能围绕它建立起一个利益共同体,任何与它无关的其他追求全都成为多余的奢侈品。在这种苦难的压迫下,不仅三姓村那些搬家或到外边做生意的人最后都只有回来,便是那些由于和外部世界的接触而产生的游离性的个性追求,全部被这一"绝对道德"扼杀了。因而,"喉堵症"在小说的叙事中,扮演着一个至关重要的角色,不仅使作者得以确立起一个所有人携手抵抗命运的主题,也使作者以此为中心给三姓村人建立了一个超稳定的、绝对化的价值系统。

于是,我们看到,乡土社会缘于生存竞争而可能产生的内部矛盾以及人与人关系的全部复杂性,在三姓村都已经不存在了。人与自然、与"活不过40岁"这一命运的冲突,从主观意志到客观利益都把人们凝聚为一个共同体。而村长作为这个共同体的首领,意味着必然要承担起带领村人努力"活过40岁"的职责,在《瑶沟人的梦》《耙耧山脉》等阎连科以前的小说中作为村民利益对立面的村长,就这样发生了一种戏剧性的转换。不管是杜桑、司马笑笑,还是蓝百岁、司马蓝,他们不再克扣村民的救济粮,也不再为满足自己的淫欲而霸占人妻,而是兢兢业业、死而后已地为村人做事,甚至以身饲鸦(司马笑笑)来为村人换口粮。他们也有着对权力的贪欲,为了村长的位置而玩弄心机,诸如司马笑笑用卖皮的钱来收买人心;司马蓝利用蓝四十对他的感情,让其捏造蓝百岁传位于己的遗言;在修渠的艰难阶段,司马蓝的军师杜柏还念念不忘为儿子拉村长选票……然而,在村人的共同利益面前,这些最终都不过是为了急于"为人民服务"。

在对乡村社会进行充分纯洁化之后，面对共同生存目标，事实上仍然可能存在内部矛盾：人们可能根据自己的不同认识来思考和选择不同的对抗命运的方法。然而小说中，除了村长有权力和能力进行思考和选择以外，其他人的能力几乎被完全剥夺了，从杜桑倡导的生育到司马笑笑的种油菜、蓝百岁的翻地，再到司马蓝的修渠，人们只剩下盲目地跟随历代村长选择的能力。别尔嘉耶夫曾从个性主义角度出发对"群众奴性"进行批判，认为"个体人格晦暗、匮乏个人独创性、亲近给定因素的量化力量、极易于感染的盲动力量、模仿、重复……具有这些特征的人即是群众的人"①。三姓村人所表现出的盲从的"奴性"，作为表现群体的抗争的必要条件，当然不会受到作者的任何质疑。小说第四卷"奶与蜜"的每一章，均以《圣经》中摩西带领以色列人出埃及的片段为引子，显然用以与小说情节类比。在神话思维的叙事结构中，除了决定生与死、进与退的领袖人物之外，其余的个体通常面目模糊。同样，在《日光流年》中，当个性差异和观点分歧在明确的共同利益面前，都成为微不足道的因素，叙事便完整地实现了其生命乌托邦的建构。小说中出现了不少极为感人的充满集体气氛的乌托邦场面，例如，司马蓝在再度修渠前的大会上同全村人的一段问答，就是一个极富代表性的场面：

"你——还去镇上做生意不去做啦？"

"不去啦，修渠了我就不去啦。"

"你——架子车还让不让用？"

"让。我敢不让吗？"

---

① [俄]尼古拉·别尔嘉耶夫：《人的奴役与自由》，徐黎明译，陈维正、冯川校，贵州人民出版社1994年版，第101页。

"你——种的菜是卖哩还是送到工地上？"

"连菜叶都挑到工地上。"

"你——还装病让你的男人回村吗？"

"只有再一再二，哪有再三再四呢？"

"你——家里的存钱让不让修渠买水泥？"

"就是不让了也让啊，修渠是为了大伙嘛。"

在这里，个人意志和公众利益获得了高度的统一，然而，最令人感动处往往就是最值得人警惕处。这种建立在牺牲人的多样性和个体理性能力基础上的一元化精神乌托邦，愈是被弘扬得轰轰烈烈，造成悲剧的可能就愈大。因为对个体欲求和理性精神的拒绝，使它丧失了检验目的和手段之间有无必然性的尺度，同时又否定了个人意志在推行时受到大众意志制约的可能性。三姓村的领导人只要以公共意志代言人身份就可以随意要求所有个体作出无条件牺牲的乌托邦模式，在民族的历史上导致的悲剧是不该被忘却的。如果割裂现代的理性批判精神，而只是强调群众那种盲从的乌托邦冲动所具有的生命意义，那么在司马蓝之后出现的杜姓、蓝姓或司马姓的村长，他们根据自己的偶然偏见想出更加荒唐的对策，作者是否还能让三姓村人继续上演他们更为庞大的牺牲场景并为之大声喝彩呢？

不仅如此，更大的悖论在于，"活不过40岁"的命运使三姓村人的失败与他们自身所做的一切无关，所有的结果都等于零，他们所有的抗争，就只剩下一种上演一群人在面对苦难时生命欲望的场景作用，对反抗苦难的手段及方向性选择的有无都变得无所谓了。他们种油菜、翻地也好，修渠引水也好，哪怕采取再荒谬的手段，都是不必计较的，谁让结果是固定的呢？作者所寻求的意义之

"根",只是三姓村人那种抗争命运的意志,三姓村人的乌托邦精神由此便超脱了理性批判精神的盘诘。然而,由命运逻辑生成的乌托邦精神,在对付理性批判意识的盘诘时,它自己也成了有独立指向的东西。这是一把以虚无主义为核心的双刃剑,在质问着它所肯定的意义:既然结果是空的,三姓村人注定改变不了"活不过40岁"的命运,那么他们所有为了这一目标的努力,就是为了失败得更惨痛一些吗?在通常情况下,悲剧中的个人的自我实现欲求虽然遭到了他所处的历史现实的摧毁,"但这样一来,却更加暴露了后者存在的不合理和必然灭亡,更加显示出前者存在的合理和必然胜利。这样,悲剧就以否定形式肯定了人们的实践和斗争,具有了美学价值"①。通过毁灭实现对人生的肯定,意味着毁灭所具有的否定意味必然遭到客观历史的再次否定,悲剧主人公的个人欲求和行为因而对于人类整体最终才是有意义的。无论是黑格尔,还是雅斯贝尔斯,都明示了悲剧中与个人的失败相对应的普遍性、整体的胜利:"在胜利和失败中,在获得解决的过程中,新的历史秩序诞生了,但同样地转瞬即逝。"② 马克思把历史必然性纳入悲剧范畴,揭示出了悲剧中的个体与类、人的历史受动性与主动性的历史统一,与此同时,马克思指出:"在任何情况下,个人总是'从自己出发'的。"③ 在《日光流年》中,从群体出发的个人与群体一起失败了,且只可能永远失败,作者也不无困惑地说,"倘若任何结果都等于零的话,那么等号前的过程,无论千变万化,应该说都是那么一回事儿",并进而对自己寻求意义的动机进行这样的质疑:

---

① 李泽厚:《美学论集》,上海文艺出版社1980年版,第216页。
② [德]雅斯贝尔斯:《悲剧的超越》,亦春译,工人出版社1988年版,第39页。
③ [德]马克思:《德意志意识形态》,载《马克思恩格斯全集》第3卷,中共中央马克思恩格斯列宁斯大林著作编译局编译,人民出版社1965年版,第514页。

> 人不过是生命的一段延续过程,尊贵卑贱,在生命面前,其实都是无所谓的。皇帝与乞儿、权贵与百姓、将军与士兵。事实上同来之一方、同去之一方,无非是在来去之间的行程与行向上不同罢了。就在这不同行向的行程中,我渐次地也才多少明白,所谓的人生在世,草木一生,那话是何样的率真,何样的深朴,何样的晓白而又秘奥。其实,我们总是在秘奥面前不屑一顾,又在晓白面前似懂非懂。草木一生是什么?谁都知道那是一次枯荣。是荣枯的一个轮回。可荣枯落到了我们头上,我们就把这轮回的过程,弄得非常复杂、繁琐、意义无穷。①

既然我们的生命方式和三姓村人的生命方式没有质的差异,那么,这种在三姓村人的生命方式中寻求到的本原的"意义"便被自我解构了。虚无的命运逻辑充斥在小说的叙述里,使作者尽管有心借对生命意识的张扬来阐释生命的本原,却无法在任何一个具体的价值点上驻足。乌托邦式生命精神中包含的抗争命运的生命意志,同样陷入这种不断否定的悖论——"愈是用力,愈是死得快捷",从而无法导向最终的肯定。

小说的紧张的悲剧节奏和浓重的悲剧氛围是通过"生"与"死"的严峻对话突显出来的:当司马蓝修渠成功,等待着与蓝四十"合铺",似乎刚刚预示了生的希望,但司马蓝看到的却是蓝四十的死,紧接着就是司马蓝与她一同赴死;在这样的死亡阴影中,传来了村人"灵隐渠水通了"的狂唤,给村人带来了生的希望;然而再紧接着,又发现水已被污染得"面目全非",传来了前去引水的杜流的死

---

① 阎连科:《日光流年》,时代文艺出版社2001年版,"自序"。

讯……三姓村人在"生"和"死"的相生相克、如影随形中演绎的生生不息的反抗精神，有如加缪笔下西绪福斯那同样是一遍遍的无望的反抗："反抗把它的价值给了人生。反抗贯穿着生存的始终，恢复了生存的伟大。"① 然而，相似处也是迥异处：

《日光流年》中，三姓村人为了"生"而甘愿"死"（"为生而死"）。为了能"活过40岁"，男人们去卖皮，女人们去卖淫，前仆后继地牺牲肉体、尊严、爱情与生命，他们所重视的"生"永远指向未来，而在当下，他们则是"重死轻生"的。小说一开始，就是司马蓝兄弟三人在争夺自己死后的墓地；司马蓝的岳父杜岩还未死，就迫不及待地钻进棺材，"人生在世如一盏灯，灯亮着要灯罩干啥儿？活有房，死有棺，死人没有棺就如活人没有房"；司马蓝和蓝四十彼此相爱，生前因为"活过40岁"的目标没有"合铺"，死后却一定要"合铺"，他俩的"合铺"仪式被小说写得无比惨烈与悲壮；司马笑笑为了全村人活命，活活舍弃了27个残疾孩子，但他们死后村人却要给他们"结阴亲"……这样的"重死轻生"的生命态度，构成了对作者寻求生命本原的自我否定，在作者的肯定意向和读者的认同之间，极容易生成一种断裂，使这种"重死轻生"的乌托邦精神很难真正获得现代人的认同。而在加缪的《西绪福斯神话》中，西绪福斯死后从冥王那里获准还阳，原是为了去惩罚不近情理的妻子，然而，"当他又看见了这个世界的面貌，尝到了水和阳光，灼热的石头和大海，就不愿再回到地狱的黑暗中去了。召唤、忿怒和警告都无济于事"②，于是，神才决定用推

---

① ［法］阿尔贝·加缪：《西绪福斯神话》，载《加缪文集》，郭宏安等译，译林出版社1999年版，第660页。
② ［法］阿尔贝·加缪：《西绪福斯神话》，载《加缪文集》，郭宏安等译，译林出版社1999年版，第706页。

巨石上山这种无用又无望的劳动来惩罚他。加缪告诉人们，使西绪福斯留恋人间的，是水，是阳光，是海湾的曲线，是明亮的大海和大地。他之所以受到神的惩罚，是因为他不肯放弃人间的生活，而人间的生活虽然有黑暗的地狱作为终点，但其旅程究竟还是可以充满欢乐的。

更重要的区别在于，三姓村人对于自己命运毫无清醒的洞察，而只有盲目的对于"活过 40 岁"这一目标的希望。在村长蓝百岁的翻地宣告失败之后，一村人坐在新添的坟前，开始意识到"这些年换土的劳作，正如人在坟墓里拿头去撞那墓门一样，愈是用力，愈是死得快捷"，然而，这种洞悟带给他们的是更加恐慌和盲从，更加坚定地为"生"的目标而牺牲当下。在司马蓝所带领的历时 16 年、付出巨大而惨痛代价的修渠引水再次失败后，司马蓝事业的后继者、村长候选人杜流自杀，三姓村人的精神濒临崩溃。而加缪所着力表现的恰恰是眼看着自己的努力化为泡影却又重新向平原走下去的西绪福斯，因为这才是真正的惩罚："用尽全部心力而一无所成。"加缪写道："我感兴趣的是返回中、停歇中的西绪福斯……我看见这个人下山，朝着他不知道尽头的痛苦，脚步沉重而均匀。"这时的西绪福斯是清醒的、坦然的，准备第二次、第三次、无数次地把巨石推上山顶。轻蔑成了他最强大的武器，"没有轻蔑克服不了的命运"①。正是在此意义上，加缪把西绪福斯的命运当作了人类的命运，把西绪福斯的态度当作了人类应该采取的态度。对于西绪福斯来说，"造成他的痛苦的洞察力同时也完成了他的胜利"②，因而，西绪福斯的幸福在平原上，而不在山的顶峰上；在他与巨石在一起的时候，而

---

①② ［法］阿尔贝·加缪：《西绪福斯神话》，载《加缪文集》，郭宏安等译，译林出版社 1999 年版，第 707 页。

不在巨石停留在山顶的那一刹那间。加缪意在告诉人们，人必须认识到他的命运的荒诞性并在此基础上以轻蔑相对待，这不仅是苦难中的人的唯一出路，而且是可能带来幸福的唯一出路。吕西安·戈德曼同样指出："悲剧人的崇高就在于他看到这一切，认识这一切最真实的情况而又不承认它们。"① 加缪等人所描述的生命本体的悲剧性，几乎处于三姓村人的视野盲点，"生命的悲剧意识"在小说的叙事中被"活过40岁"进行了概念偷换。乌纳穆诺在他的《生命的悲剧意识》中以极大的勇气表示："一切终将逝去！""全体或是空无。"他不用那虚幻的"物质不灭"来自欺欺人，也不用人类全体的永恒来自我安慰，他把一切凝聚到个体：必须回到个体之上，谈论死亡才是有意义的——如果我不存在了，世界的一切还有什么意义？声名又有什么意义？② 乌纳穆诺所概括的西方现代主义的极端的个体化立场，与《日光流年》所描述的极端的群体化立场，构成了鲜明的对比。

司马蓝的修渠失败后，三姓村人已上演到极限的抗争意志还有什么可能性？小说没有直接回答，但小说的叙述自此开始按时间的逆向进程来依次地倒叙蓝百岁、司马笑笑到杜桑时代的故事，便也是一种回答。这使"时间"在《日光流年》中，有着非同寻常的意义，它是决定事件秩序的隐蔽的叙事编码，甚至也可以说是这部小说的真正的主人公。如果按照从杜桑到司马蓝的顺序来写，这篇小说便成为一个道地的关于宿命的故事，凸现的就不是人的抗争而是宿命感。描写杜桑的最后一卷，由于杜桑采取的是鼓励生育的最原始的办法，被作者冠以动听的名字——"田园诗"。小说在一种滤去

---

① ［法］吕西安·戈德曼：《隐蔽的上帝》，蔡鸿滨译，百花文艺出版社1998年版，第79页。
② ［西］乌纳穆诺：《生命的悲剧意识》，上海文学杂志社1986年版，第37—38页。

所有尘世苦难的、近乎透明的生殖狂欢中结束,而最后一个细节就是作为全书最主要人物的司马蓝的出生。原始、本能的"生",被书写为生存最永恒、华美、壮丽的一幕,如果说这就是作者所寻求到的生命的原初意义,无疑等于逆向否定了后来使生命显得"复杂"与"繁复"以及付出了巨大代价的抗争。至此,我们似乎又重温了类似《活着》《丰乳肥臀》所表达的民间的生命意识。这样,《日光流年》的开始向我们展现的是"向着生的死"(为了"活过40岁"的失败和死亡)——"抗争",而结尾却导向"向着死的生"(生下来就注定"活不过40岁")——"宿命",肯定其中一个必导致对另一个的否定,小说的叙事陷入深刻的悖论式情境。作为全书最主要的女性人物蓝四十那悲苦惨烈已极的命运,以最刺目惊心的形式充当了这一群体主义乌托邦的祭品,与司马蓝的出生构成悖论两极的象征。

"种族的利益总是要靠牺牲个体的利益来为自己开辟道路的,其所以会如此,是因为种族的利益同特殊个体的利益相一致,这些特殊个体的力量,他们的优越性,也就在这里。"① 马克思的这一论断同时也概括出了伟大的悲剧艺术对绝对"整体"和"个人"立场的穿越。三姓村人的生存处境,决定了他们的群体主义生命观自有其合理性与必然性,正如整个民族在20世纪多艰的历史命运中,把"个人"归并入民族—国家中的合理与必然。然而,在当下这个文化"滞差"的时代,文学与当代文化的建设都在呼唤着真正的"个人",这是一种无可回避的挑战。以现代人文主义精神为文化依托,建构和确立当代中国的个体生命信仰和理性价值系

---

① 《马克思恩格斯全集》第 26 卷,中共中央马克思恩格斯列宁斯大林著作编译局编译,人民出版社 1973 年版,第 125 页。

统，在任何情境下都坚守生命、人道和爱的方向，是民族的悲剧意识得以维系的唯一出路，也是民族文化得以健康发展的希望所在。

结　语

　　作为人类文明进程的基本价值标志之一，悲剧意识不仅是一种审美观照中的美学文化产物，其内在的逻辑结构和历史旨趣，还深刻地蕴涵着人类在创造自己文明进程中的主体人格素质的发育水平和生命价值的取向。丹尼尔·贝尔在分析西方文化时指出，当代西方社会的发达环境中，人类生存的基本问题依然如故，"这些问题困扰着所有时代、所有地区和所有的人。提出这些问题的原因是人类处境的有限性，以及人不断要达到彼岸的理想所产生的张力。这些就是在历史意识中面临着全人类的关于存在的命题：人怎样对待死亡，怎样认识忠诚和义务的性质、悲剧的特质和勇敢的意义，以及如何赎回爱与交流的本能"[①]。在丹尼尔·贝尔看来，这一困扰着全人类的基本问题"答案尽管千差万别，但问题却总是相同的"，"问题是悲剧，而答案是喜剧"。[②] 丹尼尔·贝尔的论述从"问题"的角度统摄了悲剧意识的内涵和文化功能。把如何认识悲剧的特质及相关问题作为人类生存的基本问题提出，所强调的乃是悲剧意识对于人类生存和文化发展的巨大意义；以"问题"作为悲剧的核心特征，意味着悲剧意识本身便是一种"问题"意识，它以疑问和探求告终，

[①②]　[美]丹尼尔·贝尔：《资本主义文化矛盾》，赵一凡、蒲隆、任晓晋译，生活·读书·新知三联书店 1989 年版，第 218 页。

不满足于任何既定的答案。如果纳入美学范畴来看，对人类、文化困境的"暴露"和"弥合"越趋于平衡，悲剧就越呈示为一个"得不出答案"的"问题"。因而，悲剧意识究竟在何种程度与层面上发挥出其对于人与文化的积极作用，归根结底取决于它提出"问题"的能力，倘若对现实悲剧性（包括存在的和被表现的）缺乏合理而深致的逻辑化把握和历史性透视，就无法获得对"悲剧的特质"真正理性化的认知，从而也就无法依据"彼岸的理想"对人和文化的现实提出有深度建构意义的问题。

如何认识"悲剧的特质"，同样是横亘在中国当代小说面前的一道无法回避，而又呈现出异乎寻常的严峻性的问题。从"十七年"到"文化大革命"已然印证了悲剧意识的失落对于民族生存和文化发展的危险性。随着"文化大革命"的结束与"新时期"语境的来临，尽管悲剧意识得以重新被纳入当代小说创作的审美与思想视域，并随着社会历史的再度转型和文化语境的深刻裂变而衍生出一些新的审美与精神质素，然而中国当代小说对悲剧性的认知和把握向我们呈示的整体形态，却是对现实的遵从和认同，是理想性的模糊和漂移，以及由此而来的对"问题"的抹平与逃避。在中国当代小说出现的两次悲剧性题材的创作高峰中，如果说"伤痕""反思"小说普遍依赖于群体主义的现实去认知悲剧和抹平问题，世纪末的小说则纷纷沉陷于虚无主义的现实去解构悲剧和逃避问题：前者以集体的和声激情地修复了一个给定的乐观而又明晰的世界；后者则以二元对立的拆解和颠覆，悲观地宣告这世界原本就是"一场治不好的病"，"个人"只能逃避和自娱。悲剧意识如何处理现实，与悲剧意识如何把握历史，有着结构上的同源关系。雅斯贝尔斯指出，悲剧是"人们由于面临自身无法解答的问题，面临为实现意愿所做努力的全盘失败面认识自己"[①]，而悲剧主体"不会受完整而全部的真理这一谎言的欺哄"[②]。在中国当代小说的创作中，面对民族历史的失败面，"伤痕""反思"小说却满足于以光明的历史判决和乐观的历史信仰来完成其反思；面对世纪末处于急剧变革中的令人"无法解答"的文化现实，"新历史小说"则逆反地以颓败的历史宿命和悲观的历史循环来倾泻自己的话语欲望。两者共同的对真正"个人"的放逐，最终抵达的仍是不同程度的对现实的顺从和对"问题"的消解。

悲剧对存在的问询和反思，对文化的批判和审视，所欲图捍卫的是人的尊严和生命的价值，因而，主体人格素质的发育水平和生命价值的取向，根本地决定着特定文化对象中悲剧意识的思想内涵与审美结构，从而决定和影响着悲剧意识是否能够有力地推动和促进文化的健康发展，以及在何种程度和层面上发挥出这一积极作用。中国当代小说对悲剧性人格的建构始终难以突破二元对立的审美定式。由"十七年""为他"的英雄理路演变而来的"新时期"的悲剧性英雄人格的范式，为了抵消悲剧性中蕴涵的集体压抑个体的性质，总是不得不刻意加强主体身上的"为他"性、集体性；与此同时，又要通过各种与表现个体人格能量相抵牾的叙事策略，去转移和抹平悲剧性冲突中蕴含的分裂意味。在世纪末的小说创作中，大量从极端偏执的个体情结或纯粹生物欲求出发的"反英雄"人物，欲盖弥彰地加剧着个人自我认知中的价值紊乱。"新时期"小说也熔铸了对于"个性"的主体因素所导致的悲剧性的思考，但仍然由于个人自我意识的薄弱，悲剧人物的"个性"都主要是被作为特定环境、

[①] ［德］雅斯贝尔斯：《悲剧的超越》，亦春译，工人出版社1988年版，第10页。
[②] ［德］雅斯贝尔斯：《悲剧的超越》，亦春译，工人出版社1988年版，第115页。

时代、历史或文化的必然产物加以叙述的，这使"个性"往往突显的只是人物所属的类群的特性，而普遍地缺乏个人自我真正成为价值主体所必需的理性的反思，创作主体也因之未能对悲剧性的成因予以更为理性化的把握。在世纪末的解构潮流中，"自我"丧失了明确的身份归属，个体存在的意义系统又始终处于漂移和模糊的状态，一些欲图通过个体的悲剧人生来确立"自我"的文本，最终化为对无望人生的宿命表达。

与悲剧性主体人格"自我"的受阻相对应，灵／肉、个体／群体的二元对立的生命价值取向，使"文化大革命"后的中国当代小说尽管也试图通过对个体感性生命的叙述建构新的价值观和文化秩序，然而在其对生命悲剧性的把握中却始终未曾孕育出表征着成熟个体自我的"生命的悲剧意识"。"新时期"那些试图从生命欲望层面切入对历史悲剧性思考的文本中，生命意识和生命话语尽管由于与现实变革需要的契合而得以被"发现"和书写，但与此同时，个体生命的"问题"和痛感体验却也在不同程度上被乌托邦的政治前景所抹平或消解。在20世纪80年代中后期以后的世纪末小说中，被绝对化、精神化了的"肉身"切断了"生命"成长为"个人"的路途，逃离了灵魂内省的同时也难以真正实现对个体生命的意义填充。沦陷于本能和罪恶之中的、丧失个性的自我，宣告着张扬生命力愿望的最终落空。在一些通过对抗争的表达来追寻生命意义的文本中，神圣信仰的姿态和"意义即过程"的哲理思辨以另一种方式克服了"灵"与"肉"的冲突，从群体出发的生命抗争则以更为深刻的悖论自我解构了抗争的意义。

概言之，无论从乐观到悲观的整体演变趋势及其所反映的审美精神取向来看，还是从其具体的悲剧性人格的建构式与生命价值倾向来看，中国当代小说对于悲剧性的认知和把握都呈示出严重的失衡与错位。如果参照雅斯贝尔斯对悲剧的界定，悲剧"是对于人类在溃败中的伟大的量度"，它"呈露在人类追求真理的绝对意志里"。① 那么，中国当代小说对悲剧性的把握向我们出示的，却要么是对"群体"在"胜利中的伟大的量度"，要么是对"个人"在"溃败中的渺小的量度"；它要么呈露在由无条件信从某种观念或理论而作的绝对判断里，要么呈露在试图追求真理但却隐讳躲闪、模糊变幻的相对立场中。自王国维和鲁迅等文化先驱把西方悲剧思想引入中国的近一个世纪以来，当代文学对悲剧的理性认识和价值把握非但没有什么明显的进步，且似乎正在日益消解其审美价值和文化批判功能。

社会历史转型的强烈刺激，传统文化心理延传变体式的影响，主流意识形态的规约及当代政治伦理、历史意识的渗透，都对中国当代小说悲剧意识的失衡与错位产生了相当影响。透过其审美与思想表征，中国当代小说对悲剧性的把握还向我们昭示了一种根深蒂固的二元对立思维和话语结构方式。某种程度上，正是二元对立思维方式以及由此而来的一元化价值判断，使自我"问询"能力成为中国当代小说悲剧意识的软肋。与此相应的是，目前国内的文学、美学研究中，认为"以'绝对价值'为依托"的悲剧和悲剧意识，由于"失去了近代理性主义意义上的生成土壤，弱化了它鲜明地批判什么、赞扬什么的功能，也弱化了它打动人、启迪人的力量"，因而随着中国当代社会中心价值的解体而必然衰落②的观点，具有相当代表性。这种对于悲剧衰落现象的描述当然是不错的，但在这里，

---

① ［德］雅斯贝尔斯：《悲剧的超越》，亦春译，工人出版社1988年版，第30页。
② 吴炫：《否定主义美学》，北京大学出版社2004年版，第247—248页。

悲剧意识的文化批判功能所蕴含的"问询"本质被忽略了,以"鲜明地批判什么、赞扬什么的功能"概括悲剧的批判并以此阐释悲剧意识衰落的合理性,却包含着对悲剧意识的二元对立式的简单化理解。一个明显的例子就是,在意识形态主导符码能够强有力地整合社会中心价值的"新时期",表面"繁荣"、热闹的悲剧创作并没有因为它能够"鲜明地批判什么、赞扬什么的功能"而抵达真正的繁荣和审美的成熟。无论是较之于西方19世纪出现的批判现实主义悲剧艺术的高峰,还是比之于"五四"新文学中的悲剧主潮,都清晰地反衬出"新时期"小说悲剧意识的所谓"繁荣"的实质。以不曾带来过悲剧艺术真正繁荣的社会中心价值体系的衰落,来为悲剧意识必然衰落的合理性作注解,其结论不能不说是偏颇的。

让-皮埃尔·韦尔南指出:"是悲剧的结构本身向它投射出那么多不同的东西,以至于每一个时代都能在其中找到自身的东西。"[①] 在20世纪的中国文学史上,无论是"五四"新文学,还是当代"伤痕""反思"文学中,悲剧意识的觉醒诚然都有赖于悲剧所具有的意识形态批判功能,然而,作为以感性形式显现的人类自我意识的发展史,悲剧艺术的发展并不是始终与"批判"功能联系在一起的。当代美国戏剧史家奥斯卡·G. 布罗凯特指出,"18世纪以前写就的悲剧多半处理宇宙力与人力的相互作用问题。神,神旨,或其他非人为的道德力量都能影响戏剧行动的结果",而"到了18世纪,随着社会因素和心理因素的日益受重视,悲剧中超自然的力量就相对地减少,而戏剧行动的冲突也只限于人类的欲望、规律和制度,而

---

① [法]让-皮埃尔·韦尔南:《神话与政治之间》,余中先译,生活·读书·新知三联书店2001年版,第454页。

不包括天意和人意的斗争了"①。奥斯卡·G.布罗凯特所概括的西方18世纪以前和18世纪以后的悲剧的区别，强调的是悲剧暴露的困境的性质，前者指向的"神，神旨，或其他非人为的道德力量"强调一种非人为的力量，更关注于人与神、人意与天意、人与宇宙的关系中反映的人类整体存在的困境，是一种偏于模糊性的尺度；后者指向的"人类的欲望、规律和制度"等人为的、日常的力量，更关注人与社会、人与人、人与自我关系中反映的人类文化的困境，是一种偏于确定性的尺度。古希腊悲剧中的命运观就是一种模糊性尺度，莎士比亚的大多数悲剧中暴露的困境也主要是一种模糊性尺度；而在17世纪法国古典主义悲剧、18世纪德国启蒙主义悲剧以及19世纪西方批判现实主义悲剧中，确定性尺度才成为悲剧眼光衡量人类、文化困境的主要尺度。西方悲剧艺术的发展史表明，当悲剧暴露的困境呈示为一种人为的、确定性的尺度时，悲剧意识中蕴含的人类对自我的"问询"才必然地发展为以确定性、现代性思维方式为依托的"批判"，而对于人为的困境，也只有"批判"才可能使"问询"变得切实而有力。作为古希腊悲剧和莎士比亚悲剧之后西方悲剧艺术的又一高峰，19世纪批判现实主义悲剧的成就已然印证了这一点。但在根底上，与作为现代性预设的"批判"相比，"问询"显然更适合于概括悲剧世界观的本质，它根本地反映着"暴露"和"弥合"的平衡的悲剧审美建构。

因此，悲剧中的"批判"是"问询"在现代性语境中延伸出来的一种必然的结果、一种具体的形式，它与"问询"有着同样的理

---

① ［美］布罗凯特：《世界戏剧艺术欣赏——世界戏剧史》，胡耀恒译，中国戏剧出版社1987年版，第47页。

想性价值取向和对现实的超越意向,但它本身并不能取代"问询"而成为对悲剧世界观的本质概括。伽达默尔在其论著《真理与方法》中对"问题"概念进行了详细的阐释,他指出,在亚里士多德那里,"'问题'(Probleme)一词指那些明显悬而未决(Alternative)的问题",伽达默尔认为"问题概念的性质就是不可能根据理由得出一个明确的决定"①;"问题就是完全从其根芽处起源的任务,也就是说,问题是理性本身的产物,理性绝不能期望有对问题的完满解决。……凭藉问答逻辑进行的对问题概念的批判,必然摧毁那种认为问题的存在犹如天上繁星一样多的幻觉"②。在伽达默尔看来,19世纪"哲学意识困惑的典型就是当面对历史主义时,躲进抽象的问题概念里而看不到那种问题是以怎样的方式'存在'的问题",因而伽达默尔认为自己对阐释的经验的思考就是为了使问题"重新回到那些自身呈现的问题和从其动机中获取其意义的问题(Frage)"③。伽达默尔指出的19世纪理性主义对"问题"的消解对悲剧创作也产生了一定的负面影响,如尼采认为"古老悲剧被辩证的知识冲动和科学乐观主义冲动挤出了它的轨道"④,"这种乐观主义因素一度侵入悲剧,逐渐蔓延覆盖其酒神世界,必然迫使悲剧自我毁灭——终于跳入市民悲剧而丧命"⑤;奥斯卡·G. 布罗凯特也认为"由于人为的问题比较容易了解和解决,圆满的结局也就较为可能"⑥,实则

---

① [德]汉斯-格奥尔格·加达默尔:《真理与方法》,洪汉鼎译,上海译文出版社1992年版,第483页。
②③ [德]汉斯-格奥尔格·加达默尔:《真理与方法》,洪汉鼎译,上海译文出版社1992年版,第484页。
④ [德]雅斯贝尔斯:《悲剧的超越》,亦春译,工人出版社1988年版,第73页。
⑤ [德]雅斯贝尔斯:《悲剧的超越》,亦春译,工人出版社1988年版,第60页。
⑥ [美]布罗凯特:《世界戏剧艺术欣赏——世界戏剧史》,胡耀恒译,中国戏剧出版社1987年版,第47页。

反映了西方近代理性主义的膨胀对悲剧的"问询"的本质和文化功能的破坏。西方现代主义悲剧对生命本体意识的回归和非理性因素的重视，表达了一种反拨意图和逻各斯中心解体后挣扎着维系悲剧意识的努力。

  需要指出的是，伽达默尔对"问题"的阐释虽可以揭示出悲剧的问题，但悲剧对人为的、确定性的文化困境的问询，也并不意味着回到伽达默尔所谓的"前理解"状态。悲剧对于二元对立思维的超越，同样也包含着对单一的理性/非理性立场的超越，现代悲剧所应当坚守的个体生命信仰和理性价值系统，既包含着生命的非理性内涵，更包含着现代人文主义的理性内涵。加缪曾以"围绕着一个中轴摆动的""寻求其深刻节奏"的"钟摆"，来比喻"适度"的"反叛"，这一"中轴"所象征的正是反叛所坚守的"共性原则"的人类尊严。① 悲剧意识也正是这样一种"钟摆"，它所围绕的"中轴"，同时也是悲剧批判所赖以启动和持续的正面理想，正是应当作为文学永恒追求的理想——和谐的人性和自由的生命。脱离了人性和生命这一"中轴"，未经界定的、普泛意义上的"批判"对悲剧艺术来说就构成了一道双刃剑，它既可能促进和深化悲剧对困境的"问询"，也可能助长二元对立的价值判断从而弱化甚至抹平悲剧的"问询"。在近代以来（包括 19 世纪批判现实主义小说）出现的伟大悲剧艺术中，"批判"仍表现为对人类困境的更为深入的"问询"，它并不是从现实文化秩序或某种既定的社会理念出发去进行一元化的价值判断，与此相反，它意味着一切现存的文化成规和理性体系，都应该重新接受人的尊严和生命价值尺度的审视和评判。这不仅使人类生

---

① ［法］阿尔贝·加缪：《适度与过度》，载《置身于苦难与阳光之间——加缪散文集》，杜小真、顾嘉琛译，上海三联书店 1989 年版，第 206 页。

活中与这一绝对价值立场的内在冲突，得以从成规化的意识形态的遮蔽中冲决而出，成为被重新审视的"问题"，且使悲剧对诸如历史与伦理、情感与理性、个人与整体、理想与现实、自由与必然等人类生活中无可避免的种种具体价值冲突的观照，能够突破简单地扬此抑彼的判断模式。真正有力的悲剧的"问询"，就在于彻底地坚守人性尊严和生命的绝对价值的立场，对具体的个人在自我实现过程中必然遭遇的冲突的价值双方，同时进行"适度"的反叛和真正的超越。

因而，对于中国当代小说来说，造成其悲剧意识的衰落和悲剧把握的失衡与错位的根本原因，并不是社会中心价值的解体，而是真正立足于个人立场的生命信仰和理性价值系统的始终缺位。某种意义上，"新时期"以政治意识形态为主导符码的中心价值的解体，对于确立个人生命价值甚而是必然和必要的，真正的问题在于习惯了群体怀抱的"个人"的孱弱，二元对立的思维和审美定式也正因此才会在如此程度上决定和影响着当代小说的审美与精神的蜕变。在个人没有建立起自己的生命信仰和理性价值系统的条件下，按照意识形态符码或群体化的逆反思维进行的"批判"，非但无助于达致真正的悲剧的"问询"，反而可能对文学的思想深度和精神强度构成一种消解和破坏。西方现代悲剧的发展同样陷入某种二元对立的困境，尼采之后的西方现代主义悲剧所置身的非理性的深渊以及后现代主义对悲剧性的深度的抹平，都昭示着作为人类家园的文明所要求的是创造性的反叛，而非二元对立的逆反。加缪因而把"适度"作为"反叛"的原则，认为"反叛要求人类处境的统一，它追求生命而不是死亡。它的深刻的逻辑并不是破坏的逻辑，而是创造的逻辑"[①]。

[①] [法] 阿尔贝·加缪：《正午的思想》，载《置身于苦难与阳光之间——加缪散文集》，杜小真、顾嘉琛译，上海三联书店1989年版，第193页。

对于中国当代文学而言，确立个体的生命信仰和理性价值系统，从而超越二元对立的创造性反叛无疑是一项更为急迫也更为艰巨的任务。定位于从属性、集体性主体和世俗伦理的中国传统文化的悲剧意识，既不存在"个人"，也不存在"绝对价值"，"五四"悲剧文学曾以现代性思维方式的"批判"的引入，使悲剧中的"问询"通向文化变革的前景，以此促发"个人"的觉醒。中国当代文学的事实表明，个体生命价值系统的残缺，仍然是中国当代文学与文化进行现代转型的根本障碍，"重回'五四'起跑线"①，继续鲁迅的文化批判和"立人"工程，在对传统文化心理和当代西方后现代主义思潮的双重反叛中寻求和逐步建立个体生命的价值系统，是中国当代文学超越二元对立式的依赖或逆反的关键。

阿多诺说："苦难，而不是肯定，是艺术的人性内容，如果抹掉对累积起来的苦难的记忆，是难以想象作为历史缩影的艺术会变成什么的。"② 在此意义上可以说，悲剧意识与文学同在。面对生存的苦难、价值的荒芜、自我的缺陷和存在的虚无，文学永远需要悲剧意识和悲剧精神的辉光的烛照。这种辉光不可能来自对现实的认同与妥协、对群体的依赖与顺从，也不可能来自审美的自恋与感伤、冷漠的逃避与退让，正如真正的文学从来都是个人化的一样，一个怀着深刻的悲剧意识的作家，往往能够自觉地在个人和现实世界之间保持适当的距离甚至必要的敌对，并能够坦然面对这样的距离和敌对给个体内心带来的痛苦、孤独和煎熬，以此建立起个人对于世界的关怀和想象，对生活进行不懈问询和反省，而这一切都源自他对于人类和世界的永不放弃的爱。

---

① 丁帆:《重回"五四"起跑线》，人民文学出版社 2004 年版。
② [德]阿多诺:《美学理论》，王柯平译，四川人民出版社 1998 年版，第 444 页。

加缪说:"为了改变自然的冷漠,我置身于苦难与阳光之间。苦难阻止我把阳光下和历史中的一切都想象为美好的,而阳光使我懂得历史并非一切。改变生活,是的,但并不改变我视为神明的世界。"① 加缪告诉我们,人就应当在这冰冷而又燃烧着的有限世界中带着伤痛生活,人消除不了世界的苦难和荒谬,但应该充分发挥自己的创造性,实现生命最高的可能性,这正是悲剧的真谛。雅斯贝尔斯这样概括悲剧的超越:"既然没有完满的真理,我们朝向真理的运动就只是真理自身此时此地得以在存在中达到完满的唯一形式。在这个过程中,无限的进展使真理体验到那永远不会成为它的目标的完满。"② 对于中国当代小说的创作来说,在创造性的反叛中确立"个人",本身也正是这样一种"悲剧的超越",它并不是用某种新的理论和方式去置换和取代既有的观念和方式,而意味着一种始终处于紧张状态的精神立场,一种永远不满足于现实给定答案的求索努力,一种深挚而宽广的爱,一种不断深化的"问询"。

---

① 《置身于苦难与阳光之间——加缪散文集》,杜小真、顾嘉琛译,上海三联书店1989年版,"译者的话",第2页。
② [德]雅斯贝尔斯:《悲剧的超越》,亦春译,工人出版社1988年版,第114页。

参考文献

中文部分：

［德］雅斯贝尔斯：《悲剧的超越》，亦春译，工人出版社1988年版。

［德］尼采：《悲剧的诞生》，周国平译，北岳文艺出版社2004年版。

［法］吕西安·戈德曼：《隐蔽的上帝》，蔡鸿浜译，百花文艺出版社1998年版。

［德］恩斯特·卡西尔：《人论》，甘阳译，上海译文出版社2003年版。

［德］恩斯特·卡西尔：《神话思维》，黄龙保、周振选译，中国社会科学出版社1992年版。

［法］让-皮埃尔·韦尔南：《神话与政治之间》，余中先译，生活·读书·新知三联书店2001年版。

《置身于苦难与阳光之间——加缪散文集》，杜小真、顾嘉琛译，上海三联书店1989年版。

［德］黑格尔：《美学》，朱光潜译，商务印书馆1997年版。

［英］史蒂文·卢克斯：《个人主义》，阎克文译，江苏人民出版社2001年版。

［美］华莱士·马丁：《当代叙事学》，伍晓明译，北京大学出版社1990年版。

[德]尼采:《偶像的黄昏》,周国平译,光明日报出版社1996年版。

[德]尼采:《希腊悲剧时代的哲学》,商务印书馆1994年版。

[捷]米兰·昆德拉:《小说的艺术》,董强译,上海译文出版社2004年版。

[德]叔本华:《作为意志和表象的世界》,石崇白译,商务印书馆1982年版。

[美]丹尼尔·贝尔:《资本主义文化矛盾》,赵一凡、蒲隆、任晓晋译,生活·读书·新知三联书店1989年版。

[美]罗洛·梅:《爱与意志》,冯川译,国际文化出版公司1987年版。

[美]D. C. 米克:《论反讽》,周发祥译,昆仑出版社1992年版。

[美]赫伯特·马尔库塞:《审美之维》,李小兵译,广西师范大学出版社2001年版。

[美]布罗凯特:《世界戏剧艺术欣赏——世界戏剧史》,胡耀恒译,中国戏剧出版社1987年版。

[法]阿尔贝·加缪:《加缪文集》,郭宏安等译,译林出版社1999年版。

[德]西美尔:《现代人与宗教》,曹卫东等译,中国人民大学出版社2003年版。

[美]雷纳·韦勒克:《近代文学批评史》,杨自伍译,上海译文出版社1997年版。

[西]乌纳穆诺:《生命的悲剧意识》,上海文学杂志社1986年版。

[英]阿诺德·欣奇利夫:《荒诞说——从存在主义到荒诞派》,刘国彬译,中国戏剧出版社1992年版。

[英]克利福德·利奇:《悲剧》,尹鸿译,昆仑出版社1993年版。

〔俄〕尼古拉·别尔嘉耶夫:《人的奴役与自由》,徐黎明译,陈维正、冯川校,贵州人民出版社 1994 年版。

〔美〕马尔库塞:《单向度的人》,张峰译,重庆出版社 1988 年版。

〔英〕安德鲁·甘布尔:《政治和命运》,胡晓进、罗珊珍等译,江苏人民出版社 2003 年版。

〔俄〕巴赫金:《巴赫金论文选》,佟景韩译,中国社会科学出版社 1996 年版。

〔德〕卡尔·曼海姆:《意识形态与乌托邦》,黎鸣、李书崇译,商务印书馆 2000 年版。

〔德〕康德:《判断力批判》,邓晓芒译,杨祖陶校,人民出版社 2002 年版。

〔英〕吉尔伯特·默雷:《古希腊文学史》,上海译文出版社 1988 年版。

〔德〕汉斯-格奥尔格·加达默尔:《真理与方法》,洪汉鼎译,上海译文出版社 1992 年版。

《马克思恩格斯全集》,中共中央马克思恩格斯列宁斯大林著作编译局编译,人民出版社 1956—1985 年版。

〔英〕艾·阿·瑞恰慈:《文学批评原理》,杨自伍译,百花洲文艺出版社 1992 年版。

《别林斯基选集》第二卷,满涛译,上海译文出版社 1979 年版。

《别林斯基选集》第三卷,满涛译,上海译文出版社 1980 年版。

〔美〕埃里希·弗罗姆:《自为的人》,万俊人译,国际文化出版公司 1988 年版。

〔丹麦〕索伦·克尔凯郭尔等:《悲剧:秋天的神话》,程朝翔、傅正明译,中国戏剧出版社 1992 年版。

［英］莫恰：《喜剧》，郭珊宝译，昆仑出版社1993年版，第126页。

［英］阿·尼柯尔：《西欧戏剧理论》，徐玉瑚译，中国戏剧出版社1985年版。

［英］齐格蒙特·鲍曼：《共同体》，欧阳景根译，江苏人民出版社2003年版。

［德］曼·科·希勒布雷希特：《现代派艺术心理》，陈钰鹏译，上海文艺出版社1989年版。

［英］安东尼·吉登斯：《现代性的后果》，田禾译，译林出版社2000年版。

［英］雷蒙·威廉斯：《现代悲剧》，丁尔苏译，译林出版社2007年版。

［英］特里·伊格尔顿：《二十世纪西方文学理论》，伍晓明译，北京大学出版社2018年版。

［英］特里·伊格尔顿：《甜蜜的暴力——悲剧的观念》，方杰、方宸译，南京大学出版社2007年版。

［美］希尔斯：《论传统》，傅铿、吕乐译，上海人民出版社1991年版。

［苏］列·斯托洛维奇：《审美价值的本质》，凌继尧译，中国社会科学出版社1984年版。

吕同六主编：《20世纪世界小说理论经典》，华夏出版社1995年版。

张京媛主编：《新历史主义与文学批评》，北京大学出版社1993年版。

中国社会科学院外国文学研究所外国文学研究资料丛刊编辑委员会编：《外国现代剧作家论剧作》，中国社会科学出版社1982年版。

熊伟主编：《存在主义哲学资料选辑》上卷，商务印书馆1997年版。

古典文艺理论译丛编辑委员会编：《古典文艺理论译丛》，人民文学出版社 1962—1966 年版。

陈洪水、水建馥选编：《古希腊三大悲剧家研究》，中国社会科学出版社 1986 年版。

《鲁迅全集》，人民文学出版社 1981 年版。

徐重温主编：《存在主义哲学》，中国社会科学出版社 1986 年版。

朱光潜：《悲剧心理学》，安徽教育出版社 1996 年版。

尹鸿：《悲剧意识与悲剧艺术》，安徽教育出版社 1992 年版。

张法：《中国文化与悲剧意识》，中国人民大学出版社 1989 年版。

许志英、丁帆主编：《中国新时期小说主潮》上卷，人民文学出版社 2002 年版。

邱紫华：《悲剧精神与民族意识》，华中师范大学出版社 2000 年版。

佴荣本：《悲剧美学》，江苏文艺出版社 1994 年版。

程孟辉：《西方悲剧学说史》，中国人民大学出版社 1994 年版。

陈瘦竹、沈蔚德：《论悲剧与喜剧》，上海文艺出版社 1983 年版。

杨同生、毛巧玲主编：《新时期获奖小说创作经验谈》，湖南人民出版社 1985 年版。

路德庆主编：《中短篇小说获奖作者创作经验谈》，长江文艺出版社 1983 年版。

徐葆耕：《西方文学：心灵的历史》，清华大学出版社 1990 年版。

李钧：《存在主义文论》，山东教育出版社 2000 年版。

周靖波主编：《西方剧论选》，北京广播学院出版社 2003 年版。

刘小枫：《个体信仰与文化理论》，四川人民出版社 1997 年版。

任生名：《西方现代悲剧论稿》，上海外语教育出版社 1998 年版。

伍蠡甫主编：《现代西方文论选》，上海译文出版社 1983 年版。

陆梅林选编:《西方马克思主义美学文选》,漓江出版社 1988 年版。

刘小枫:《拯救与逍遥》,上海三联书店 2001 年版。

高力克:《五四的思想世界》,学林出版社 2003 年版。

高乐田:《神话之光与神话之镜》,中国社会科学出版社 2004 年版。

谢柏梁:《中国悲剧史纲》,学林出版社 1993 年版。

吴炫:《否定主义美学》,北京大学出版社 2004 年版。

英文部分:

Tragedy, Edited by Robert W. Corrigan, published in 1981 by Harper & Row, New York.

Eric Bentley, *The Life of the Drama*, published in 1965 by Metheun Press, London.

Drama and Discussion, Edited by Stanley A. Clayes, published in 1978 by Prentice-Hall, New York.

后 记

　　如何认识悲剧的特质，对于"新时期"以来急遽嬗变的中国当代小说的创作而言，是一个特别重要、值得深究的问题。结合东西方的悲剧理论，本书对悲剧的基本特征和一般规律进行了提炼与概括，在此基础上着力于将小说文本的美学结构与人性价值内涵糅为一体，聚焦作为悲剧核心的人格建构与问题意识，对"新时期"小说的悲剧意识进行了梳理与分析。

　　诚然，在文学与时代持续发生着剧烈变化的当下，对当代文学的批评与关注少不了对各种"新"与"变"的捕捉，对可能性乃至对"文学性"本身的拓展。但与此同时，对具体作家作品的肯定与对当代文学普遍状况的否定相结合的批评现状，也深深暴露了一味趋新、求变的文学思维自身的矛盾与困境。进入 21 世纪以来的文学可谓"乱花渐欲迷人眼"，日益失去各种边界与有效的审美判断。在这样的背景下讨论"新时期"小说的悲剧意识，回顾中国文学在 20 世纪最后二十余年经历的审美变迁，在我看来，其实是试图对"文学作为人学"或说"文学性"之核心内涵的一次重审或重建。所谓重建，显然并不是以重复性的视野与经验画地为牢，对边界变得模糊的当代文学强行进行框定与束缚，而是借助于悲剧和悲剧意识的角度，从刚刚"过去"的、可能的沉淀中，提炼出一种更具整体性视野的"问题"的脉络,一种将"过去"与"现在"尽力打通的开放性眼光。回溯"新时期"小说中的自我解放历程及出于种种原因所始终置身的进退维艰的困境,对照 21 世纪以来再次经历深刻的文化转型与结构性变化的中国文学当下的态势与处境,"问题"一直在,倾向看似相悖,却处处息息相关,彼此有着奇妙的呼应与深刻的关联。

本书是以我的博士学位论文为基础修改而成。求学时期,读到导师丁帆先生在著作中阐释与强调的一个重要观点:人性、人道主义和美学的眼光应当作为文学史唯一能够永存的衡量标准与价值判断。丁先生也曾在课堂上多次发起关于文学的价值底线问题的讨论。导师的这一思想深深地启发和影响了我。我想,悲剧意识的角度正是一种较充分地融汇、体现了人性和美学眼光的标准。毕业后,我对当代文学的关注,更多地聚焦于 21 世纪以来的文学叙事,试图从叙事伦理、情感状态、价值整合等与"悲剧意识"密切相关、或稍有更新与拓展的层面,思考 21 世纪小说之于概念和经验之间的多重困境及可能性。

说来着实惭愧,从博士论文的撰写、修改、补充,到本书的最终完成,十多年的光阴竟已匆匆逝去。起初因为企望着能将 21 世纪以来的文学增补进去,如此方能较完整地体现"悲剧意识和中国当代小说"这一最初的论题构想;后来则深感必须进行结构性的修改甚至重写;以至于越到后来越觉得,简直非重写不可了。于是,延宕再延宕。这期间经历生老病死,父母相继病故,女儿出生,各种顾此失彼,力不从心。思之再三,我最终还是放弃了大面积的改写与重写,只做了一些必要的修订与调整。终于结稿之际,抱憾之心远多于欣慰之情。所幸"悲剧意识"的角度决定了十多年前我试图回应或处理的问题至今并未消逝。近年的小说创作中，不时有较为年轻的写作者重新打出"现实主义"或"问题小说"的旗帜更是明证。或许，从学术道路到生命体验，大体维持原貌比起改写或"补救"，另有其意义。

在此我要感谢我的导师丁帆先生，从选题、确定，到构思、书写，到完稿，因为有丁先生的悉心教导，我才得以走出思路的困顿。随着光阴的荏苒，我在学问文章之外更深地感知到老师强大的人格魅力。作为一名愚钝又疏懒、资质平平却福缘不浅的弟子，经历老师的引领与教化，愿我终能在自己的生命里对"悲剧精神"有所领悟，不负福缘。

感谢我的另一位导师王彬彬先生，在论文的写作中，多次给出令我备受启发的指导意见；感谢沈卫威先生和南京大学现当代文学专业的老师们在论文的写作与答辩过程中提出切中肯綮的意见。感谢上海社会科学院文学研究所的老师们，尤其是现当代文学专业的各位老师，能与你们同行，幸甚。感谢我的责编包纯睿女士，费心督促、校阅，竭诚以待。

最后，感谢亲爱的家人对我的包容、体谅与支持。祈愿亲人们健康平安！

这本书的研究存在着太多的遗憾，只能在日后的研究中去弥补了。

2021 年 5 月

图书在版编目(CIP)数据

悲剧意识与"新时期"小说 / 贾艳艳著. — 上海：上海社会科学院出版社，2021
ISBN 978-7-5520-3651-0

Ⅰ.①悲… Ⅱ.①贾… Ⅲ.①悲剧意识—小说—文化研究—中国 Ⅳ.①I0

中国版本图书馆CIP数据核字(2021)第154284号

悲剧意识与"新时期"小说

著　　者：贾艳艳
责任编辑：包纯睿
封面设计：夏艺堂艺术设计＋夏商 xytang@vip.sina.com
出版发行：上海社会科学院出版社
　　　　　上海顺昌路622号　邮编200025
　　　　　电话总机 021-63315947　销售热线 021-53063735
　　　　　http://www.sassp.cn　E-mail:sassp@sassp.cn
排　　版：南京展望文化发展有限公司
印　　刷：上海新文印刷厂有限公司
开　　本：890毫米×1240毫米　1/32
印　　张：8
插　　页：1
字　　数：185千
版　　次：2021年9月第1版　2021年9月第1次印刷

ISBN 978-7-5520-3651-0/I·435　　　定价：48.00元

版权所有　翻印必究